LOCUS

LOCUS

LOCUS

LOCUS

在時間裡，散步

walk

walk 30
向晚的飛行
作者：海倫・麥克唐納（Helen Macdonald）
譯者：韓絜光
審訂：林思民、林政道
責任編輯：潘乃慧
封面設計：廖韡
出版者：大塊文化出版股份有限公司
105022 台北市松山區南京東路四段 25 號 11 樓
www.locuspublishing.com
讀者服務專線：0800-006689
TEL：(02)87123898 FAX：(02)87123897
郵撥帳號：18955675 戶名：大塊文化出版股份有限公司
法律顧問：董安丹律師、顧慕堯律師

總經銷：大和書報圖書股份有限公司
地址：新北市新莊區五工五路 2 號
TEL：(02) 89902588 FAX：(02) 22901658
初版一刷：2023 年 9 月
定價：新台幣 420 元
Printed in Taiwan

向晚的飛行

VESPER FLIGHTS

Helen Macdonald
海倫・麥克唐納　　韓絜光 譯

目次

—目次—

—目次—

目次

序

時光倒流，回到十六世紀，好奇求知的風潮漸次傳遍歐洲的宮廳。貴族蒐羅各種藏品，收存在裝飾華美的木櫃。這種木櫃名為「Wunderkammer」，意思是珍寶櫃，但依德語直譯為「珍奇櫃」，更能巧妙演繹用途。珍奇櫃期待觀賞者拿起物品在手中把玩，感受物品的質地、重量，細賞古怪奇妙之處。物品不會像現代博物館或畫廊一樣，隔絕於玻璃窗後方。更重要的可能是，收藏品也不會像現代依照博物館學分類整理陳列。珍奇櫃經常把自然物和人造物相鄰排放在同一層架子上，諸如：珊瑚碎片、化石、民族文物、斗篷、袖珍畫、樂器、鏡子、鳥類和魚類標本、昆蟲、礦石、羽毛。這些收藏品令人眼睛一亮，部分原因就在於性質迥異的物品相互映襯，突顯了外型的異同，輝映彼此的美及各自張揚的低調。我希望這本書的功用也有點像珍奇櫃，充滿古怪奇妙的事物，關注的亦只有事物奇妙美好的本質。

曾經有人告訴我，每個作者書寫的所有內容，背後都藏著同一個主題。可能是愛，可能是死亡，也可能是背叛或歸屬；是家、是希望，或是放逐。我喜歡想：我的主題應該是愛。更具體來說，是對我們四周由人以外的生命構成的閃閃發光的世界的愛。投入寫作之前，我是科學史研究者，這是一個大開眼界的職業。我們往往把科學想成純粹、客觀的事實，但可以想見，科學對世界提出的問題，其實悄悄受歷史、文化、社會左右，而這些影響往往是看不見的。我因為從事科學史研究，反而得知，人一直以來總是無意識地把自然世界當作鏡子，看見的無可避免是自身的倒影。自然這面鏡子映現人的世界觀和需求、人的思想與期望。本書中有多篇文章都在練習向人類的種種歸因和假設提出質問。最重要的是，我希望這本書訴說一件事，這件事在人類當今這個歷史時刻，可能具有最深切的意義：那就是學習肯定、學習去愛彼此的不同。嘗試用與你不同的眼睛觀看周遭。明白你賴以觀看世界的方式並非唯一。思考愛護與你不同的人事物代表什麼意思。重新體會事物紛亂複雜的美好。

科學鼓勵我們用不同的尺度思考生命，相對於宇宙的浩瀚廣大，人何其渺小，相對於人體內多不勝數的微生物，人又是何等龐大。科學也向我們揭露，這個美麗的星球從來不為人類所有。是科學教導我，當數以百萬計的候鳥飛越歐洲和非洲，羽毛、星光和骨頭留下的痕跡在地圖上繪出無數線條，比我能想像的任何事都要奇妙、都要驚人，因為這些生物竟然能感測到眼球細胞受體上發生的量子糾纏，從而看見地球磁場，以此導航方向。科學所做的事，是我希望更多文學也能做到的事。我希望文學向我們指出，人其實活在一個縝密複雜的世界裡；這個世界不全然只與我們有關，也不單單屬於我們。世界從來就不屬於我們。

眼下此刻，自然環境正在遭逢劫難，比過去任何時刻都要危急。我們必須放長眼光，認真思考自己如何看待自然界，又是如何與自然互動的。我們正在經歷地球的第六次生物大滅絕，這一次罪魁禍首是我們。逐年過去，人類周圍的地景會愈來愈空蕩、愈來愈安靜。我們需要硬科學為衰退的速率和規模建立模型，研究發生的原因和可行的對策。但我們也需要文學；我們需要訴說這些消失代表的意義。我想到了林柳鶯；這種柑橘色小鳥正快速從英國的森林消失。針對物種數量下跌端出統計事實是一回事；向人描述林柳鶯是什麼樣的鳥兒，傳達鳥兒消失代表的意義，又是另一回事。你曾經走進一片森林，感覺到森林是光線、樹葉、鳥鳴所組成的，但如今你體驗到的森林不再那麼複雜，不再魔幻神奇，林柳鶯消失後，單純感覺有什麼變少了。文學能引領我們認識世界的質地，而我們正需要這麼做。我們需要將事物的價值傳達出去，好讓更多人願意加入我們，一起努力挽救它們。

1 巢

小時候我立下志向，想當個自然學家。我點滴收集大自然的珍藏品，排列在房間窗台和書架上，這些東西體現了我從書上到處看來的零碎知識。其中有蟲癭、羽毛、種子、松果，也有從蜘蛛網上取下的蕁麻蛺蝶或孔雀蛺蝶脫落的單片翅膀；有從死鳥身上割下的翅膀，飛羽張開釘在厚紙板上晾乾；有小動物頭骨、食繭——灰林鴞、倉鴞、紅隼的食繭，以及鳥兒的舊巢。一個是蒼頭燕雀的巢，混雜馬毛、苔蘚、痂塊般的蒼白地衣、鴿子換下的羽毛，大小正好可以立於我的掌心。另一個是歐歌鶇用稻草和嫩枝編成的巢，巢內泥土硬化後形成一層薄薄的殼。但這些鳥巢與其他我珍愛的收藏排在一起，始終顯得格格不入。不是因為鳥巢令人感悟時間流逝。幼鳥離巢，生死輪替，這些是人年歲更長以後才學會感受的心境。可能是因為鳥巢予我一種難以名狀的情緒，但最大的原因在於，我覺得我其實不應該據有它們。巢與蛋密不可分，而我知道，蛋是我絕對不該撿拾的東西。即使看到鴿子從樹枝間清出來、掉落在草地上的潔白半殼，道德心也會阻止我伸手。我從來不忍心把蛋殼拿回家。

十九世紀至二十世紀初，自然學家慣於收集鳥類的蛋；一九四〇至五〇年代在鄉間郊外長大的孩子多半也撿過鳥蛋。「以前我們每個巢最多只會撿一個，大家都撿過。」我的一個女生朋友難為情地告訴我。她那個世代比我早出生二十年，卻擁有我沒有的自然知識，這實屬歷史的意外。他們很多人都在尋找鳥巢中度過了童年，至今一見到荊豆樹叢仍會反射性地想：哎，會有赤胸朱頂雀。見到樹籬也總忍不住要伸手搖一搖，看看去年搭得牢不牢靠，能不能支撐蒼頭燕雀或歐亞鴝的巢。我們都有一種很少形諸語言的直覺，那和一個人的眼、腦、心、手如何把握周圍的風景有關，而她們擁有的直覺與我不同。我自己生活在鄉間的年代，鳥巢像是熟悉的文本中被重新編寫的句子，已不再是待人發掘的東西，而是要悉心保密、不讓人知道的地點。話雖如此，鳥巢在幼時的我眼中有個突出的特點。對孩子來說，樹林、田野和花園，充滿了隱蔽分散的魔幻角落：有隧道、石窟、地洞，可安安心心躲藏其中。我後來明白了小時候的鳥巢令我想到什麼。巢象徵了祕密。

我追蹤烏鶇、山雀、歌鶇、茶腹鳾飛經我家花園的動線。牠們每年春天築下的巢，總會改變我對家的感受。想到這些鳥兒的存在濃縮成一個巢，生命依附在那唯一的一個點，我就不禁緊張起來。我會不由自主思及生命之脆弱，擔心烏鴉和貓的掠食，花園頃刻間充斥威脅，不再是安全的地方。雖然我從未特意尋找鳥巢，卻一樣會發現它們。我可能只是坐在廚房窗邊，吃著碗裡的牛奶穀片，不意間瞥見一隻棕眉岩鷚閃入連翹花叢。只有家鼠大小的小小鳥兒，滿身的條紋、斑點，嘰喳唱鳴不休。我知道自己理當別過視線，卻總是忍不住偷偷摸摸屏住呼吸，目光追隨樹葉微乎其微的晃動，知道從視線內消失的鳥兒正在枝椏間上下飛跳，向鳥巢移動。接著，只見一團振翅的光影，棕眉岩鷚從樹籬邊竄飛出去，旋即消失不見。既然方才確定了牠去過哪裡，現在又看到親鳥飛走了，我就非得一探究竟不可。我發現的鳥巢，位置多半高過我的頭頂，所以我會伸長手臂，彎起手指頭去搆，直到指尖觸碰到光滑溫暖的表面，或是脆弱不堪的幼小身軀。我知道自己是入侵者。鳥巢就像瘀青一樣，明明不希望它出現，但真的出現了，又會忍不住一再去觸碰。鳥巢推翻了鳥在我心目中代表的一切意義。我喜歡鳥，主要是因為鳥看起來無比自由。察覺危險，察覺陷阱，察覺任何不合理的負擔，鳥兒都可以飛走。看著鳥兒，我彷彿也享有了牠們的自由。但巢和蛋約束了鳥，讓鳥兒易受傷害。

兒時陳列在我書架上的舊書，形容鳥巢是「鳥兒的家」。我百思不解，鳥巢怎麼會是家呢？那時，我認為家是恆定不變、可以依靠的避風港。可鳥巢不是這樣。鳥巢是隨四時循環的祕密，用過之後可以拋棄。但也是在當時，鳥類以無數方式顛覆我對家的本質的理解。有些鳥類終年待在海上，或者始終飛翔於空中，只有築巢和產卵的時期，雙腳才會踏落於泥土或岩石上。巢和卵，將鳥暫時繫於陸地。這訴說的是一個生命開展的故事，有點像小時候旁人老是對我述說的那個故事，但又不盡然相像：有一天，你會長大，你會結婚，你會有自己的家，生養你的孩子。我不知道鳥歸屬於這其中的哪裡，也不知道自己歸屬哪裡。這樣的情節開展，就連小時候的我聽了也感到猶疑。

如今對於家，我的想法不同了：家不只是一個固定的場所，家是你攜帶在心上的地方。這件事也許是鳥教導我的，至少是鳥引導我往這個方向去想。有些鳥的巢稱得上是家，因為那些巢似乎與築巢的鳥兒密不可分。禿鼻鴉習慣群棲——挨個來看，牠們是羽毛和骨頭構成的鳥，聚在一起，則是二月枝頭上群聚成團的樹枝。白腹毛腳燕夏季在山牆下築巢，不時從巢口探出頭來，不只翅膀、嘴巴、眼睛是牠們身體的一部分，啣泥築成的整個窩巢也是。但有些鳥的巢，看起來和印象中的巢一點也搭不上邊，稱之為巢都嫌勉強，巢這個字幾乎要失去意義。這種巢的一個形態，是古老岩屑混合碎骨和硬化的海鳥糞，上方有突出的岩石遮蔽。另一種形態是雜草散亂堆成的小舟，隨著潮水漲退起起伏伏。還有一種，僅是屋瓦下方的漆黑空隙，鳥兒可以拖著翅膀，像小老鼠一樣踮著腳在裡頭鑽行，碳鋼色的羽毛像鋒利的刀片。牠們是遊隼、鸊鷉、雨燕。

鳥巢日益令我著迷。近日來我尤其好奇，巢裡有蛋的時候，鳥巢是某一種存在，待蛋孵化成雛鳥後，巢似乎又化成另一種存在。巢和蛋多麼適合用於思考個體性，以及同異和連續的概念。巢是一種表現型（phenotype），會因鳥種不同而有異，但就算是同一種鳥，每一個巢又會因環境條件不同而產生美麗的風格差異。我也會想，每當鳥兒拾取屬於我們的物品築巢，我們人類為何特別感興趣呢？例如家朱雀啣來菸蒂鋪在巢中，布氏擬鸝的巢有麻繩妝點，鳶科從洗衣繩偷來內衣褲裝潢牠們平坦的樹巢。我一個朋友還曾經發現一隻王鷲的巢，幾乎完全是由長長的電線纏繞而成。想到人類製造的殘屑與鳥兒的創造巧妙結合，一方面令人異常滿足，但一方面也令人隱隱不安。我們造出這樣一個世界，牠們能撿拾利用的都是些什麼呢？我們的世界與鳥兒交錯，住居也奇妙地與彼此共享。我們向來喜見鳥兒在特殊的位置築巢。我們喜歡看歐亞鴝在舊茶壺裡育雛，或看母烏鶇穩坐巢中，巢不偏不倚就築在紅綠燈的紅燈泡上：這些巢象徵希望，因為鳥兒懂得善用人工物，我們的科技因此顯得冗餘、減緩、靜滯，滿載著不再只屬於我們的意義。

不過，巢無非就是這樣。巢所包含的意義，從來都是部分屬於鳥、部分屬於人。巢碗或巢壁築起來的同時，也向我們自身的生命提出了疑問。鳥會像人一樣規畫，或像人一樣思考嗎？鳥真的懂得編繩，懂得依照序列堆疊啣來的泥土，或者那純粹只是本能呢？鳥建造的結構，是不是先有某個抽象圖式，鳥雖然不會思考，卻會依照那個心像逐步規畫？鳥是不是會說：**行了，照這樣做就成了**？這些問題令我們迷惘。我們會依照計畫製造物事，但每個人也都有一種事物應當如何安排的直覺。排列壁龕上的擺飾，或挪動屋內的家具時，我們都感受過這種直覺。藝術家創作拼貼、雕刻捏塑、將顏料塗抹在畫面上時，也感受過這種直覺；他們知道這一抹黑色塗在這裡，與畫面中其他筆畫一同觀看，恰恰好能夠創造平衡或激發衝突。這時候是什麼在我們心中作用？我們著迷於區別技術和直覺，正如我們會區別藝術和工藝的不同。如果崖海鴉的蛋噗通一聲產下之前，色素在轉動的蛋殼上隨機抹上斑紋，斑紋之豐富、之精巧都不輸給抽象表現主義繪畫，那我們對這些花紋的喜愛，是否也透露關於我們的什麼？我想到人類的收藏需求，有時表現於億萬富翁積藏德庫寧（Willem de Koonings）和波洛克（Jackson Pollock）的畫作，有時也表現於商人將紅背伯勞花紋奇巧的蛋裝在植物奶油的塑膠盒裡，藏在床底和車底板下方。

我們在周圍的生物身上看見自身對家和家庭的想像；我們推理、衡量、判斷，而後透過許許多多由樹枝、泥巴、貝殼、羽毛構成的鏡子，回頭向自己證實我們的假定為真。在科學界也一樣，我們也常基於這種邏輯提出疑問。我想到尼可・丁柏根（Niko Tinbergen）在動物行為學領域的卓越成就，同時也想到，他會那樣耐心觀察築巢海鷗族群如何用儀式化的舉動緩和彼此的攻擊性，其實和他對城市人口擁擠可能誘發人類暴力行為感到焦慮有關。我想到青年時期的朱利安・赫胥黎（Julian Huxley），滿懷對性的青澀困惑，用了一整個春天觀察冠鸊鷉的求偶行為，思索兩性性擇和儀式化性為。我也在亨利・艾略特・霍華德（Henry Eliot Howard）關於鳥類行為的著作裡，看見他在戰間期對婚姻的焦慮：他苦思領域性、築巢行為和配偶外交配的概念，而某些雌性會誘惑已確定配偶的雄性，他迫切想瞭解這種性吸引力的背後成因。文學的例子也隨處可見。T・H・懷特（T. H. White）的小說《永恆之王》（*The Once and Future King*）裡，築巢的鳥類影射英國的階級制度，海雀和三趾鷗等海鳥築巢的懸崖，儼如「不計其數的三姑六婆，聚集在全世界最大的正面看台」，此起彼落高喊著：「我的帽子沒歪吧？」和「哎唷喂，這可怎麼辦哩！」同時，懷特筆下象徵貴族的粉腳雁，則成群從高空飛越汙陋的貧民窟，一邊唱著以斯堪地那維亞雁鳥為主題的史詩傳說，一邊往北方飛去。

我身邊成長於鄉郊農村的朋友，大多不太理睬主流文化對於欣賞大自然的規範，對推行規範的法律也不屑一顧。他們很多會牽著獵犬去狩獵。有些人是盜獵者，有些人曾經收集鳥蛋，有人到現在可能還會撿蛋回家，儘管我沒有耳聞。他們的金錢或社會資本多半有限；對周圍的風景地貌如數家珍，不是因為實際擁有那片土地，而是積累了豐富的在地田野知識。在此傳統下收集鳥蛋的行為，讓我不禁思索起所有權、投資、享樂之道等詞彙，通常經濟弱勢群體只有回到自然世界才得以擁有這些。我想到巴利・海恩斯（Barry Hines）的小說《小孩與鷹》（*A Kestrel for a Knave*）中，男孩比利抗拒踢足球，抗拒下礦坑工作，拒絕周遭所有加諸於他的男子氣概模範。但他有什麼機會展現溫柔？他只能輕輕撫摸巢中畫眉鳥寶寶的背，只能悄悄養著一隻他深愛的紅隼。他能擁有什麼樣的美？你如果是地主，整片水滑如絲的天空與下方的樹籬、牲口和地界內的物事都是你的。但你如果是工廠工人呢？這就是問題所在。收集鳥蛋需要技術，需要探索野地的勇氣與得來不易的自然知識。耽溺於靜止之美的心靈，很容易為之沉迷。做這件事時，時間彷彿暫停。收集者授予自己中止新生命和新世代的權力。同時，在菁英分子和他們的種種戒律眼中，收集鳥蛋也關係到接觸自然的方式之中，哪些可以接受，哪些不可接受。

在二次世界大戰期間與戰後盛行的自然史文化觀念之下，收集鳥蛋的行為尤其受到嘲諷。英國的鳥兒在當時被賦予全新的意義，是這個國家的組成元素，是我們努力捍衛的事物。如此的社會風氣下，在不列顛土地上存在瀕危的物種，如反嘴鴴、小環頸鴴和魚鷹，其稀有程度也與遭受威脅的國族地位畫上關聯。也因此，偷取牠們的蛋不異於叛國之舉。保護鳥兒免於收集者的蹂躪，則可視為軍民義務。這個時期的書籍和電影，不厭其煩地描述軍人在戰場上證明自身的英勇，如今負傷歸國後，以保護罕見的鳥類築巢育雛，來展現他們對國家的愛。例如一九四九年，J・K・斯坦福（J. K. Standford）的《錐子鳥》（*The Awl Birds*），書中面臨威脅的便是反嘴鴴的巢；或如肯尼斯・奧爾索普（Kenneth Allsop）同年出版的《冒險點亮了他們的星子》（*Adventure Lit Their Star*），受迫害的是小環頸鴴的巢。科學史研究者蘇菲亞・戴維斯（Sophia Davis）曾撰文分析，這些書中的反派角色都是鳥蛋收集者，且往往被形容為「害蟲」和「危害英格蘭的人」，保衛鳥巢的人則是心懷憂國之志的英雄。事實上，護蛋之士結夥保衛珍稀鳥類的巢，的確是戰時真實流傳的佳話。

鳥類學家喬治・華特斯頓（George Waterston）被俘於德軍戰俘營多年，獲釋之後，他偕同事來到蘇格蘭五十年來首度出現的魚鷹巢下，利用步槍的望遠鏡瞄準器持續觀察鷹巢。又如一九五〇年代，斯坦福寫下自己保護反嘴鴴的經驗。「受周圍隱密的氣氛影響，我們也忐忑不安。」他回憶說：「暮色降臨許久後，我們仍靜坐不動，準備應付任何動靜，就算是鳥卵學者攜帶武器從水路進犯，我們也有對策。」今日會收集蛋的人往往被視為沉迷於上癮，同時道德淪喪、無可救藥。這些性格描述被視為對政治實體的威脅，從戰後便在鳥類學文化中奠定下來。

鳥蛋與戰爭；領地、希望與家園。一九九〇年代，我兒時的家一去不返，我的自然史收藏也隨之流離四散。幾年後，我來到威爾斯一所猛禽復育中心工作。所內有一間研究室，高高堆著昂貴的孵化器，裡頭全是隼蛋。隔著玻璃，蛋殼是斑駁的棕色，像胡桃，像茶漬，也像洋蔥皮。當時，以塑膠軟袋充填熱氣、模擬親鳥的孵卵斑、對蛋加壓的新型孵化器尚未問世。所內用的都還是流動式空氣加溫的孵化器，蛋一排排擺在金屬網架上。我們每天替蛋秤重，隨著胚胎日漸發育成熟，我們開始拿蛋對著光檢查：把蛋放在燈座上，用柔軟的石墨鉛筆沿著明亮的氣室在蛋殼上繪出陰影的輪廓，如此一天天過去，蛋殼表面會多出一環一環重複的同心線條，看上去就像波紋或木材的橫紋。但每每我走出孵化室，總是沒來由地感到難過，隱約有一種不安的眩暈。那是一股熟悉的情緒，只是我始終喚不出名字，直到一個下雨的星期日午後，我才終於弄懂那是什麼心情。我翻閱父母的相簿，無意間發現一張我的相片，出生才沒幾天，還是個瘦瘦巴巴脆弱的小東西，沐浴在死氣沉沉的電燈光下，手臂上套著醫院的名牌。那個我躺在保溫箱裡，因為我極度早產，而我的雙胞胎兄弟沒能活下來。生命之初就遭逢分離，加上一個人孤零零裹著毯子，躺在壓克力箱裡照了好幾週的白光，對我造成了某種影響，讓我對滿室靜置於流動式加溫箱內，只能以網架移動、在濕潤空氣中等待孵化的蛋產生了共鳴。現在，我喚得出那股難過的心情是什麼了。那是寂寞。

我也是這時候才意識到，蛋有某種獨特的力量，向人類造成的傷痛和傷害提出疑問。也許是因為這樣，童年收集的那些鳥巢才讓我感覺不自在吧。因為那些鳥巢提醒我，我的生命曾經有一段時期，除了捱過孤獨活下來，世上別無其他。然後呢，然後有一天，我誤打誤撞發現，假如把隼蛋湊近嘴邊，發出輕柔的咯咯叫聲，蛋裡即將孵化的幼雛也會輕聲回應。於是我站在那裡，在恆溫的孵化室裡，隔著蛋殼對著某個小生命說話。牠現在還不識得光或空氣，但要不了多久，牠將能展翅，以六十英里的時速在天空輕鬆滑翔，將西海岸微風吹塑出的捲雲和半山腰的積雲盡收眼底，然後拍動尖翼盤旋而上，飛升到更高之處，遙望遠方波光粼粼的大西洋。我對著蛋說話，眼淚撲簌流下。

2 是豬非豬

我一頭霧水。一道鐵絲刺網做的矮籬笆上，有歐洲栗樹的枝葉遮蔭，我和男友站在籬笆旁邊。秋天的森林一片靜謐，微風靜靜拂過頭上的樹葉，歐亞鴝在冬青樹叢之間發出滴水似的叫聲。

我們在等什麼呢？我不是很確定，就連我為什麼在這裡，我也不太確定。那個男孩說要帶我去看一樣東西，我在樹林裡一定沒見過，我聽了半信半疑，但還是跟著來了。他先吹了聲口哨，大喊幾聲，又再吹幾聲口哨。什麼事也沒發生。但接著就出現了：突如其來的匆匆一瞬間，大約六十到七十公尺外，有東西從兩棵樹之間飛快經過。然後我看到了。野豬，是野豬。

當年我去電影院看《侏儸紀公園》（*Jurassic Park*），發生一件始料未及的事。第一頭恐龍現身大銀幕時，我的胸口感受到一股希望的重壓，眼眶不由自主湧出淚水。太神奇了，從小到處得見的圖像竟然活了過來。此刻發生的事也很類似，感動程度不亞於前。我平生看過那麼多野豬的圖像：古希臘陶甕上背似剃刀的野獸、十六世紀的木雕、二十一世紀的獵人扛著獵槍跪在戰利品旁的照片、我的希臘神話書上墨水畫風的厄律曼托斯野豬[1]。有些動物因為誕生自幻想而富有神話色彩，例如蛇尾雞（basilisk）、龍、獨角獸。也有一些動物，曾經同樣深具神話意涵，只是因為長久以來太頻繁出現在人類周遭，早期蘊含的意義已被新的意義給取代，比如獅、虎、獵豹、花豹、熊，皆被賦予了現代傳說。對我來說，野豬依然存在於古老的故事中，依然是個象徵，依然傳達豐富奇特的意義。而現在眼前就有一頭野豬，經男孩召喚來到了現實世界。

猛然一看覺得熟悉，但這頭生物和我預想的不太一樣。聳肩威嚇的模樣像狒狒，蠻力和棕黑色毛皮像一頭熊，可是其實跟熊很不像。最令我訝異的是，牠名叫野豬卻一點也不像豬。這頭野獸是肌肉、鬃毛與重量的奇妙結合，見牠小步跑向我們，我忍不住轉過頭，驚訝地對男孩說：「牠一點也不像豬！」男孩得意洋洋咧嘴一笑說：「對吧，真的不像豬。」

自由漫步的野豬，在不列顛的森林裡繁衍興旺，這還是數百年以來頭一遭。牠們是畜產動物逃出圈養或經人刻意放生後生下的後代。野豬適應力強又有韌性，包括在歐陸各地，乃至距離此物種模式分布區域十分遙遠的地方，數量都在持續上升。從英國到日本，野豬遍布整個歐亞大陸。一八九〇年代，野豬首度被引進美國新罕布夏州，此後直到現在，全美至少有四十五個州報導過貌似野豬的野生豬隻現蹤。至於英國，野豬在薩塞克斯郡、肯特郡、格洛斯特郡的迪恩森林（Forest of Dean）都有據點。迪恩森林是一片古老的狩獵保留地，電影《星際大戰：原力覺醒》（*The Force Awakens*）曾在此取景拍攝外星球的場景。二〇〇四年，六十頭農場飼養的野豬遭人偷偷非法棄置於森林裡；十一年後，夜間生物熱像儀調查發現，該地野豬的族群數量已經成長至破千隻。

好幾年前，我住在迪恩森林附近，幾度到林中尋找野豬。動機不單是自然史引發的好奇心，野豬的存在，也讓我覺得自己彷彿踏入某座古老的蠻荒森林。我一次也沒見著牠們，但確實發現牠們留下的蹤跡：林徑上和路邊的雜草間，處處有野豬掘地覓食挖開的地面與深而長的槽痕。野豬是地景工程師，能夠改變森林的生態環境。牠們平時打滾的泥穴，雨後注滿雨水，便成為蜻蜓幼蟲活躍的池塘；種籽和刺果黏附在牠們的毛皮上，便能散播到更遠處；牠們翻挖森林土層的習性，也造就了林地植物群落的多樣性。

我散步經過的森林有野豬棲息，知道這件事，也為英格蘭鄉間增添了一種新鮮又稀奇的可能性，叫作危險。野豬也有凶猛的時候，尤其是剛產仔的母豬為了保護幼崽，常會衝

---

1 譯註：厄律曼托斯野豬（Erymanthian Boar），希臘神話中出沒於厄律曼托斯山的傳說生物。半人神海克力士用計將牠趕入雪地陷阱活捉，立下十二項偉業之一。

撞、攻擊闖入地盤的人。自從野豬重回迪恩森林後，經常傳出健行民眾遭到追逐、狗被獠牙刺傷、馬在熟悉的路上突然緊張不安的報導。我走在林間，也發覺自己跟以往相比，會格外提高警覺，留意周圍景物，時不時繃起神經，傾聽風吹草動，環顧樹叢間是否有細微的動靜。森林變成蠻荒之地，但從某方面來說，這樣其實也正常多了，因為人類與危險野生動物之間的衝突在世界各地仍所在多有，在印度和非洲有大象踐踏莊稼，在美國佛羅里達州有鱷魚吞食寵物狗。只是在英國，灰狼、棕熊、猞猁和野豬很久以前就被獵捕至滅絕，所以我們遺忘了這種感覺。

我在圍籬旁見到的那頭野豬並不算威脅。牠是有人豢養的野豬，當地一名獵場看守人連同牠一共養了幾頭，全都牢靠地關在鐵絲網內。但是看到牠，我仍不禁深刻反省自己在這世界上的定位。這隻動物，是從我大學時代讀的中世紀文學裡奔竄出來的半傳說神獸，是古敘事詩《高文騎士與綠爵士》（*Sir Gawain and the Green Knight*）和馬洛禮（Thomas Malory）的《亞瑟王之死》（*Le Morte d'Arthur*）故事中被追捕的獵物，是以凶暴蠻力聞名的強悍生物。野豬在中世紀傳說被奉為男子氣概的考驗，狩獵野豬能測試一個人的耐力和膽識。第一次見到某種動物，我們總會預期牠和過往聽聞的故事裡的形象相同。但兩者永遠、永遠存在著差距。野豬依然令我驚奇。動物們都是。

人類害怕野生動物闖入我們的空間，這種地盤焦慮感由來已久。十七世紀英格蘭園藝作家威廉・羅森（William Lawson）曾建議讀者，必要時可以借助下述工具，驅趕在土地內遊蕩的野獸：「一條忠實而敏捷的獵犬、石弓一柄及火槍一把。如若必要，準備一根鉤子插上蘋果，用於對付鹿。」因為擔心格洛斯特郡的野豬繼續釀禍，林委會決議削減迪恩森林內的野豬族群：二〇一四年和二〇一五年，共有三百六十一頭野豬遭射殺，期間反狩獵運動人士一度設法阻撓獵人，希望制止捕殺。英格蘭野生野豬族群管理所引發的爭議，點出了我們對動物及其社會用途的理解，不乏許多矛盾和對立。灰狼可能是劫掠家畜的惡賊，也可以是原始荒野的象徵；西點林鴞可以是原始林天然固有的重要居民，也可能是妨礙伐木工人維持生計的麻煩鬼。動物們被當作人類自己競逐社會和經濟資源的代言人。

隨著動物日益罕見，數量稀少到對人類的影響微乎其微，產生新的意義的能力也持續衰減，也是從這時候開始，牠們象徵起人類的另一個觀念：我們與自然世界的關係，突顯了人的道德淪喪。從我出生至今，地球已經失去了半數的野生動物。氣候變遷、棲地喪失、環境汙染、農藥毒害和人為迫害，在在代表脊椎動物物種正快速滅絕，比在沒有人類的世界裡快上超過百倍。從樹林後方現身的一頭野豬，猶如希望的象徵，讓我不禁思索我們對自然界造成的傷害，有沒有可能不是不可逆的，那些瀕危或在某地絕種的生物，會不會有一天再度現蹤。

此次相遇，有好多方面令我心情激動：除了圖騰動物化為肉身被召喚來到眼前，我還體認到，這個世界上還有一種特別的智力，是野豬的智力、野豬的感情。被一個非人類的心靈打量評估，逼迫你重新思考自身的有限。那頭野豬抬頭看我的瞬間，我對野豬認知有限的事實頓時明擺在眼前，只有到了此刻，當活生生的豬鼻子對著我，小眼睛盯著我瞧，我才開始思索野豬究竟是什麼樣的生物。說來奇妙，我還在意起牠是怎麼想我的。我把野豬與我對中世紀傳說生物的印象等量齊觀，但我朋友以前是拳擊手，他欣賞的是野豬的體格，頻頻讚嘆牠短彎刀般的身體弧線和利如剃刀的獠牙。細小的前肢和後腿竟能夠推動壯碩的頭胸部，駭人的力量歷歷在目。

我朋友說話的同時，野豬把身體貼向籬笆，用濕潤的鼻孔大聲嗅聞。我一時衝動，伸手就想去摸。牠抬起頭，面無表情，用紅眼睛打量了我一會兒，再度嗅聞起來。我把手抽開，過一陣子才又伸出去。野豬站定不動，允許我用手指輕輕梳理牠的黑毛圓背。觸感就像一把插了太多鬃毛的梳子，而手柄不是木頭，而是厚實的肌肉。鬃毛底下有一層絨毛。「再過不久就會換上冬毛了，六吋長的護毛。」男孩說。我搔抓著野豬寬厚隆起的背部，過了幾秒，我忽然感覺到牠心中有某種糾結成小球的凶性開始跳動起來。經驗告訴我，千萬別懷疑這種直覺。我們雙方在這瞬間都覺得夠了，我的心跳漏了一拍，牠則擺出攻擊姿勢，低哼兩聲。

野豬緩步走開，膝蓋著地，鼻子頂地，然後一派慵懶地坐下來，滾向一邊露出側腹，毛皮表面震出陣陣漣漪。我看得出神。我對這個生物依然滿懷興趣，但野豬已經對我厭煩，頭也不回地走了。

3 督察來訪

我有個地盤性強、戒心又重的靈魂。沒有什麼比房東登門拜訪更令我張皇失措的了。我大半夜起身將屋裡打掃一遍，怒氣漲滿胸口，看什麼都不順眼，甚至一度考慮放火把整棟破房子燒成平地。這個方法難道不合理嗎？燒光了就不會有誰抱怨原木品牌餐桌上印著一圈圈的咖啡漬了。

到了上午十一點，氣氛平靜許多。我在二樓書桌前批改作文。窗子敞著，空氣舒爽，天空是清冷的灰色。一輛紅色福特轎車在外頭停下，下來了一對男女。房東事先跟我說過，要來看屋的租戶有一個患自閉症的八歲兒子。我沒看見男孩的蹤影，但看得出那兩人是孩子的父母親。雖然幾乎細不可察，但他們舉手投足間有一種出於關愛的克制自持，兒子想必坐在車子後座。果然沒錯。一看到他爬下車，我胸口一揪，心一沉，不是因為他穿著一套橘紅相間的條紋連身褲，而是因為他兩手各握著一隻海獅模型。

大人們在樓下交談，男孩在昏暗的客廳裡蹦蹦跳跳，看得出他備感無聊。我低頭看向他手裡的海獅，兩隻海獅的鼻子周圍都有斑駁掉漆的小傷痕，不是兩隻打架弄出來的，就是到處磕磕碰碰留下的。我問他想不想看看我的鸚鵡。他立刻挑起眉毛，但沒有輕舉妄動，等到父母迅速無聲地示意可以，他才跟著我上樓梯，每跨一步都大聲數著數字。我們在鳥籠前停下。鳥兒和男孩注視著彼此。

他們都喜歡對方。鳥兒喜歡男孩，因為他整個人興高采烈，毫不掩飾驚奇。至於男孩，他單純就是喜歡這隻鳥。鸚鵡頂著蓬鬆冠羽左右晃頭，做出俏皮可愛的小動作，男孩也用相同的動作回禮。沒兩下子，就看到鸚鵡和男孩雙雙左右搖擺、前後晃動，對著彼此跳舞。只是男孩不得不把塑膠海獅扣在指縫間，用兩手掌心摀住耳朵，因為鸚鵡實在太興奮了，扯著嗓子頻頻尖叫。

「好**大聲**！」男孩說。

「因為他很開心。」我說：「他喜歡和你跳舞。」

片刻過後，我跟他說，我很喜歡他的海獅。

他蹙起眉頭，彷彿他有些話正考慮該不該對我說，因為我看起來是難得一遇的同伴。

「很多人以為這是……**海豹**。」他頓了頓，語氣透露出不屑。

「怎麼會，一看就知道是海獅呀！」我說。

「對呀。」他說。

我們一同為重視準確的生物分類暗暗感到驕傲。

他父母也上樓走進房間。他們決定好了，這間房子太小，不夠一家三口居住。虧我賣力打掃了一個星期。

他母親看起來很緊張。「來吧，安特克！我們要走了。」

就在那一剎那，人與動物之間我見過最美麗的互動，忽然在眼前上演。安特克莊重地向鸚鵡點頭道別，鸚鵡也彬彬有禮地深深鞠躬回禮。

不久，我聽見前門打開，就在他們跨出門檻前，傳來喀啦啦的碰撞聲，我猜大概是海獅的鼻子又撞在了一起。這時，安特克忽然大聲宣布：「我們搬來以後，我要和鸚鵡睡同一個房間。」如此令人不忍心的話語，在玄關裡，確信不疑地說了出來。

4 自然圖鑑

澳洲藍山國家公園內有一座壯觀的三層瀑布，從附近制高點的瞭望台看出去，遠方的山峰將陽光反射回來，遍灑於薄霧之上。那瀰漫的薄霧是尤加利樹散發的芬芳分子，在陽光照射下化為淺淡的灰藍色。在我腳下，山坡一路向下傾斜，沒入一片未開發的原始森林之中，林間長滿形態優雅、淺色樹皮的樹木，綿展至視線的盡頭。再往上沿著山坡，長著一叢一叢長莖灌木，花朵狀似繽紛的塑膠髮捲：我猜，是佛塔樹屬的植物吧。這時，樹葉底下忽然竄出一隻小鳥，我連忙用望遠鏡鎖定。小鳥停在長著帶狀樹葉的一叢灌木上，正在用樹枝揩拭下彎的鳥喙，羽色是黑、白、酸黃三色相間，眼睛像小小的銀幣。我不認識那一叢灌木是什麼植物，也不確定小鳥是哪一種鳥。我猜是吸蜜鳥的一種，但也只是猜測，什麼也不確定，至少在這裡不行。空氣中微微嗅得到老舊紙張的氣味，和一種有點像是噴射機燃料的味道。我忽然感到失落，覺得離家無比遙遠。

小時候，我家裡滿是自然史圖鑑，從一九五一年洛克（G. H. Locket）與米利傑（A. F.

Millidge）合編的雙冊《英國蜘蛛圖鑑》（*British Spiders*），到記載樹木、蕈菇、蘭花、魚類或蝸牛的插畫書，種類應有盡有。這些書在兒時的我眼裡，是不可質疑的權威。除了驚嘆昆蟲學者為蛾取的名字——太波蚊蛾、圓紋褐姬尺蛾、反軸尺蛾，我也會對照書上的描述，努力辨認每個涼爽的夏日早晨在門廊牆上發現的活體樣本。識別事物的過程，往往像是設法解開棘手的字謎，尤其過程中還得學習許多專門詞彙：*scopulae* 是蜘蛛跗節末端的毛簇，*thalli* 是葉狀體——藻類或真菌等有機體未分化的營養組織。認識的動植物愈多，周圍的世界愈顯得廣大複雜，但也愈是熟悉。

很久以後我才體認到，就算是最簡明的自然圖鑑，也很難稱作是窺看自然奧祕的透明窗口。如何對照紊亂的現實閱讀圖鑑是需要學習的。在野外，見到鳥類和昆蟲往往只是匆匆一瞥，要不距離很遠，要不光線灰暗，或是半被樹葉給遮蔽；不會像圖鑑上如表格排列的彩圖，襯著白淨的背景，相近的物種全部整理在同一頁，面朝同一個方向、襯著明亮沒有陰影的光線，可以輕鬆比較。要想善用圖鑑，你得學會針對眼前看到的活體提出正確的問題：評估牠的體型大小和棲地，將牠拆解為相關的細節（尾長、腿長，以及翅鞘、鱗片或飛羽上的特定圖樣），逐一對照相似物種的照片，閱讀附註的文字，瞇起眼睛查看標示該物種常見地理分布範圍的小地圖，然後回頭再看一次物種照片，逐步縮減範圍，直到對照出你滿意的答案為止。

透過這種方法辨識動物，也有一段精彩的演進史，因為自然圖鑑向來亦步亦趨記錄了人類與自然互動方式的變化。以鳥類圖鑑為例，直到二十世紀初以前，圖鑑多半僅分為兩種。一種是道德化、擬人化的鳥類生活史，如一八八九年，佛羅倫絲・梅里亞姆（Florence Merriam）的《觀劇鏡下看鳥》（*Birds Through an Opera-Glass*），形容藍鴝有「模範脾氣」，灰貓嘲鶇則「散漫放縱」。她寫灰貓嘲鶇「假如是個男人，我敢說他閒坐在家還穿著襯衫，上街卻不知道要加領子」。另一種圖鑑，則是供鳥類收藏家使用的實用分類手冊。在那個年代，鳥類多半在射殺後才會辨認種類，所以這類圖鑑多聚焦於羽毛和軟組織的細部差異。「內趾與中趾基部之間有蹼。」這是查普曼（Frank M. Chapman）一九一二年版的《北美鳥類色彩圖鑑》（*Color Key to North American Birds*）對半蹼鴴的描述。但一次世界大戰後，隨著休閒賞鳥的風氣漸興，捕鳥殺鳥的道德性日受質疑，加上平價望遠鏡的發明與普及，將鳥帶進人的視力範圍內，過去那些鉅細靡遺的說明不再有太大用處。人們需要新的鳥種辨認方式。

第一本現代風格的自然圖鑑，是鳥類學家彼得森（Roger Tory Peterson）於一九三四年編著的《野外鳥類圖鑑》（*Field Guide to the Birds*），靈感部分來自早年家喻戶曉的童書《兩個小野人》（*Two Little Savages*）。這本書出版於一九〇三年，作者厄尼斯特・湯普森・西頓（Ernest Thompson Seton）是美國童軍總會首位總領袖。故事中，喜愛自然的男孩透過書籍想認識鳥類，卻發現書本要他將死去的鳥捧在掌中觀察，他覺得很沮喪，決定改用「遠距素描法」記錄他在遠處看到的鴨子，然後將素描畫整理成「鴨子圖表」，呈現不同種鴨子各具特色的「斑塊和條紋，那就像牠們的名牌……猶如軍人的制服」。彼得森的畫和西頓的圖表一樣，將鳥類簡化並整理成表，但他又更進一步在頁面上添加細小黑線，指出最顯而易見的鮮明特徵：鳳頭卡拉鷹尾羽末端的黑色條帶、三趾鷗飛翔時翅膀上的「墨漬」。

一九二〇年代，彼得森還是個少年郎的時候，曾是布隆克斯郡鳥會成員。鳥會匯聚了一群好勝心強、希望打破因襲陳規的年輕自然學者。在方便攜帶的圖鑑尚未流行的年代，野外辨認物種的輔助工具，外形很可能令人意想不到：鳥會一名創始成員經常隨身攜帶一只信封，裡頭裝的是他從一本鳥類圖鑑剪下的彩圖，這本伊頓（E. H. Eaton）的《紐約鳥類》（*Birds of New York*）是他在垃圾桶裡意外撈到的，圖片很是華美，但裝幀笨重。鳥會的指導教師盧德洛・格里斯康（Ludlow Griscom）個性嚴謹、實事求是，他首創一種在野外看見飛翔中的鳥類亦能迅速辨認鳥種的方法，因此聞名於觀鳥學界。「我們所知道的無數和鳥兒相關的零散資訊——目擊地點、季節、棲地、叫聲、行為、辨識特徵、出現機率等等，都在剎那之間掠過心鏡、拼湊起來，我們便得出了鳥兒的名字。」彼得森後來如此解釋格里斯康的方法。這種在一瞬之間運用完形認知辨認物種的能力，結合了書本知識及長年的野外觀察經驗，從此成為鳥類學界專業的表徵，也是日後持續茁長、至今不輟的賞鳥競賽文化秉持的核心。因為，辨認物種其實蘊含無窮的智性樂趣，每一次你學會辨識一種新的動物或植物，大自然在你眼中就會顯得更複雜也更值得驚奇，精妙豐富的細節從渾沌無名的灰色與綠色背景中顯現。

時至今日，電子圖鑑日益流行，照片辨識應用程式如辨識植物的 Leafsnap 和辨識鳥類的 Merlin Bird ID，讓人即使不具使用紙本圖鑑的能力，也能輕鬆辨認物種。電子圖鑑還有紙本做不到的功能，例如播放動物叫聲和鳴唱聲。但依賴電子圖鑑，也讓我們比較難學到使用紙本圖鑑時不自覺吸收的知識：如同科不同物種之間的相似性，或是該物種在生物分類階序中的位置。我小時候，自然圖鑑的魅力有部分就在於它的物質性，掂在手中的重量和排版裝幀之美。我會細看圖鑑裡蝴蝶和鳥類的彩圖，分辨這種與那種的差異，將那些彩色圖像牢牢記在腦中，不知不覺就過了好幾個鐘頭。第一次在英格蘭南部的高地丘陵草場，看見銀斑弄蝶在光裸的白堊岩上晒太陽時，我馬上想起這隻泥金色箭頭形狀、翅上有不規則白斑的蝴蝶叫什麼名字。那是一種和早已熟悉卻不曾見過的事物相遇的喜悅，這種喜悅因自然圖鑑得以成真。

回到旅館房間，我從行李箱底抽出兩本澳洲物種圖鑑，迫不及待想查一查我剛才見到的是什麼動植物。我快速翻閱第一本，找到吸蜜鳥科那一頁，淡綠色的頁面上列出九種鳥。其中兩種都有白、黃、黑相間的鮮明羽色，但銀色圓眼睛則只專屬於一種。再對照對頁的分布地圖和簡短說明，我看見的鳥應該是黃翅澳吸蜜鳥。再翻開植物圖鑑，澳洲已知有三萬種不同的植物，這本圖鑑僅收錄了數百種，我暫且認定吸蜜鳥停棲的那叢矮灌木可能是紅火球帝王花，至於我在路旁看見的佛塔樹屬植物，應該是狹葉佛塔樹，「外形直突、硬韌多鉤刺。」這些物種在澳洲眾所周知，於我卻是一次小小的勝利。現在我認識三樣事物了。幾個鐘頭前，我眺望著山谷夕色，還對這些一無所知。

5 泰科斯莊園

我不該那樣做的，因為在高速公路上開車，雙眼理應牢牢看著路才對。不該那樣也是因為，刻意擾動情緒無非只是一股衝動，就像刻意按壓康復中的瘀傷一般，很奇怪，也令人費解。但我還是做了，近年來做這件事安全多了。因為這個路段正逐步改造成智能高速公路，所以M3高速公路往坎伯利緩降的長降坡，現在沿路設滿測速照相機跟限速五十英里的號誌牌。開在這個路段往別處去的路上，我可以把車滑向外側車道，速度放慢，與路邊我欲尋找的某一段護欄離得近一些，在白如陳年冰層的天空下向西飛馳。

每天大概有十萬部車輛通過這個地方。回到一九七〇年代中期，我在深更半夜若還醒著，常常聽見一輛摩托車向西或向東奔馳：如同哈欠般長長的**噗嗚**一聲，反射振盪到記憶裡，而後在夢中反覆重播。但交通噪音不異於雪，日久也愈積愈厚。到了十歲，我站在歐洲第二大瀑布旁聽著滂沱水勢，只單純想到**這聲音好像雨中的公速公路**。

我不該看的。我每次總想看。我的目光逮到那個位置，護欄後方匆匆閃逝如西洋鏡畫片的松樹在那裡驟然開出一片天空，一株紅杉深黑的尖頂與天色相映，一棵智利南洋杉排列成趣的枝椏像臂彎托天。我的腦中頓時湧生一股憂慮，深恐這個地方消失不見，因為我對這些樹周圍的地貌**如數家珍**，或者該說，我認識這片土地三十年前的樣貌。下一秒，那個位置過去了，我的車繼續前進，我吐出在這幾百公尺內始終憋著的一口氣，我自以為不呼吸就能讓一切靜止——靜止動向、靜止時間，靜止人生中所有起落的塵土和腳步。

這是我小時候的記憶，很荒謬，不過是真的。母親開車載我上小學的途中，路旁常有成排的軍事警告牌，我靠著破譯上面的訊息學會了速讀。**勿入**很簡單，**危險**——**未爆彈藥**則花了我好幾個月才看懂。我必須**一次讀到**全部的字，因為母親的車子在移動，而標牌又離車子很近。每個上課日的早晨，每當軍事基地即將接近，我都會牢牢盯著窗外，等待那些文字出現，給我機會再試一遍。我當時的心情——某些重要的事物自我身旁飛快逝去，而我深切盼望理解。這正是我現下往高速公路護欄後方某處殷殷張望的心情，那是我兒時長大的地方。

在泰科斯公園度過第一個夏天時，我五歲。時間是一九七六年。藍眼菊在花床裡綻放後又凋萎，屋後林間的松毬在無數個天空湛藍的午後破裂爆開。我依稀記得給水管、橘子蘇打水、乾枯的草坪，還有與大人的一場對話——某人向我解釋了**乾旱**的概念。那是我第一次體認到不是每一年都相同，甚至可能是我第一次得知原來有「年」這樣的東西。我父母在薩里郡坎貝利買下的這間白色小屋子，位於神智學會（Theosophical Society）所有的一座莊園內，莊園占地五十英畝，外有圍牆。我父母對神智學沒有什麼概念，但他們喜歡這間屋子，也喜歡這片莊園。這裡以前曾有一座城堡，或者應該說，是鄉紳泰科斯於十九世紀初仿古興築的城堡，布滿仿真的哥德式城垛和箭縫、孔雀和馬車。城堡燒毀後，神智學會的人於一九二九年以兩千六百英鎊買下這片土地，動手改造成供信徒生活及工作之處。他們告訴居民，能住在這裡是恩典，能為彼此效勞也是恩典。信眾自己建造房屋、添購帳篷布置營地，並向軍隊買來一間二手的尼森小屋放在這裡。他們在磚牆圍起的菜園內種植作物，還開了一間純蔬食旅館。一九六〇年代，承租人獲准買下永久土地所有權後，慢慢開始有像我們一樣的外人住進這個地方。

神智學在納粹德國遭禁，所以我們有很多鄰居是二戰難民，其他居民則是好人家裡格格不入的異類：很多是上了年紀的女性，拒絕扮演社會指派的角色，她們是薩里郡沉默的蘿莉・威洛[1]。有一位經常配戴考古學家霍華德・卡特（Howard Carter）送她的古埃及首飾；另一位在抽屜收藏了一枚大海雀的蛋。間諜、科學家、鋼琴演奏家，還有

1 譯註：蘿莉・威洛伊（Lolli Willowes）是英國作家西薇亞・湯森・渥納（Sylvia Townsend Warner）創作的同名小說中的女主人公，她中年獨身，寡居於鄉間，以躲避親族的控制。這部小說被視為早期女性主義的經典作品。

祕傳學會（Esoteric Society）、圓桌會（Round Table）、自由天主教會（Liberal Catholic Church）、聯合共濟會（Co-Masonic）成員。有一位前居民遠從尼泊爾把他剪下的鬍子寄回來，指定要用莊園的篝火燒化。另一位居民，很多年後發現我念過劍橋大學，問我都把馬栓在哪一間馬廄——因為他一九三〇年代還是劍橋學生的時候，為他的獵人找出租馬車時曾遇上可怕的麻煩。周圍每個人的生活和過往都是這麼的古怪卻燦爛，使我對何為正常、何為不正常的概念，很小就受到錘鍊，往後也從未回復。但我很慶幸是這樣，我尤其慶幸見過這些女人，她們為我示範了獨身過活的多種榜樣。

但我最慶幸的是，我在那裡享有無限的自由。放學後，我會做一個三明治，然後抓起我的蔡司 8×30 野外雙筒望遠鏡，動身前往我最愛的幾個地點。莊園內有爬滿常春藤的磚牆，有優型樹和紀念威靈頓公爵逝世而栽種的紅杉林——紅杉因此有世界爺（*Wellingtonias*）的別稱。還有用焦酚油浸過的木材建造的避暑小屋，窗戶上布滿蠅糞留下的斑點。不知道是誰跟我說過，亞瑟．柯南．道爾喜歡坐在最小的那一間避暑小屋裡，就在一株白楊樹稀疏的樹蔭下。屋內奶油色的牆壁上掛著攝影作品《花仙子》（*Cottingley Fairies*）的原版系列相片。莊園內還有義大利式露天陽台，上有一片圓而淺的水池，池中有一座時好時壞的噴泉，裡面住著光滑的蠑螈和大龍蝨；入夜後，蝙蝠科的多種蝙蝠會來沾取池水喝。一片九英畝的大草原，一側有腐朽的馬廄，還有連綿好幾英畝的歐洲赤松林，潮濕的泥徑被叢叢蕨葉、杜鵑和花蕾結冰的沼澤山月桂層層遮掩。有好些條路，哪裡也到不了，因為一九五〇年代，政府向神智會強制收購土地興建高速公路後，高速公路將莊園一分為二。我很喜歡這些路。赤腳踩在斑駁剝落的柏油路上，沿著栽植無梗花櫟的林蔭道直走，盡頭堆積片片落葉，只有一條新的野徑往右轉彎，循著高速公路護欄續向前行。莊園後側的一條死巷有一段十呎長的沙堤，我常七手八腳爬上沙堤，走向那株巨大的灰山毛櫸，樹幹上刻著許多愛心、日期和姓名首字母，我很驚訝居然有人知道這棵樹，因為我從沒在附近見過別人，從來沒有。有一天下午，我在樹下的腐土裡挖到一個爛了一半的細肩帶皮包，往掌心一倒，掉出幾枚三便士硬幣。聽說在高速公路出現之前，這裡有螢火蟲，有沙鷸，有池塘。現在公路另一側已經全是房屋了。

我小時候可以到處漫遊，沒人會制止我，因為這裡每個人都認識我——雖然有些人私下會對我父母說，他們又看到我在水深及膝的池塘中央尋找蠑螈，或是抓著一條大水蛇從旅館旁經過，只見一條六十公分長、卡其色混金色的水蛇，柔軟地纏繞在我的手臂上。園丁瑞格偶爾會用他的曳引機拖車載我一程，我們悠悠哉哉地駛在路上，唱著他教我的音樂劇歌曲：

天地悠悠，世道皆同

總是窮人，忍受屈辱
總是富人，享盡榮華
見此一切，豈非恥辱？

瑞格捲菸抽的時候，我便跑去探索後林裡的蕨葉和灌木叢，生長在這裡的杜鵑高大得像一棵樹，枝幹很久以前經過修剪，長得奇形怪狀。在我還小的時候，這些杜鵑**非常好攀爬**：樹枝扭曲成直角結構，木幹彎成很大的弧度，我可以用雙手撐著身子爬上去，坐進深綠色樹葉圍成的樹冠裡，杜鵑花葉蟬在樹葉間彈跳，喀啦或啪嚓作響。仔細近看，杜鵑花葉蟬像極了寓言故事裡最繽紛的龍。同樣在後林裡的，還有紅褐林蟻的巢穴，閃閃發光、還會遊走的顆粒狀土丘，每一年都會移動位置，到哪裡都散發著甲酸的氣味。將花朵扔在蟻丘上，趁螞蟻把花搬走前拿回來，藍色的花會變成粉紅色。有一陣子，我常利用蟻丘將我發現的死鳥做成骨骼標本。我會把鳥兒屍體小心疊好，放進鐵絲網做的小籠子，借放在蟻丘上。幾週後再拿出來，鳥兒已經剩下乾淨的白骨，只是始終帶有一股螞蟻的氣味。

我有幸得到這般自由的童年，實屬巧合。一方面多虧地點特殊，一方面則要慶幸我父母相信這裡很安全。我幾乎就生活在童年故事書描述的環境裡，像是《祕密花園》（*The Secret Garden*）和《瑪夏姆太太的隱密角落》（*Mistress Masham's Repose*），雖然我半點沒有書中女主人公的優雅教養。我只是念公立學校的小毛頭，在已然傾頹的莊園裡自由奔跑；這段描述要是寫下來，似可作為帝國式微的隱喻，或是象徵一種更奔放的生活、某種社會逾越，或是在我出生多年前、早有不計其數的作家用想像力構築的逃離塵俗的美夢。

我不知道我童年享有的自由算不算罕見，但我知道它賜予我什麼。童年的自由將我變成一名自然學者。對我這樣的自然學新手來說，九英畝的草原是最理想的去處。那裡很多花草想必都是以種子之姿，隨著為早已故去的馬兒準備的乾草，從低地來到這裡：山蘿蔔、矢車菊、三葉草、圓葉風鈴草、黃花豬殃殃、凌風草、野豌豆，還有豐富多樣的禾草及草本植物。也有蝴蝶在這一小塊十九世紀的園地闖蕩：普藍眼灰蝶、小弄蝶、白邊點弄蝶、加勒白眼蝶、紅灰蝶，鳴唱了整個夏天的蚱蜢，咻地自我腳邊彈開。草地另一頭的風景不同，有比較多能在酸性土壤上見到的生物：小酸模搖曳成一片低海，石南原豬殃殃開滿星星白花，有白蛾和潘非珍眼蝶，蟻丘和曲芒髮草被陽光刷上了霧色。我對這片草原無比熟悉。它比我往後人生遇過的其他環境都更豐富、更有趣，有更多故事可以述說。我會把臉探進草叢裡，看著小如字母「i」上黑點的小蟲子，在根莖糾結難分的泥土間緩緩移動。或者仰面朝上，在積雲堆疊如卵石的天空中，尋找鳥兒的蹤影。

我們所講述的自然故事，有那麼多是以自然考驗自己、與自然對立、用自然界定我們的人性。但在這片草原裡，一點也不是那樣。在這裡，我只是以孩童的目光觀察自然，從中尋找親近與陪伴。我翻看圖鑑來認識這些生物的名字，是因為我覺得有必要認識它們，就像我有必要記住班上同學的姓名。它們豐富多樣的生命，拓展了我對家的認知，家園不只侷限於屋子的四面牆。生物讓自然世界成為一個複雜、美麗而安心的地方。它們感覺就像家人一般。

年紀還小的時候，周圍所見的景物彷彿都向你保證，它們永遠會是現在的模樣。你會用天和星期來度量生活，而不是用年。所以，當八月初的某一天，割草工人來把草地刈平，做他們自有這片草地以來年復一年都會做的事，我見了卻滿心驚恐又怒火中燒。我沒有時間細想自己在做什麼。我拔腿狂奔，跌了跤又爬起來，跑到割草機前一屁股坐下，逼迫它停下來，就這麼沉默、被動地在滿頭霧水的司機面前堅守我的立場。可想而知，司機走下割草機問我到底在做什麼，我只能跑回家大哭。我當時不懂乾草牧地的運作。我看到的只有破壞。我哪裡知道，割草工人的工作是要讓歷史暫停流動，留住草地曾經所是的樣子，抵抗石南、樺木和時間的侵犯？

草地每一年都會長回來，長得一如以往的繁茂，直到我們一九九〇年代搬離莊園。十年後，我在一個灰濛的夏日午後回來探訪，心中忐忑不安，不曉得會見到怎樣的變化。車子開上泰科斯林蔭道，兩旁經過的風景如同夢中的景物，有一種近得令人不安、輪廓渙散、比例失真、奇異不凡的特質。車子拐了個彎，駛向田野，車身上下顛簸，即將看見的景象令我坐立不安。然而草地依舊在那兒：神奇到不像真的，依然洋溢著生命。

四十歲後，我又回來過一次，不再那麼惶恐，對自己、對回去會看見的景象都多了幾分把握。但我錯了。顯然有人認為這片草地應當要有足球場草皮的樣子，所以把草地當成院子裡的草坪對待，多年來反覆把草刈平，如今所有旺盛活動的生命、所有我熟識且深愛的生命，已經悉數消失。草地現在看上去，就是那個人認定應有的樣子：單調、整齊、平坦、易於行走。我看到時忍不住哭了：一個中年女人嗚咽哭泣，不是為了她的童年，不完全是，而是為了此地遭到抹除的一切。

我的童年記憶中的事物，很多現在也不復可得了：「麥克魚行」連鎖魚貨商店（Mac Fisheries）、威斯達海鮮飯（Vesta Pella）、充氣彈跳球、校園午餐、《神奇旋轉木馬》（*Magic Roundabouts*）節目的周邊玩具，以及每逢假日出遊，我乖乖在主幹道旁的連鎖咖啡館吃完正餐，就可以吃一根的硬棒棒糖。但失去那片草地不太一樣。你的世代必定也有許多事物葬送在快速資本主義之下，你大可為這些犧牲品哀悼，但其實你知道，那些東西只是被不同節目、不同媒體、其他同樣吸睛的不同商品所取代而已。我無法如此看待那片草地。我無法將它簡化成**單純**的懷舊。當棲地遭受破壞，失去的是縝密複雜的生態，以及構成生態樣貌的所有生命。這些失去與人無關，雖然在草地消失的同時，一部分的我也跟著消失，或者不能說是消失，而是從存在淪為一段記憶，這段記憶直到現在仍猛烈撞擊著我的胸口。我無法再對任何人說：**你看。你看這裡多美。你看這裡有好多好多生命**。我只能寫下它曾經的樣貌。

亨利．格林（Henry Green）於一九三〇年代末提筆寫起自傳，因為戰爭將至，他預測自己活不過戰事，覺得不再有閒暇或餘裕寫小說。「這是我給自己的藉口。」他寫道：「既然我們可能來不及創作其他題材，就應當做我們此刻能做的事。」他還說了很多。他說：「我們應該盤點過去。」我照做了。第六次生物大滅絕正在發生，我們既然來不及挽救，或許就該把現在還能寫的盡可能都寫下來，為過去做個盤點。那一天，坐在草地邊緣流淚的同時，我一次又一次告訴自己，那個人不是壞人，他可能只是從來不知道那裡有什麼。從來不知道哪裡有什麼。我繼而又想起前幾天才和一個朋友聊到：這個世界上有那麼多的人，汲汲營營想把世界改造成他們心目中的模樣，於是把本有的樣子大舉燒毀成灰，過程中意外徹底摧毀許多事物，卻渾然不知自己做了什麼好事。而且我們每個人都有可能在做這樣的事，只是自己毫不知情。隨時隨地，每一個人。

幾年前，莊園賣給了房地產開發商。今日開車經過公路護欄，我的心隱隱作痛，有部分原因是事實無可奈何，看到那些樹木，我知道那無非是我童年未散的幽影；但也有部分原因是我很清楚，假如能待之以細心、關心，外加少量的愛和技巧，草地其實是可以融入開發平面圖，恢復到與幾年前極其相似的樣子。這件事雖有可能，但實難成真，明白事實的痛也隱隱揪著我的心。棲地喪失不是一朝一夕之事，加之幾個世紀以來，我們實際生活在大自然中並親身累積的日常知識日趨減少，要相信眼下事物運行的機制還有可能逆轉，是愈來愈難。

我們時常把過去想像成類似自然保留區的地方：一個不相連接、另行劃界的場所，我們能在想像中前往造訪，藉以感覺現實沒那麼糟。我偶爾會想，我們有無可能學會承認，過去其實時時刻刻都在透過我們、作用於我們。承認各方面的多樣性，不論之於人或自然都是一項優勢。承認看似雜亂無序、但物種豐富的大片植被，以及伴隨而來無數昆蟲的生命，比現代景觀規畫造就的一片詭異、匱乏的寂靜要來得好，就只是**比較好**，不因為別的。我很想知道，我們有無可能學習調和審美觀與道德觀，以契合這股直覺。我真的很想知道。

我常想起那片草地。曾經飛舞成雲的蝴蝶遭遇了地區局部的滅絕，但蟄伏於土壤裡的大量種子還會堅持下去，而且能堅持很久很久。現在每次開車經過，以時速五十英里的速度望向護欄，我都很清楚我在尋找什麼。護欄外遠處有個地方永遠牽引著我，因為它既不完全存在於過去，也不全然活於現在，而是困在兩者之間的某個空間，那個空間指向未來，而它勾起的細小刺痛，名為希望。

6 摩天高樓

五月初涼颼颼的傍晚，暮色籠罩曼哈頓中城。我查了一整天的天氣預報，走上第五大道時，還掏出手機再確認一次。**北北東風，晴朗無雲**。很好。

來到帝國大廈，隊伍從入口排到繞過了街角，只有我一個人在脖子上掛著雙筒望遠鏡，我自己覺得有些醒目。下一個小時，我隨著隊伍步步前進，搭上手扶梯，通過大理石門廳，經過貼著香檳金色壁紙的牆，最後擠進一部塞滿人的電梯，登上八十六樓。身在城市上空一千多英尺之處，風強勁起來，一片燦爛燈海濺灑在下方遠處。

遊客爭相擠在外緣的圍欄旁，人群後方有一名男子倚牆而立，星條旗在他頭上隨著晚風有氣無力地飄動。夜色昏暗，我看不清楚他的臉，但我知道他就是和我約定見面的人，因為他的手裡也握著望遠鏡，看起來比我的好很多，而且他也向上仰望著天空。他的站姿透露出急迫，讓我想起以前見過射擊定向飛靶的人，他們在等待發射機拋出下一個飛靶前，也會散發出同樣的氣息，因為期待而渾身緊繃。

他是安德魯．法恩沃斯（Andrew Farnsworth），是康乃爾大學鳥類學實驗室的研究員，說話溫柔有禮。我和他約在這裡見面，希望一睹每兩年就會橫掃城市上空，卻又近乎隱形的野生動物奇景：候鳥的季節性夜間遷徙。作為一個自然觀測考察地點，這個地方實在很不相稱。除了幾個熟悉的例外，像是鴿子、麻雀、大鼠和小鼠，我們向來以為野生動物應該住在城市範圍之處，自然與城市應該是對立的兩極。原因並不難想見。從這個高度望出去，能看見的自然之物只有頭上稀疏黯淡的星子，還有顏色宛如青灰瘀傷的哈德遜河，悠悠流經腳下的萬家燈火。其餘的一切都是我們，包括飛機閃爍的亮光、智慧型手機發亮的螢幕、窗戶與街道組成的發光網格。

摩天高樓入夜後最顯完美。臻至成熟的現代之夢，抹去一切自然的痕跡，代之以人造物織就的全新景觀，用鋼筋、玻璃和燈火繪製成地圖。但人們住進高樓大廈，與旅行野外的目的實無不同，一樣都是為了逃離城市。高聳的建築將人高高抬起，脫離路面汙陋混亂的生活，同時也將你拉入另一個空間。天空看似空無一物，就像人類一度以為深海是個了無生命的空洞。但天空一如海洋，其實是個充滿生機的遼闊棲地，有蝙蝠和鳥類，有會飛的昆蟲，有蜘蛛、隨風飄飛的種子、微生物、漂浮的孢子。隔著綿延數里沙塵飛揚的上升空氣，我眺望這座城市，愈看愈覺得這些超高建築真像巨大的機器，作用不異於深海潛水載具，載運我們前往平時到不了也別無方法探索的疆域。裡面的空氣平靜、乾淨、溫度適中。外面則是一個紛擾的世界，生物豐富度出乎意料，而我們就置身在這個世界的中心。

我們的頭上，環繞於尖頂底座四周的LED燈，向上朝夜色投射一圈淺淡柔和的光暈。一團熾亮白影忽然從中閃過。透過望遠鏡看，白影浮現出一隻夜蛾的輪廓。夜蛾拍著翅膀，垂直攀向塔尖。沒有人充分明瞭，像這些蛾在遷飛途中是怎麼辨認方向；有人猜測，蛾可能藉由感測地球磁場來飛行。這隻夜蛾往上飛是為了尋找氣流，對的氣流能推送牠前往想去的地方。

風載遷飛是節肢動物的專長。蚜蟲、胡蜂、草蛉、甲蟲、蛾等生物，以及懸吊在帶靜電蛛絲上的小型蜘蛛，有了風力之助都能長距離移動，短則幾十英里，長則數百英里。這些隨風飄飛的生物是殖民地開拓者，是尋找新居住地的探索先鋒，一旦找到，就會在那裡安身立命。在頂樓陽台的通風環境擺一盆玫瑰，吸食樹液的蚜蟲很快就會乘風飛來，在花莖上聚集成簇。不久，小小的蚜蟲寄生蜂也將尾隨而至。

行經我們頭頂上方的昆蟲數量極其龐大。研究學者傑森・查普曼（Jason Chapman）在英國利用瞄準大氣層的雷達系統，研究昆蟲在高空的動向。單月經過英格蘭鄉間一平方英里農地上空的昆蟲，就有超過七十五億隻——相當於五千五百磅重的生物量。查普曼認為，自紐約市上空通過的昆蟲數可能更多，因為這裡是一片大陸的門戶，不只是被冰冷海水包圍的小島，而且這裡夏天通常也比較熱。他說，一旦登上海拔六百五十英尺，等於向上進入另一個境界，是城市是鄉村，來到這個高度已經少有差別，多加區分也沒有意義。

白天，煙囪雨燕盡情享用這些大舉飄移的生物；入夜後，大飽口福的則輪到定居城市或遷飛過境的蝙蝠，以及張開翅膀像一面白旗的夜鷹。夏末秋初，每到吹起西北風的日子，就是鳥兒、蝙蝠和遷飛的蜻蜓大快朵頤的時候，因為強勁的倒灌風和風渦吹襲，昆蟲大量聚集在市區的高樓周圍，就像海中洋流聚集了浮游生物，魚類也會湧入捕食。

空中也不單只有昆蟲。諸如帝國大廈、世貿中心一號樓和其他新建的超高塔，這些超高建築向空中突出，千百年來都是鳥類使用的空間。紐約市座落在大西洋的遷飛路線上，每年春天會有數以千萬計的鳥類，循這條路線往北飛向繁殖地點，入秋後再原路返回。小型鳴禽大多數習慣飛行在海拔三千到四千英尺（九百至一千二百公尺），但高度也會依天氣調整。體型大的鳥飛得更高，有些鳥類如鴴形目的涉禽，甚至可能飛到一萬至一萬兩千英尺（三千至三千六百公尺）的高度，從城市上空經過。就算來到帝國大廈頂樓，我們也只能看見一小部分過客；即使是世界最高的建築，也只不過稍微探入天空的淺處。

白天在城市上空，雖然能看到遷徙的猛禽翱翔在八百多英尺的高空，但晝行性的鳥種多半在夜間遷飛。這樣比較安全，氣溫比較涼爽，周圍掠食者也比較少。少，但不代表沒有。就在我抵達之前，法恩沃斯才看到一隻遊隼在附近鬼鬼祟祟地滑翔。遊隼經常趁夜來此狩獵。牠們站在高樓的制高處四下眺望，然後躍入黑夜之中，擒住鳥和蝙蝠。在比較自然的棲地環境，遊隼會把獵殺回來的鳥屍藏入峭壁岩縫。這裡的遊隼則把獵物塞進高樓的簷縫，即使在帝國大廈也不例外。對遊隼來說，摩天高樓不外就是峭壁：同樣帶來視野、帶來強風，同樣有藏匿外帶餐點的機會。

我們死死盯著暗處，祈禱會有生物進入視野。幾分鐘過去，法恩沃斯忽然指著空中驚喊：「那裡！」在我們上方很高的位置，有個可疑的動靜，就在視野邊緣、天空化成混沌塵埃的地方。我連忙把望遠鏡舉向眼前。三對上下搧動的灰白翅膀，排成緊密的隊形飛往北北東方。是夜鷺。我只見過夜鷺駝背站在樹上或蹲伏在湖泊和池塘邊，此刻在遠離熟悉背景的地方見到夜鷺，我內心非常震撼，很想知道牠們飛得多高。「很大喔，那幾隻。」法恩沃斯說：「抬頭望向亮處時，一切都顯得比實物大，也比實物更近。」他估計那幾隻夜鷺距離我們約有三百英尺，代表飛行高度約為海拔一千五百英尺。我們默默望著夜鷺消失於黑暗中。

身在這裡，我覺得自己不像自然學者，倒像個等待流星雨發生的業餘天文學者，滿心期待地瞇著眼睛望著夜空。我換了個新戰術：把望遠鏡直直對準天空，專心望向這片浩瀚。透過望遠鏡片，肉眼看不見的鳥兒慢慢游入視野，鳥兒的上方還有鳥兒，更高處也有鳥兒。我這時才猛然驚覺，我們眼前有很多很多鳥。多得可怕的鳥。

每看見一隻大鳥經過，同時也代表有三十多隻鳴禽經過。鳴禽非常的小，看著牠們通過，我幾欲難忍感動。牠們像天上的星星，像火堆的餘燼，像緩緩流曳的火花。就算透過望遠鏡，較高空的鳴禽依然只是幽微的小光點。我知道牠們把腳收在胸前，趾爪鬆鬆曲著，骨骼纖細，雙眼晶亮，往北前進的意志夜復一夜將牠們拉向高空。昨日，牠們多數還在紐澤西州中部或南部休息，入夜後才升空啟程。體型較大的鳥能夠一直飛到破曉。鶯通常較早降落，每天有如小石子般落在更往北進的小塊棲地休息、覓食，為第二天儲備體力。有些鶯如黃腰白喉林鶯，是從美國東南部的幾個州展開漫長旅途。另一些如玫胸白斑翅雀，出發地點更是遠在中美洲。

我的心揪了一下。眼前經過的這些鳥，我一隻也不會再見到了。要不是我爬到這麼高，要不是有這一棟高樓在經濟蕭條的年代建造起來，歌頌人類的力量和對資本的信心，投出這一道光束，短暫將鳥照亮，我根本永遠不會見到牠們。

法恩沃斯掏出手機。但不同於觀景台上其他握著手機的人，他是要查看紐澤西州迪克斯堡基地發送的雷達影像。那是國家氣象局雷達網絡的一部分，國家氣象局的雷達網覆蓋美國本土大陸的整個空域，範圍幾無中斷。「今晚遷飛規模絕對盛大。」他解釋說：「你在雷達上看到這樣的圖形，尤其是這些綠點，表示每平方英里可能有一千隻到兩千隻鳥，最密集也不過這樣。所以今晚真的很盛大。」連續幾日天候不佳，雲層很低，風向也不對，對遷飛形成瓶頸，一心向北的鳥兒好不容易等到今天，現在整個天空都飛滿了鳥。我看著像素光點在動態雷達地圖上綻放，一朵藍綠相間的樹狀花在整個東岸上空翻騰前進。「這是發生在大氣層的生物現象。」法恩沃斯手指著螢幕說：「這是百分之百的生物學。」

氣象學家早已知道可用雷達偵測生物動態。二戰結束不久，英國的雷達學者和皇家空軍技術人員煞是納悶，雷達螢幕上怎會出現神祕的光點和圖形。他們知道那些不是飛機，於是美稱為「天使」，後來才推斷應該是成群移動的鳥。「對他們來說算干擾吧。」法恩沃斯指的是雷達氣象學者。「他們想過要濾掉那些東西。現今生物學家想做的正好相反。」法恩沃斯是跨領域整合科學的先驅，跨領域科學很適合現在這個時代，現在的氣象雷達靈敏到三十英里外有一隻熊蜂在飛都偵測得到。這稱為航空生態學（aeroecology），運用雷達、聲學、追蹤裝置等精密遠距感測科技，來研究空中的生態模式與生物關係。「航太空域也是生物棲息地，這個概念也是直到最近才為大眾所知。」法恩沃斯說。這一門新科學正幫助我們瞭解氣候變遷、高樓建築、風力發電機、光害和飛航發展，會如何影響在我們頭頂上生活及遷移的生物。

晚間十點，卷雲滑至上空，像水面潑了層油。十分鐘後，天空恢復澄清，鳥兒仍在飛翔。我們移動到觀景台東側。有樂手演奏起薩克斯風，在這意想不到的配樂下，我們看到鳥兒開始飛得遠比先前更近。特別是其中一隻。雖然在燈光下顯得過度曝光，我們仍可看到牠胸口的一抹黑和尾羽上的獨特斑紋：那是一隻公黃腰白喉林鶯。牠一閃而逝，消失在大廈的角落。過了一會兒，我們又看到另一隻以相同的方式飛過，然後又來了一隻。我們頓時意識到，那其實是同一隻鳥在兜圈子。不久又加入另一隻鳥，兩隻鳥被光引來，現在無助地繞著燈光打轉，彷彿被隱形的絲線給纏住，繞著尖頂盤旋個不停。看到牠們，我們興奮的心情當場被澆了桶冷水。今晚為紀念帝國大廈落成八十五週年，大廈的尖頂宛如一根點亮的蠟燭，多彩的燈流陣陣湧竄而上。這些鳥兒受到燈光的吸引，脫離了航道，體內精密的導航儀訊號超載，令牠們茫然失措，陷入無比的危險當中。像這樣受燈光催眠之後，有的鳥能掙脫開來，繼續原來的旅程。有的鳥再也沒能恢復。

全世界最明亮的城市排名，紐約市僅次於拉斯維加斯，但紐約也只是一個結點，從波士頓一路往南到華盛頓特區，人造亮光連接成一條氾濫的燈河。我們喜愛城市的夜景，但璀璨夜景也讓遷飛的鳴禽付出慘重代價：在美國各地的高樓建築腳下，經常能發現筋疲力盡乃至死去的鳴禽。燈光和窗玻璃的倒影令鳥兒迷失方向，不是撞上障礙物，就是衝向窗戶，或者盤旋到體力不支、落向地面。每年單在紐約市就有超過十萬隻鳥死去。紐約市害蟲防治公司M&M環境企業的湯瑪斯．金恩（Thomas King）經常接到高樓住戶來電，表示遷徙季節老是有鳥撞上窗戶，請他協助解決。他跟住戶說，這個問題沒有防治措施，倒是可以請大樓管理員關閉外牆燈光。關燈幫助很大。諸如紐約市奧杜邦學會發起的「紐約熄燈」（Lights Out New York），現有許多活動鼓勵高樓住戶關閉不必要的燈光，節省能源之餘，也能救鳥兒於危難。

每一年的「光之致敬」（Tribute in Light）紀念活動，會向曼哈頓夜空投射兩道藍色光柱，紀念九一一事件罹難的生命。光柱從地面升起、直到四英里高空，離開市區六十英里仍看得見。遷徙高峰期的夜晚，鳴禽從天而降，一邊鳴叫，一邊盤旋向下飛向光柱，為數龐大的鳥兒在光束中盤旋，彷彿閃閃發亮的紙片捲入風中團團旋轉。去年某個晚上，困在光束裡的鳥兒數量之多，就連雷達地圖上代表「光之致敬」位址的螢光點也超級發亮。法恩沃斯和奧杜邦學會的團隊在現場必須每隔一陣子就關閉一次燈光，以免造成鳥類傷亡。當晚，他們總共關掉光柱八次，每次約二十分鐘，讓受困其中的鳥兒回頭繼續旅程。但只要燈光重新開啟，又會有新的一群鳥被吸引進去——雙子塔將自身的幽光投向黑暗，生著翅膀的旅人卻一批接著一批間歇到訪，舊的才剛走，新的又趕來補上。法恩沃斯是BirdCast計畫的主持者，該研究計畫結合氣象資訊、飛行鳴叫、雷達、地面觀測等多樣方法，希望預測鳥類在整個美國大陸的遷飛動向，預告何時會有像今晚一樣的大規模夜間遷飛，可能需要採取熄燈等緊急措施。

鳥兒持續自觀景台上空川流而過，但夜已深了。我向友人告辭後，搭電梯下樓離開大廈，慢慢沿上坡路走回我的公寓。時間早已過了午夜，但我仍然十分清醒。建造高樓建築，一部分用意也是要改變我們觀看的方式。帶給我們對世界的不同觀點，與展望和權力緊密相關的觀點——讓看不見的就此看得見。我今晚看見的鳥，絕大多數只是難以辨認的光紋，像視網膜上細淺的刮痕，或濺灑在黑色背景上的夜光漆。從街道的高度抬頭看，上方空盪盪的天空似與方才很不一樣，顯得深邃且流動著生命。

兩天後，我一時興起到中央公園走走，發現到處是新來的候鳥。牠們前一夜才剛抵達，白天待在公園裡休息覓食。一隻黑白森鶯在漫步區（The Ramble）深處，沿著一根傾斜的樹幹左右蹦跳；一隻黃腰白喉鶯縱身躍入春日明亮的空氣捕食飛蠅；一隻黑喉藍林鶯羽毛勻順、神采奕奕，看上去活像一條折疊整齊的口袋手帕。這些鳴禽都是我熟悉的生物，具有熟悉的意義。很難想像牠們就是我在夜空中目擊到的遙遠光點。

居住在高樓大廈，會限制你以某些方式與自然界互動。你無法在院子裡設置餵鳥器，看歐亞鴝和山雀來光顧。但你同時也進入生物平日棲息環境的另一部分，那是一首由冰晶、雲、風和黑夜譜成的夜曲。摩天高樓是人定勝天的象徵，其實也能發揮橋梁之用，縫接天空與陸地、自然與城市，引領人走向對自然世界更全面的認識。往後幾天，我的夢裡充滿鳴禽，有我在樹林和後院熟識的鳥兒，但也有那些搖曳移動的光點，彷彿小小的太空人。這些依靠星辰指引方向的旅人，短暫降落在地球上，之後又抖擻起精神，繼續前行。

7 成群的人

大雨下，湖水化為磷光點點的一片鐵灰。侏鸊鷉在枯樹上縮著脖子。湖岸邊有我們十二個人。有人在草叢上用三角架立起了賞鳥望遠鏡，有人拿著雙筒望遠鏡。我們靜立在原處，等待匈牙利的黃昏降臨。夕陽滑入廣闊的水面後方之後，空氣漸有涼意。我們豎直耳朵仔細聽——來了——大家聽見一陣微弱的雜音，像獵犬的遠吠或不和諧的號角聲。四周有風沙沙搖動著蘆葦，所以那聲音起初細不可聞，後來才漸漸放大，宛如天界傳來的喧鬧。「牠們來了！」有人壓低聲音說。往上看去，撲動的翅膀組成一道長而搖曳的人字形隊伍，如墨漬劃過漸暗的天空。隊伍後方又有隊伍跟上，在他們之後還有更多隊伍，全像源源不絕的海浪自頭頂上方通過，天空頓時密布噪音和美。

飛過上空的這些鳥，是長頸優雅的灰鶴。每年秋天，數十萬灰鶴從俄羅斯和北歐出發向南遷徙，途中總會在匈牙利東北部的霍爾托巴吉省停留幾週，吃秋收後餘留在田裡的玉蜀黍。每到傍晚，為數龐大的灰鶴會一齊飛起，回到安全的魚塭淺塘歇息。黃昏群飛的奇景，吸引不少野生動物愛好者前來觀賞。類似令人驚嘆的鳥類集會，在其他地方也能見到。在美國內布拉斯加州，五十多萬沙丘鶴會在穀物田裡吃得胖嘟嘟的，再繼續春季的遷徙。在加拿大魁北克，雪雁從聖弗朗索瓦河大舉飛起，暴風雪似地遮蔽天空，眼見的人無不心生敬畏。在英國，過冬的歐洲椋鳥大群飛返回巢的景象，也常吸引老少民眾圍觀。

和巨量的鳥類如此靠近，對每個人的影響都不太相同：有的人樂得大笑，有人動容落淚，也有的人頻頻搖頭或粗話連連。面對龐然成群的撲動翅膀，語言一無用處。但我們的大腦生而習慣從世界的混沌中汲取熟悉的意義，我在暮色下看著這些灰鶴，先是覺得牠們有如樂譜上的音符，後又覺得像數學圖形。蜿蜒延展的線條經過同步，每一隻鳥都比身後的鳥早一拍揚起翅膀，每一支前進的隊伍都像一段幻燈片，呈現一隻鳥在時間裡伸展的姿態。這神奇的錯覺令我訝異地眨了好幾下眼睛。但話說回來，鳥群的部分魅力不就在於能夠創造令人眼花撩亂的光學效果嗎？我想起小時候看見數以千計的鷸科涉禽在灰冷的空中飛翔，看得我目不轉睛，當鳥群在空中翻轉上暗下淺的身體，一瞬間所有鳥都消失了，下一秒又全部出現。最著名的例子，或許要屬歐洲椋鳥在傍晚歸巢前大舉群聚空中。我們稱之為群飛，但丹麥人形容得更貼切，他們稱之為「sort sol」，意思是黑日。那種天有異象似的詭異感，充分表現於這兩個字。幾年前我在薩福克郡海邊，目睹遠處一團黑霧般的椋鳥，在剎那間化作陰森的球體，像黑暗的星球懸掛在沼澤上空。周圍的每個人都大聲抽了口氣，看著球體下一瞬間又炸裂成渦流紛亂的翅膀。

鳥群的美，很大一部分就在於快速變化的動態，但新聞網站和雜誌往往喜歡刊登群飛的隊形，這些靜態照片跟其他物體沒兩樣，如鯊魚、蕈狀雲或恐龍。二〇一五年，網路上便瘋傳一張照片，飛越紐約市上空的鳥群貌似俄羅斯總統普丁的臉，不過照片很可能是假的。看到如此奇異的現象，要人相信是天兆或神蹟一點也不難。椋鳥群的形狀變化出自於每隻鳥以極快的速度模仿周圍六、七隻鳥的動作，而每隻鳥的反應時間還不到十分之一秒。轉彎的動作能以時速近九十英里在鳥群中擴散開來，所以從遠處看，群飛的鳥就像單一一個有脈動的生命體。詩人柯勒律治（Samuel Taylor Coleridge）在一七九九年的筆記，寫到鳥的群飛變換成多種形狀，移動時「宛如一個未獲自願意志的身體」。群飛的鳥很不可思議，有時看起來像是正在探索環境的外星物體，或是沙子或霧有了生命，依循一系列拓樸結構的變化在空間中游動。鳥的群飛令人驚喜，但也能激起幾近恐懼的情緒。

而恐懼，也是很多鳥群形成的一大原因。灰鶴群棲於淺水灘，因為這比睡在陸地上安全；椋鳥群飛時，大量的翅膀同時拍動，掠食者便很難鎖定任何一個目標。沒有一隻椋鳥會想待在鳥群邊緣，也沒有誰會想第一個降落。安妮・古德納夫（Anne Goodenough）是皇家生物學會與格洛斯特郡大學國際椋鳥調查計畫的主持學者，她推測群飛可能還具有路標的作用，可邀請其他椋鳥加入某個特定的棲息點，好壯大群體數量——天寒時，大量群棲幫助鳥維持體溫。但在空中，是恐懼使鳥群集結，也是恐懼使鳥群飛行時不斷互相推擠、扭曲形狀。椋鳥群間若竄起一陣漆黑、顫抖的波浪，往往是有猛禽衝入鳥群想飽餐一頓。

霍爾巴吉的魚塘邊，天色現在已近全黑，千萬隻灰鶴的咿呀亂鳴猶然在我耳畔迴盪。湖面上沸沸揚揚一片騷亂，鳥群從四面八方飛來加入水上的集會，水面此際看來有如一幅點畫，水珠點點暈散成霧。白額雁也相繼湧入，或翻滾或側滑，穿過其他無數細長的翅膀從天而降。這一切忽然超出可承受的極限。我的注意力散亂到覺得頭暈嘔心。鳥群過於龐大的確會這樣。以前也有賞鳥者描述日落時分看禿鼻鴉群飛，太過紛亂的景象和嘈雜的噪音，讓圍觀的人頓時產生類似暈車的症狀。

為了趕緊找個穩固的定點，我湊向賞鳥鏡。鏡頭聚焦在湖的對岸，取景器中央，紛亂的形影化為一隻隻清楚的鳥。因為天光太暗，鳥身上的顏色都被過濾掉了，僅剩下深淺不一的灰色，我看著一群群莊嚴的灰鶴展翅降落、低頭飲水、抖振蓬鬆的羽毛、問候同伴，或繼續忙著為今晚找個好睡覺的角落。這種視角的轉換感覺很是古怪：方才我還望著天上飛馳的圖形，現在卻能清楚看見組成圖形的，是千百顆跳動的心臟、千百雙眼睛、千百副羽毛和骨骼構成的纖細軀殼。我看著灰鶴伸出腳趾搔抓嘴喙，想到像麥子一樣往蘆葦叢傾注的椋鳥群，也會在眨眼間恢復成一隻一隻棲在彎草莖上的鳥兒，眼神明亮，羽毛上的白斑閃耀如小小的星子。我很驚訝，原來專注於事物的組成，可以解消事物引起的混亂。鳥群的奇妙之處，竟然就在於抽象幾何與親族成員之間這簡單的轉換。

站在魚塘邊看著灰鶴，我的思緒轉到了人的事情。我們前一晚投宿的村莊和我在沼地的家感覺好像。同樣潮濕如水下的空氣，同樣有雞在後院漫步，有白楊木，有過冬的木柴疊成堆。行前我問過幾個在匈牙利待過的英國朋友，住在這裡有什麼感覺，有好幾人都說匈牙利最奇特的是感覺非常像家。現在想起這件事，格外令人難過。我來到這裡之後老是不斷想到，這裡的政府在南方國界豎起總長一百多英里的鐵絲圍網，阻擋敘利亞難民從塞爾維亞徒步越境；看著灰鶴向西南方行進，我老是想到此刻也有人群緩緩往東北方移動。看著遷飛的鳥群，我更清楚意識到，每當思及難民潮這個概念，我們有多容易產生類似目睹椋鳥群飛或雁鴨翻騰的反應，我們發自內心感到焦慮，我們把一整群視為單一的陌生實體，怪異、混亂，又難以控制。但跨越邊境來到的人群，只是和我們一樣的人。或許就是跟我們太相似了。我們不願意想像，若是自己熟悉的地方化為廢墟會是什麼感覺。面對恐懼，我們都一樣是椋鳥，聚集成群，群裡是千萬個尋找安全的生靈。我喜歡遷飛的鳥群，不只是因為它洋溢生命的活力，也因為它提醒我要在相異中找出相同，因為鳥群的混亂，可以在細思之下變為許許多多的個體和小家族群體。他們渴盼的只是最基本的東西：免於恐懼的自由、食物，以及一個能安然入睡之地。

8 學生的故事

屋內有一扇窗，計程車在窗外轟然停下，桌上有葡萄，烏黑、甘美的葡萄。計程車也是黑的，車裡坐著一個女人，是位慈善團體志工，在你拘留期間與你交上朋友，她傾身付錢給司機。隔著灰塵斑斑的玻璃，我看到計程車敞開的門旁，你站在人行道上，背對著我，所以我只看見穿藍色牛仔外套的你聳著肩膀。肩膀拱出的線條透露關心，但不是擔心自己，而是掛念替你付車資的女人。我隔著窗戶揮手，你轉過身看見我，微笑打了招呼。

我們談話的地方不是我家，是借來的屋子。

我們圍坐在桌旁，我不知要從何開口。

問問題很難。

你希望我問問題，你說回答問題比講你的故事容易。想到接下來的問題你一定都被問過，我就不大想問。但你堅持要我問你，我只好開口：你什麼時候來的？你用波斯數字仔細寫下：二〇一六，一二。二〇一六年，十二月。我又問了更多問題，你一一回答，有時記不起英語單字，就拿出手機翻譯，而翻譯需要時間。太陽將它豐沃的金黃光芒拋向桌上，照亮葡萄、茶壺和所有室內的靜物，我耐心等著聽你想傳達的意思。我們談話之間，你查了這些詞：**判教**、**盲信**、**敗壞**、**躲藏**。

你是流行病學的學生。流行病學研究疾病的傳播模式，亦即疾病如何從一個人感染另一個人，直到傳遍整個群體。你說以前在你的國家，你和朋友晚上會在餐館碰面，閱讀聖經並討論基督教義。你們聚會的餐館有基督教的符號。你知道你們很有可能因此被逮捕。保密至為重要，但信仰也是信心。

你們一旦被告發為判教者，很難不遇上這樣的事。權力當局提到你們的語氣，彷彿你們是你研究的病毒媒介。某個星期五的主麻日禮拜，他們在五個省、兩座城市、三個村莊點名告發你。他們說你就讀的大學裡有一個女人敗壞你，意思是她鼓勵你改信基督教。他們說你信仰變節。現在，你必會把這個新的信仰傳播給別人。

他們把你的信仰視為傳染病，想要隔離它、控制它，而且就像所有將道德等同於健康的有害隱喻一般，治療手段永遠只有消滅。你很清楚在你的國家，那些改換宗教信仰的叛教者有何下場。就連我也知道。我光是去想就忍不住屏氣。

那一天，情報單位到你的祖母家打聽你的行蹤，祖母事後打電話給你，說這些人是你的朋友。**雖然他們根本沒講當地的方言，身上的服裝也明明白白展示他們的身分和來意。**

但祖母畢竟老了，你不忍心責怪她期待與人為善，即使對方送上你們眼前的，分明是友誼焦黑的反面。你叔叔比較通曉事理。他要你趕緊出逃。**你有生命危險**，他說。這是實話。所以你逃了，拋下了一切。

你驅車奔逃，來到較偏遠的一座城市，與你叔叔的兩個朋友碰面。他們表示有辦法用汽車將你和其他人載往歐洲。你不確定到了歐洲之後該去哪裡。叔叔說去英國吧，**英國很好**，他願意付錢給人蛇集團，幫助你入境英國。汽車在一處荒草叢生的花園放下所有人，你們必須在這裡躲藏到半夜，卡車來了就上車。

卡車北上一連幾天，你都坐在黑暗裡。那是一輛冷藏貨車。有多少人和你一起在車上？聽到我這樣問，你笑了。你說：**十個嗎？我不知道**。**車裡很暗！**我也笑了，笑得有點慚愧，不懂自己何必追問你這些細節。其實我們誰也不想知道那是什麼情況。我們不想知道連續五天五夜不吃不喝不睡是什麼感覺；也不想知道忍受恐懼及黑暗，僅憑希望到了彼岸會有光明，又是什麼感覺。我們誰也不想體會被刀抵著的心情，但那就是你們受到的威脅。拿槍指著你們的人，也是收了錢答應會保障你們安全的人。

你說：**那是最教人難過的事**。然後你又說了一遍。**那是最教人難過的事**。

路上有好幾次，你告訴我，**我預見我的死狀**。

然後你又說了一遍。**我預見我的死狀**。

我發現，最難過的那些事，你都會說上兩遍。

你在等待再度開口說話的空檔，對著沉默說了聲**抱歉**。聽到這個，我想到的其實是，科學家前不久才剛釐清人的大腦是如何儲存記憶。學界從前認為，我們是先錄下短期記憶，之後再分類歸檔，將記憶搬運到不同的腦區，儲存為長期記憶。但學者現在發現，大腦一直在同時進行雙軌記錄，隨時都在同步錄製兩個故事。短期記憶、長期記憶，雙軌運轉的回憶，雙倍的記憶。永遠是雙倍。

所以，曾發生於我們的一切都發生了兩次。

所以我們永遠是一分為二的生命。

你是個流行病學者。你是個難民。

你是全國頂尖的流行病學生。

你也是申請庇護的難民，在移民拘留所見過收容人拿刮鬍刀片自殘、動輒暴力相向，或用合成大麻麻痺自己。

政府有意將你遣返回你最初入境的歐陸國家，但回去很危險，因為那裡有認識你原本身分的人，有曾經威脅你的人，有與你家鄉政府當局勾結的人。所以你現在住在一間收容所，同樣處境的還有另外四百人。你每天早上都得簽到，晚上也得再簽一次。你是學生，也是人家的兄弟、兒子。你偶爾能用 Telegram 或 WhatsApp 與故鄉的家人講上幾句話。看到收容所內發生暴力衝突或疾病傳播，你也是那個主動向櫃台請求協助的人，但每次只見到櫃台人員聳聳肩，不當一回事，從來沒人上前協助。你告訴我，所有你見到發生在難民之間的事，全都**戕害大腦、戕害智力，也戕害心靈**。你用最安靜、最溫柔的嗓音談到你待的旅館，你說**在那裡沒有半點好事。真的，沒有半點好事。那是很差勁的地方**。你對我說了兩遍，**有的人甚至連衣服也沒得穿**。

十二月那一天，你從冰冷黑暗的貨車裡打電話報警。警察打開車門，將你帶進囚室訊問，拘留了七十二小時。聽到你表示要尋求庇護，警方將你移送到移民拘留中心，你在那裡又待了八十天。我聽過很多拘留中心的傳聞，人們都說那裡形同地獄。所以你的節制寡言格外突顯你的善意，對於那幾天，你只說：**拘留中心環境很惡劣**。

你是在拘留中心的才藝比賽上唱歌的難民，那裡的人都不知道自己會待上多久，你也是在陽光普照的餐桌邊哈哈大笑的普通人，你笑自己口誤說父親不吃字，其實你要說的是他不識字。你是一個能笑看語言隔閡鬧笑話的人，你也是捨下前一段人生的人，你捨下你的父親、弟弟和其他體衰病弱的家人，捨下家的每個角落，那份失落自你身上流洩，透過笑聲，像一股冷氣流默默沉入地板、充滿房間，蟄伏於這裡所有明亮歡快的笑語之下。

你樂意說明事實，除此之外，你不想多談自己。你想談的是周圍的人遭遇的問題。你的那位志工朋友告訴我，你看到水救援基金會（Water Aid）的廣告以後，請她幫忙把你僅有的一些存款捐給正在受苦的孩童，因為制度的規定，你沒辦法自己捐。她還告訴我，你一直默默為收容所的孩童買水果和豆子，因為那裡的食物太不營養，害人生病，你看得出孩子們個個營養不良。她說完後馬上道歉，因為這不是她自己的故事。

你向我述說這一路走來的駭人歷程，說到淚水泫然，眼泛淚光。但最後讓你按捺不住哭出來的，是因為想到那些善待你的人。對於與我們同座的這位女性志工，你說**要是沒有她，我可能早就自殺了**。我問你現在居住的城市，居民對你好不好。你說很好，因為你向他們問路，他們會搭理你，也願意告訴你在哪裡。

我想到我們講述的所有難民故事，不是某一種，就是另一種，從來不會同時是兩種。不是悲哀的故事，就是驚悚的故事。難民不是受害者，就是入侵者。從來都不複雜，總是那麼單純，永遠涇渭分明。用簡陋的鴿子籠，就想替所有被迫飛離地面的生命歸類。

但一個洞不只是鴿籠的一格。洞是兩物之間的空隙。烏拉米語[1]的一個詞與波斯語或英語的一個詞之間的落差，是一個洞。過去與未來之間的縫隙、舊人生與新人生之間的接縫，也是一個洞。年與年之間的空白也是。三月新年到來，你來到收容所所在的城市公園，在湖邊哼唱歌曲迎接新年。你還這麼年輕，做的事卻只有等待，新年能有什麼意義？

我想當個有用的人。你說。**我不想把時間都耗在收容所裡乾等**。你伸手指了指眼睛，然後又說：**拜託請為我祈求好運**。你說：**這件事讓我的頭腦、我的心思難以集中。我很想**

快點融入這個社會，融入這裡的文化。我現在連一張證件或執照都沒有，因為我是尋求庇護的難民。就算我想也無法幫助別人，因為我沒有錢，也沒有任何管道能幫助別人，我覺得活著是很寶貴的一件事。是寶貴嗎？你用問句確認這個用詞對不對，彷彿這個詞本身就是個錯誤。

我不喜歡時間都耗在等待。你說，**因為我還年輕。**

你還年輕。你是學生，是流行病學者，是基督徒，也是難民。你滿心希望能幫助別人，我聽了更覺得傷心。你是我開車載過的人，我們聊過之後的那個下午，我載你到醫院，打算讓你站在臨床醫學院外拍一張照片，因為這股光明的希望理應與你的未來密切相關，說不定你有一天能夠助人，在這裡從事醫學工作。但我們抵達後才發現學院為了重建暫時封閉，窗戶全都封上木板，四周圍起了柵欄，我們連建築物都看不見。你也是那個仰頭一笑置之的人。我們還是拍了照，一起站在圍欄前方。先是你一個人，然後是你和志工夥伴，再來是你跟我。我們都在等待世界重建，我們每個人都是。

1　譯註：烏拉米語（Urami）是伊朗庫德斯坦省村莊使用的方言。下文提到的新年，則是指伊朗的傳統新年，西曆三月二十一日。

9 飛天螞蟻

從超市開車回家的路上，起初沒什麼值得注目的事。我在街角經過一群學童，看見一輛閃亮的休旅車在圓環罔顧他人死活迴行迴轉，聽到廣播上的某人連連抱怨某件事或另一個人。但接著，我的目光瞥見右上空的某樣東西。我抓緊方向盤，往前駛了一小段路後停進路邊的停車格，下了車鎖上車門往回走，車鑰匙兜在手裡，臉向上望著天空。

有些自然事件記錄了季節遞嬗，我們因此格外珍視。我們殷殷期待家燕和雨燕捎來春訊，蝴蝶飛舞昭告夏天到來；入秋後，我們側耳細聽狐狸和鹿求偶的叫聲。不過在英國，一年一度、但確切日期不定的大規模壯觀盛事，並不是很多，例如美國加州海岸每年春天滿潮過後，必有幾個晚上能見到成千上萬條滑銀漢魚搶灘產卵。話雖如此，英國還是有一件人人都知道的盛事。在各地不會同一天發生，但不論你住在哪裡，總會有天光明亮、潮濕無風的一天觸發這件盛事，而今天正好就在這裡上演。

在我上空，無數的螞蟻向上飛旋，聳立如一道圓柱。我之所以知道牠們在那裡，是因為空中還有一道圓柱，是百來隻黑脊鷗聚集而成。黑脊鷗生具一對精瘦的灰色翅膀，黑色翅尖，此刻牠們有的徘徊在屋頂高度，有的在數百英尺高空盤旋，飛翔的姿態不像平常那樣明快，平常這些鳥兒只會懶洋洋地拍兩下翅膀，從一點滑翔到另一個點。黑脊鷗正在享用盛宴。我看不見被牠們吃掉的螞蟻，但我知道個別螞蟻的確切位置，因為每隔幾秒就會有一隻黑脊鷗猛然歪向一側，揮動一、兩下翅膀，用力往空中一啄。然後又一啄，再一啄。在我頭頂上演的進食盛況，不下於熱帶海洋中的誘餌球現象，差別只在於主角是螞蟻和黑脊鷗，不是鯷魚和鯊魚。

我目睹的是螞蟻的婚飛（nuptial flight）行為，這種螞蟻的學名叫**黑褐毛山蟻**（*Lasius niger*），也就是街頭巷尾和郊區庭院常見的普通黑蟻。過去二十四小時裡，鎮上乃至於郡內各處的工蟻都在忙著擴建地下蟻穴的出入口，洞口必須夠大，長出翅膀的處女蟻后才出得來。同樣長了翅膀的雄蟻則已經在地面聚集，一待蟻后起飛，雄蟻就會循著費洛蒙追向空中。蟻后會率領追求者愈飛愈高，等待足夠強壯的雄性追上自己。牠們會在空中交配，一隻蟻后有時會和來自不同蟻穴的數隻雄蟻交配，匆匆幾秒的偶合就宣告了小小王國的誕生。返回地面後，雄蟻會死去，蟻后則會搓下翅膀，尋找合適的地點建立新巢。這些蟻后可以再活上三十年，但牠們終生再也不會交配。往後一生中，牠們產下的每一顆受精卵，用的都是飛翔於空中的夏日午後儲存在體內的精子。

我看到黑脊鷗從四面八方飛來，加入這場饗宴。蟻群捲入一道上升的暖氣流中，接踵來襲的海鷗一碰到氣流外緣，單邊翅尖就被上升氣流拉住；牠們打直翅膀，盤旋飛入氣流，毫不費力地向上飛升。鳥兒組成的這座高塔十分引人注目，從數公里外就看得見，是鄉間小鎮路邊的教堂上空瞬息即逝的地標。這些大群集結的掠食者，正是整個地區的螞蟻全部同時出現的原因之一；只要空中有愈多螞蟻，個體在鳥喙的猛烈攻勢中存活的機率愈高。一只紅風箏加入鳥群，乘著剪紙羽翼歪歪斜斜從中飄過，襯著天空猶如一塊黑色印記。

我們經常認為科學縮減了世界的神祕與美。然而，常常是我從科學書籍和論文學到的事，使我眼見的景物美得幾乎教人泫然欲泣。天穹下，海鷗交叉穿梭，數千條飛行路線交織成撩亂的弧線，溫暖的空域氣氛緊繃，充滿掠食的意圖和每隻飛升的螞蟻所懷抱的微小希望。看得我目瞪口呆的，並不只是花式飛行的鷗群，也不只是螞蟻將一塊平凡的空氣分割出來，神奇地賦予它戲劇性和意義。我最驚愕的是，推動這場盛大奇觀的幕後動力完全是看不見的。這片遼闊的天空、黑脊鷗群、細不可察的螞蟻，全是生動上演的啟示，向吾人揭示不同尺度的生命之間仍互有關聯，這既令人欣喜，也令人慚愧。慚愧是因為，對於生命尺度和生命目的這番思索，讓我不由想到，我在這個運行有常的世界裡，不過比一隻螞蟻大了一點，不比這裡任何一種生物更重要或更不重要。沉浸在思緒的同時，我看見一群雨燕湧入，輪到牠們收割了。雨燕揮動鐮刀般的翅膀，張大粉紅色的咽喉，大口撈食空中的螞蟻。我仰起脖子看著牠們愈飛愈高，直到燕群正好遮擋在我和太陽之間，熾烈的光線將牠們從我的視線中抹去。我的眼睛湧出淚水，我趕緊低頭望向被我遺忘的地面，望向柏油路面上滿滿的雄蟻和蟻后，翅膀晶瑩發光，各個都準備好展開生命中第一次，也是最後一次的飛行。

10 先兆

偏頭痛：像驟雨，像一枚子彈於暴力威脅過去數天後，才在一天清早裝填上膛。像一條蛞蝓如棘輪般滾過並刺入脊椎，接著慢鏡頭開展，空壓推擠出一團高聳如傘的雨雲，令你頭暈腦脹，彷彿真的有上升氣流助長暴風雨雲向上向外膨脹翻騰，直到雨雲邊緣與你的頭骨平行疊合。接著，來了兩根拇指緊按住你的鼻竇，一路往下顎滑動。奇特而迅速的刺痛，會如同夏日閃電，在你端起茶杯、拾起筆的剎那陣陣傳來，痛點埋藏在肩膀深處，尚未痛起來以前，你都不知道那個位置原來存在。而疼痛總是發生在單側，時而在頭骨左側，時而在右側，只是痛的感覺強烈到不會侷限在單邊，彷彿強風中旌旗獵獵鼓動的波紋，或如心跳在深處撥弄。有時與痛處同側的眼睛會流出淚水，有時也會出現醫生所說的鼻涕倒流，世界嘗起來都成了熱鐵與鹽水的味道。有幾次，我在偏頭痛發作中，忽然強烈覺得自己是鈷金屬做的；部分原因是嘴裡的味道，部分則是因為全身沉重，但最主要是我腦中雜訊流動的軌跡，儼如中國古瓷上纖細繚繞的青花紋。沉船，骨骸，珍珠。是的，偏頭痛使我想到許多隱喻，然後是更多的隱喻，多又更多，因為偏頭痛也總是**層層疊加**，最後難以承受，所有美化都消失不見。

偏頭痛患者有三成會伴隨頭痛出現視力模糊的症狀。我只遇過一次。那個風雨交加的夜晚，我在文學節活動上忙著簽書，忽然一縷火光迸發，一長排仙女燈短路似的青白色刺灼磷光，從我的視野右上角向下擴散開來，直到我幾乎看不穿那道光。這個現象在教科書上稱為「閃光盲點」（scintillating scotoma）。顧名思義，光會閃爍。我嚇壞了，不停簽書，不停微笑，十根腳趾頭緊抓著鞋底，深怕我會就此死去，而後頭痛才接著到來。

雖然很痛，還會將明亮的光線化為殘暴的入侵者，逼迫我躲到床上，吞下不計其數、但不至於多到傷害自己的止痛藥，但我的偏頭痛似乎挺有用的。用處不在於疼痛。疼痛太嚴重了。我厭惡疼痛。我厭惡人生許多時間被它占用，厭惡面對疼痛我無能為力，只能蜷縮起來淚濕枕頭。但偏頭痛提醒我，人並非生來就打造得完整而牢固，雖然我們很多人不作他想。世界衛生組織於一九四八年頒布健康的定義——**健康不僅是疾病或症狀獲得排除，健康是生理、心理、社會功能均處於完全安寧的狀態**。這個定義其實無法指涉任何一個真實的人，只是把話說得好聽罷了，說是烏托邦理想恐怕稱不上，可能還更接近殘疾歧視。完美不是我們與生所固有的，構成我們的是化學物質，是神經網絡、互為因果的分子路徑，是不斷變化的電流風暴；我們誰也不曾處於完全健康的狀態。

偏頭痛超乎想像地常見，全世界為此所苦的人不下十億人，但偏頭痛也是極其撲朔難解的神經症狀。我們仍不完全確定偏頭痛的成因，不過很可能是源於大腦對接受到的訊息失去控制，是部分起於遺傳的感覺處理障礙。我們知道頭痛發作時，腦部周圍的腦膜血管會擴張，還知道偏頭痛與三叉神經節（trigeminal ganglion）的活動有關，而三叉神經節是控制臉部與咀嚼肌群的神經系統總部。我們知道預兆型偏頭痛起於遍布整個大腦的電活動波，又稱「皮質傳播抑制」（spreading cortical depression）。偏頭痛發作時，不明白發生什麼事是很典型的表徵。疼痛抹消了知覺的餘裕，理解變得多餘。當下不再有什麼是需要知道或需要理解的。主體或客體一概瓦解。你就是當下所是的一切，而那一切都讓你感覺到痛。

有些人的偏頭痛最常發生在月經前後（患偏頭痛的女性是男性的三倍；性激素看來攙和了一腳），兩者的關聯性與我息息相關，除了我就是上述的女性，也因為在我的人生中，經期一直是偏頭痛的近親。我要不流血，要不痛得縮成一團低泣，從來不會錯判它們的來臨，而且兩者都有一連串先兆。

我費了將近三十年才明白，我的經前模式堅不可移，但近來我也明瞭了，月經來的前一個星期必定會有一天，我滿腦子想的都是如何殺死陌生人，尤其是開車慢吞吞擋路的人。另外還會有一天，一丁點小事都能令我動容落淚：超市廣告、橡木桌擦亮的一角在陽光下熠熠發光、一隻鴿子從山楂樹枝飛入風中。那整個星期，我內心批判的聲音像溫熱的果仁蜜餅一樣甜蜜、一樣誘人。它說我是一個沒用的人，是全天下最拙劣的作家，我都會一一相信。畢竟也迷惘了幾十年，如今這些狀態就像我的老朋友，我多少能懷著自嘲的心情迎接它們。

我的偏頭痛先兆明確之至。頭即將痛起來的兩、三天前，我的冰箱會先被一瓶瓶香蕉牛奶填滿。我會不停打哈欠，莫名其妙地口渴，關節痠痛。我會去買黑巧克力和糖漬甜菜根。我會有一股彷彿要化為灰燼的疲倦，心情晦暗到不知憐憫，就算是最甜美的鳥鳴也嫌刺耳。我現在可以逐一列舉，但頭痛實際來襲的時刻永遠令我意外。我從來無法預見它的到來。這些先兆都是偏頭痛初始階段的不同面向，發生在「前驅期」（prodrome），即疼痛發生之前的階段。我後來才明白，偏頭痛有些最惡名昭彰的誘因，其實根本不能說是誘因——想吃巧克力的渴望，其實就跟之後全面爆發的頭痛同樣是偏頭痛的一環。

待疼痛消退後，偏頭痛的「症後期」（postdrome）就開始了。說來奇怪，這個時期可謂我的靈感泉源。我雖然虛弱、悶悶不樂、行動緩慢、頭腦遲鈍，但在這段時期，書寫來得最是容易。不管在我腦中進行的是什麼作用，都使得文字泉湧，世界豁然清晰，讓我掉進彷彿經過全新鍛造的日子，易於感知意料之外的美。我在餐桌邊寫作的此刻就處於症候期，我的脖子和肩膀上垂掛著熱敷墊，用以紓解痛了兩天後緊鎖的肌肉。今早天亮後不久，我來到後院望向籬笆外頭，大片燕麥田向周圍的山谷和丘陵開展，天空泛著珍珠光澤，地面低窪處有微亮的霧氣氤氳。偏頭痛患者畏懼明亮的陽光，入秋後柔光漸曉的白晝與提早天黑的夜晚，對我是莫大的寬慰。

但似乎有哪裡不大對勁。我搖了搖頭，然後又搖了一遍，開始懷疑自己是不是病得比預期更重，因為我一直聽見一個響亮的嗡鳴聲，像飛機從頭頂飛過傳來的低頻轟鳴，但如果是飛機，這架飛機飛行到一半怎地就不動了，因為那個嗡鳴聲的遠近高低始終沒變；音調如霧氣一般文風不動，音源也難以分辨，彷彿發自地面，又像是空氣本身發出來的——難道，我愣一愣心想，是我**體內**發出的聲音？說不定是我以往不知道的偏頭痛附帶物，是種新奇的幻聽。焦慮如野火熊熊燃起，沿著我的皮膚刺出一陣陣尖銳閃爍的波動，直到一隻斑尾林鴿在我上方的樹枝叫了起來，低沉的咕咕一聲傳入空中，頻率和周圍的噪音一模一樣。一股驚奇感頓時流下後頸，在我的手臂上浮現成滿滿的雞皮疙瘩。我懂了，那嗡嗡的響聲是鴿子，數百隻鴿子，聚集在這裡啄食收穫後散落在田間的麥子。鴿子從方圓數里的樹枝上、樹叢間、籬笆上，齊聲咕咕鳴叫，因為數量之多，所有個別鴿子的叫聲融合為一。那不是我的想像，也不是病症。它真的**就在那裡**。而我，在數百個他者的心靈發出的咆哮聲中，被喜悅沖昏了頭。我心想，不管我年紀多大，看來有時還是能遇上新鮮事。也有可能是我不靠譜的神經系統，擅自從這段經驗中解讀太多訊息，但我接著想，苛責自己或許是不必要的。有時候責任不在於你。有時候該追究的是這個世界。

我曾經跟一個朋友說，多年來我一直無法分辨自己正處於偏頭痛的前驅期。其他人在症狀發生時都知道那代表什麼。大多數人都知道，我卻不知道。「真奇怪，」我說：「會不會是我討厭偏頭痛發作，所以故意否認？」她沉默半晌才謹慎開口：「是有這個**可能**。」她接著又說：「但還有一個可能。妳有沒有想過，妳在偏頭痛發作時認不出偏頭痛的症狀，本身可能就是一個症狀？因為有些東西的構造就是這樣，看不見它，理解不了，就是這件事的一部分體驗。」

我們這些偏頭痛患者個個都是否認大師。我們很清楚那是什麼感覺，很熟悉眼窩和心臟彷彿被人用指尖按壓，我們知道它就在那裡，但同時也認定它不存在。這也是為什麼，每次聽見那些新聞，我總會聯想到偏頭痛，雖然比起偏頭痛，我們對氣候變遷早有更明晰的科學認識。在我書寫之際，西伯利亞的森林火災正在摧毀數百萬畝成長緩慢的松樹林。亞馬遜雨林正在燃燒。村落逐漸陷入海水。永凍土層融化現出甲烷坑。狗兒拉著雪橇度過半融的冰面。去年是最炎熱的夏天，今年又是最炎熱的夏天，明年也還會是。颶風在大西洋海面排隊生成。一個，兩個，三個。為一張北極熊餓成皮包骨的照片傷心垂淚並不難，對科學家發表的預測感到驚惶，為颶風洪水造成的人命損失感到至深的悲傷和恐懼也很簡單，但拒絕承認系統性的崩毀又比這些都更容易。我們無法把這些線索連起來。我們知道自己大禍臨頭，卻利用召喚可以觸知、可以想像的恐怖來轉移焦慮。我們知道海洋被垃圾汙染，於是我們把焦急和擔憂投射在海中漂流的吸管和貌似水母與櫛水母的塑膠袋上。有的人用想像出來的家園概念當作精神支柱，儘管家園正在我們四周燒毀淹沒。有的人則是把威脅家園及既有習慣的人一概想作敵人。我們攀附網路上的各方說法，替我們把恐懼導向集團陰謀與大取代說(1)，陰謀論如同千禧年主義的宣傳冊滿天翻飛，只差在昔日手工印刷的傳單，如今改換成數位墨水而已。但我們心中知道，我們大難臨頭。

我們為什麼就是不能理解？有一種見解我聽過很多遍，次數多到漸漸覺得那彷彿絕望之下的叨唸。這種見解認為，人無法認知氣候危機的事實，純粹是大腦的演化方式使然。是人類深遠的演化歷程，讓我們無法反應。我們生來沒有能力理解如此龐大、如此廣泛的一件事。聽人說不是我們的錯，固然令人安慰，卻不能化解危難。每次讀到氣候危機，我都會想起偏頭痛，因為我逐漸懷疑，我們的無所作為很可能與我的偏頭痛有一樣的運行邏輯。假如不是演化歷史使我們看不清呢？假如跟早期人類生存面臨的選擇壓力無關呢？假如是當下的我們正在經歷結構性的毀壞，所以無從認知這些症狀就是災禍的先兆呢？我的偏頭痛前驅症狀是一連串不相干的事物，不論和彼此或接續而來的疼痛都沒有關聯：甜菜根、香蕉牛奶、哈欠、恐音症、倦怠。很難想像這些事彼此相關，可以拼湊成一個整體。而我們也同樣難以理解，我們一直以來學過的事物其實互不相關，只是偶然與這個世界的運作有所連結——包括農業生產、食物分配、國際貿易協定、全球企業文化，以及其他千百種事物。我們很難理解這些事物可以是氣候危機的因果徵狀。我們受時代的制約，下意識迴避處理某些類型的問題和解答，因為那些不符合我們對社會的想像。社會引導我們相信，我們在超市做的選擇可以改變世界；舉足輕重的只有每個人的抉擇；想引致大規模的改變，我們應該關心自己最小的舉動，比如換用省電燈泡、戒絕燃油車和塑膠吸管。但有時候責任不在於你。有時候應該追究的是這個世界。在進程中反抗及改變，需要的是集體行動，不是個人行動。我們需要的是齊心協力的大規模文化行動，那才是我們應該盡快組織起來的。

許多年來，每當感覺到偏頭痛來襲的第一陣刺痛，強大的宿命論就會盤據我的心思。我知道已經太遲了——就算我遁入關燈的房間、灌下再多氣泡水、聽鯨魚歌唱的錄音帶，全都無濟於事。我能做的只有縮起身子，等待那抹消世界的疼痛到來。後來，我在前不久開始嘗試吃偏頭痛藥，藥效模仿天然化學物質血清素的作用，可選擇性收縮因偏頭痛發炎

1 譯註：大取代說（great replacement theory）主張非白人及移民群體企圖取代白人種族現有的地位。「大取代」一詞最早見於法國民族主義者巴雷斯（Maurice Barrès）的著作。後法國作家加穆（Renaud Camus）於同名書中探討法國白人地位漸漸為穆斯林移民取代，進一步普及此說。在大取代說的推波助瀾下，歐美近年種族仇恨犯罪日益增加。

擴張的顱內血管。這種藥物有潛在的風險，尤其是對絕經後婦女和心血管疾病患者，所以在英國雖能在藥局臨櫃購買，但是必須先填寫一份詳盡的問卷表格，與藥劑師充分討論過健康狀態才能買到。

這麼多年來，我一直以為面對偏頭痛，我唯一的選項就是忍耐，將自己綁在桅杆上等待風暴通過。這依然是一個選項：有些偏頭痛很可怕，但還不到世界末日的地步。於是我選擇咬牙承受，因為我知道頻繁用藥會減弱藥效。若是疼痛衝上臨界點——而我也百分百確定它何時出現、何時發生——我就會吞一顆藥丸，過不到半小時，疼痛就會消失。天光會再度柔和下來，我的眼睛會停止流淚，劇痛會像鋒面通過後的雲層消散無蹤。我會有幾天頭昏腦脹、渾身不對勁，但疼痛會消失。這整件事最不可思議的是，每次我吞下藥丸都不相信會發揮藥效，每一次都覺得不可能，偏偏每一次都真的有用。它的效用是我此生經歷最接近奇蹟的事。

當然，我們的地球發生的事，與偏頭痛患者大腦經歷的事並不相同。如果只是事關身體，你大有理由自行做主，決定要如何應付侵襲身體的病症。但兩者仍有許多方面互相呼應。我面對偏頭痛的心態一向是**世事本如此**，後來我才體認到未必需要這樣。我們已經步入地球生態崩潰的早期階段，正處於災難的前驅期。我們的末世論傳統，向來想像世界末日發生得很快，會隨著最後一日的駭人光景突然降臨。但這個廣大世界的各個系統，並不

遵照人類社會生活的時間運行；我們其實已經身處末日之中，森林野火和五級颶風就跟無底深淵上來的獸一樣，是末日的先兆。(2)

末日思想是行動強而有力的對手。末日思想使人放棄自主權，覺得眼下能做的只有忍受煎熬，等待結束。這不是我們此時此刻應該想的。因為末日不必然會以災禍收尾，也不見得是一場災難。譯為末日的「Apocalypse」一詞，初始的意思是揭示，是顯現，是洞見，是揭曉本來未知之事。我祈禱眼前的末日帶來的啟示，是我們認知到自己有力量介入、干預。受偏頭痛侵襲的腦部系統是可以調整的，儘管一直到發生前，我們都不相信可以；世界的結構或許也同於此，看似無可避免、終須倚賴化石燃料和無止境的經濟成長，但實則有一些行動是我們能採取的；這些行動乍看不可能且沒意義，卻完全、正好是當下所需。我們可以施壓，可以發聲，可以為世界遊行、哭泣、哀悼、希望、抗爭，與彼此站在一起，即使我們心中不相信有用，即使改變看似毫無可能。因為就算我們不相信，奇蹟依然存在，奇蹟就在那裡等待我們揭曉。

2 譯註：「無底深淵上來的獸」典故出自《新約聖經》啟示錄第十一章第七節。參考新標點和合本與現代中文二〇一九年版經文。

11 性，死亡，蕈菇

雨下得猛烈，森林的空氣甘甜如葡萄酒，瀰漫腐朽的氣味。我和老朋友尼克走在林間，他原本是博士生導師、科學史學界的名譽退休教授，現在是業餘真菌學者。每到秋天，我都會隨他到森林裡採蕈菇，這一採就持續了十五年。這一天，我們來到薩福克郡的塞福森林（Thetford Forest），手上挽著用柳木和栗木釘成的傳統英格蘭淺底木籃，英語稱作「trug」，要用來裝此行的戰利品。不知道會撿到蕈柄細如髮絲的小蕈菇，或是從腐爛樹幹上脫落、凹凸不平的大片蕈傘？會是集結成群、宛如被人丟棄的圓枕頭，還是從地底伸出海星般的紅觸手呢？

尋找蕈菇有時跟狩獵動物出奇相像，尋找的若是可食用種，更有這種感覺。像是在找雞油菌的時候，我回過神才發現自己不知何時踮起了腳尖，躡手躡腳跨過長滿青苔的樹樁，深怕蕈菇聽見我靠近。只是四處隨意走動，想憑肉眼直接找到蕈菇，成效往往不太好。蕈菇生具神奇的能力，善於躲避視線搜索。你必須換個方法，改變觀看周圍地面的方式，將目光投向落葉堆之間的古怪現象，森林地表淩亂，你必須盡量平均關注所有的顏色、形狀和角度。一旦做到這種恍若掠食者一般放鬆卻敏銳的凝視，鮮亮蠟黃色的雞油菌往往就會從落葉、樹枝和青苔後方冒出來，和長在一旁的金黃雞油菌也忽然不那麼相像了。尼克說，只要經驗夠老到，「即使形貌千變萬化，你也能夠很有把握地說出那是什麼，至少常見的菌種都不會出錯，而且漸漸說不出自己是怎麼做到的。」尼克從少時就對真菌滿懷熱忱，至少把數百種蕈菇的名字記入了腦海。

蕈菇是真菌的子實體，真菌本身是以網脈形態存在，由眾多分枝的細小菌絲構成，稱為菌絲體（mycelia）。有些真菌行寄生，有些則攝食腐質，更多的是透過生長在植物根系內部或周圍的菌根，與宿主共享養分。摘採蕈菇不會殺死真菌；用植物來比喻，你只是從交叉纏繞的隱形藤蔓上摘下一朵花而已，藤蔓實際分布的範圍可能非常廣大，而且意想不到的古老。俄勒岡州有一種蜜環菌，生長範圍將近四平方英里，且據信已經存活了近兩千五百年。

我和尼克很快就發現了數十朵蕈菇，參差排列成許多半圓形，寬厚的蕈傘隨意散布在枯葉間，看上去像一杯杯冰涼的牛奶咖啡。那些是水粉杯傘，是本地常見的菌種，一般認為略帶毒性。我們放過這些傘菇，繼續向前走。過了一會兒，尼克在長草叢中瞥見一抹黃光。這個發現就有趣了。他在旁邊蹲下，皺起眉頭，從下方用拇指和食指掐住那朵標本，輕輕從苔蘚和野草間拔起來。「口蘑屬的，硫色口蘑（*Tricholoma sulphureum*）。」他喃喃念著，聽來很滿意。真菌學者通常用學名來指稱蕈菇，因為俗名在各地皆不相同。像他此刻捏在手裡的蕈菇，也有人稱作「硫磺騎士」（sulphur knight）或「瓦斯木耳」（gas agaric）。他把蕈傘湊近我面前，示意我聞聞看，一股辛嗆的硫磺味讓我不禁皺起鼻子。他信手把菇扔入籃中。

我還是不擅長辨認蕈菇，不過比以前進步很多了。這些年來，我不只學會依照外型和氣味或觀察切面的顏色變化，來辨認某幾種蕈菇，對於蕈菇在人類想像中占據的奇妙地位，我也愈來愈感興趣。人類收集及食用菇菌已有千年歷史，但蕈菇至今不減魔力，能擾亂心神，喚起人類對性、對死亡最深奧的迷思。十九世紀歐洲的時代觀念對白鬼筆尤其畏懼，這種菌菇飄散吸引蠅蟲的惡臭，從蛋囊中破膜而出，長成一種奇特的形狀，拉丁語學名形容得最是巧妙——*Phallus impudicus*，宛如陽具。生物學家達爾文的長女亨麗艾塔（Henrietta Darwin）晚年會特意到森林裡採鬼筆，根據其姪女的回憶錄記載：「回到畫室關起房門掩人耳目，悄悄用爐火燒掉，顧全女傭的節操。」我們長年以來對性的保守虔誠，也反映在即使到了現代，有些圖鑑在描述絲蓋傘屬真菌的獨特氣味時，還是會形容成「難以啟齒」或「令人作嘔」，而不用更精確的「味如精液」。

時序入冬之際，森林裡的朽木、糞堆、枯葉間，出乎意料有美麗而奇異的形體盛開。

死中見生，這是一種奇特而強勁的魔法——波羅的海神話相信，蕈菇是亡者之神從地底伸出手指來餵養窮人。但蕈菇與死亡還有更直接的關聯。可想而知，許多蕈菇都非常致命。吃下毀滅天使（鱗柄白鵝膏）或死帽蕈（毒鵝膏），你還是有機率存活，但恐怕需要先換肝才行。更何況，不同種蕈菇的毒性就和它們的外形一樣神祕莫測。單一種蕈菇可能含有不只一種毒素，而且是否經過烹煮、烹煮方式、是否隨酒精一起食用、食用前是否發酵，都有可能改變其毒性。真菌學者聊到毒菇，往往會跟爬蟲學者聊到毒蛇一樣，津津樂道稍嫌過了頭。

如果採集蕈菇是為了食用，又不想意外被毒死或遺下重患，你唯一可仰賴的只有辨認物種的專業能力。採菇這項活動有不怕死的一面，和反覆賭命、挑戰未知風險是一樣概念。野食近年來蔚為風尚，部分是受到採集食材入菜的名廚激勵，部分則出自人們渴望與大自然重建連結的鄉愁。也因此，坊間出現許多暢銷的蕈菇圖鑑，以選錄可食與有毒物種當作賣點。尼克認為這類圖鑑很多都不負責任，甚至可能招致危險。「他們不會詳盡說明在野外可能遇見的東西。」他慎重提醒。很多毒菇外形神似可食蕈菇，必須發揮頑強的決心、仔細檢視才有可能區分，而且往往需要動用顯微鏡，在載玻片上觀察染色測定後的孢子。

面對差異細微的蕈菇標本，設法猜出謎底本身就是一件令人滿足的事：你如果在採菇隔天傍晚去拜訪尼克，會看到他在桌旁正襟危坐，臉上掛著全神貫注又掩不住喜悅的表情，桌面上擺放著各種蕈菇，一旁疊著好幾冊貴得嚇人的真菌鑑定圖鑑，顯微鏡和放大鏡自然也少不了。「有些蕈菇雖然是同一物種，色差卻大得難以置信。」他興致勃勃地談起紅菇屬的蕈菇。「而且顏色還會被雨水沖淡，只能用孢子上疣突的分布位置來判別。所以一般民眾根本是死定了。因為你光從顏色判斷不了，一般人也不會有倍率夠高的顯微鏡。」蕈菇迫使我們衡量人類認知能力的極限：不是每樣事物都能輕易歸入我們的分類系統。到頭來我們會發現，世界的奧妙複雜可能遠非我們所能明瞭。

雨下了兩、三個鐘頭，雨勢漸漸和緩下來。我們渾身濕透卻興致高昂。尼克的木籃裡裝滿小而難認的毒菇樣本，我的則高高堆滿可食蕈菇，包括好幾朵俗稱「蟹脆皮」的黃孢紅菇，傘蓋油亮光滑，個個都是焦糖蘋果的顏色。我們啟程穿越濃密的松林，準備返回停車處。樹林裡空氣潮濕，光線昏濛。松木片片剝裂的樹幹間張著繃緊的蛛網，我不時能感覺到蜘蛛絲在我胸前迸斷，肥大的園蛛從外套落向我腳下的松針絨毯。我正要走回林徑上，不遠處一棵樹下忽然有東西攫獲我的目光。我第一眼就認出那是什麼，雖然我也只在書上見過它。「繡球菌！」我一邊大喊，一邊拔腿奔去。它的大小像顆足球，長滿肉呼呼的瘤突，顏色灰白略顯透明，在滴著水的樹蔭下似乎幽幽發光。蕈褶結構複雜，像水煮牛肚和海綿的混生物，看久了頓覺頭皮發麻。我看著它，想起它的拉丁學名叫 *Sparassis crispa*，也想起它一向寄生於針葉樹，採來撕塊後放入高湯燉煮，香氣芬芳且美味可口。我在濡濕的地上坐下來湊近細看。

人是視覺的動物。在我們眼裡，森林是林木、樹葉和土壤組成之地。但此刻在我周圍，無影無蹤卻無所不在的，是一整片真菌構成的生物網，百萬條細小的菌絲在樹與樹之間生長蔓延，叢生於野兔的糞堆四周，連結了樹叢和林徑，牽繫起凋零的枯葉和活著的樹根。我們幾乎不知道有這個網路存在，除非正巧在條件適宜的時候，看見子實體探出地表。但若沒有真菌不停循環水分、養分和礦物質，這整座森林不可能如常運行。或許對我來說，蕈菇最神祕也最神奇的地方在於，它們將一個至關重要卻乏人聞問的世界悄悄展現在吾人眼前。我伸手剝下半片脆嫩卷曲的蕈傘放進籃裡，這個戰利品來自一個生機盎然的地方，只是為我們所不察。我等不及想好好一嘗它的滋味。

12 冬日森林

每一年的新年元旦，我都會盡量趁天黑前去森林裡走幾個鐘頭。夕暮下、積雪裡、細雨中，我都走過；有的時候，陰冷的霧氣黏附在皮膚上，感覺不像空氣，更像是水。我走過參差不齊的未成熟松樹林，也走過古老的低地森林，走過山毛櫸林，走過農園的雜樹叢；也曾踩著泥徑，穿越挺立的紅赤楊和樺木林。有幾次我和家人或朋友一起散步；大多數時候，還是我一人獨行。我這新年散步的習慣是什麼時候開始的，我也不太確定，但久而久之，就像把火雞烤焦或揮霍太多錢裝飾耶誕樹一樣，散步成為我在冬天的慣例。

漫步在冬天的森林裡，有一種特別的現象學。無風的日子，森林瀰漫一股深沉、柔軟的寂靜，腳下哪怕只是踩斷一根細枝，聲音也響如一發槍響。感官在這樣的寂靜訓練下格外敏銳，一年當中其他時節會被喧噪鳥鳴遮蓋的細小聲響，現在全都聽得見了。田鼠在我腳邊乾枯的羊齒蕨間窸窣鑽動，烏鶇翻找枯葉下的蜘蛛發出乾燥的刮擦聲。樹葉現在掉光了，更容易看見野生動物，但我也一樣容易被發現。我經常遇到松鴉、林鴝、歐亞鴝、灰松鼠銜著我大聲示警，用尖厲的叫聲警告我，牠們知道我在那裡。被林間的小動物厲聲咒罵，令我無地自容，但也感到寬慰。鼓勵大家欣賞自然的現代文化，經常假定自然世界僅供人觀賞和觀察，彷彿中間隔著厚厚的玻璃櫥窗。但小動物警戒的叫聲提醒我，我們的來到不乏相應的影響，而我們喜歡觀賞的這些動物，也有著自己的需求、渴望、情感及生活。

冬日的森林揭露了森林生長於上的地形骨架，山坡、溝壑、窪地等地理輪廓一覽無遺。林間的樹木變成圖形辨識練習，每個樹種各有其紋理獨特的樹皮，枝幹和枝椏也各有獨特的生長角度和排列模式。樹葉落盡之後，冬天讓光線和風雨透入林中，白晝隨著季節往春天推移漸長，久違接觸到陽光的樹幹也因為藻類附生而轉成了綠色。

因為生命在冬天的森林裡不那麼明顯，所以生命苟延之處特別引人注目，比如明亮的星形苔蘚，或是借助充滿抗凍蛋白的細胞、熬過霜凍的真菌子實體。有一年，我在林間小徑中央看見冬蠅在一小片微弱的陽光下聚集成雲，我愣在原地痴痴看了好一會兒，強烈意識到牠們是如此脆弱，在這個世界上享有的時光是如此短暫。冬天的生物跡象隱微，也讓我體認到身為人類，我的感知能力其實十分有限。森林裡的生命大多不是小到我看不見，就是存在於地底。在我腳下，有一片菌根菌絲織造的精密網絡，將植物的根系與彼此和土壤連結在一起，不只能幫助樹木吸收重要的營養素，也為森林植物提供了一個溝通媒介。

我們很容易以為樹是恆定不變、古老莊嚴的存在，人可以賴以衡量自身的壽命，以及我們自身渺小、短暫的歷史。其實，樹木會生長，樹葉會掉落，冬天年復一年凍結地面。森林是會持續變化演進的地方，這是我花了很長一段時間才體會到的事。小時候，我以為我家附近的森林會永遠維持原樣。但我從前常走的小徑，有許多如今已被樺木林草叢給阻斷，依然鮮活的只有我對這些林道的回憶。

夏天的森林很少給我時間流逝或時間將至的感覺；夏季的森林裡生意盎然，到處顯得忙碌喧嚷、閃閃發光、瞬息萬變。萬物似乎盡展於眼前，沒有一種歷歷可見、機會潛伏的感覺。冬季的森林則恰好相反，能喚起時光流逝的感觸。冬天裡，天總是黑得很快，若是又逢風寒刺骨，走著走著總不禁要想，這時要是回到溫暖的家中該有多舒適。舉目環顧四周，都是過去這一年築下的鳥巢，巢中孵育的雛鳥早已離巢，通常被夏日草木濃蔭遮蔽的生命跡象，則都現出了蹤影：啄木鳥的巢洞、野鹿啃食過的樹苗、狐狸掘出的地洞、矮荊棘叢上留下的幾撮獾毛。我腳下踩踏的雖是這一年至今的落葉，但來年的樹葉已經蜷伏在頭頂四周的枝梢，等待萌芽。

待地面覆上薄薄一層積雪，辨讀林間哺乳動物與鳥類的足印，還可以回溯時間。雉雞的足跡結束於一對翅膀的印記，每一根初級飛羽的印痕內都堆積了霜，記錄前一晚雉雞從地面起飛回窩的那一瞬間。有一次，在威爾特郡的一座森林，四周看似全無動物的活動，但我循著一隻歐洲野兔的腳印，穿過雪地來到一池黑水潭邊，瞧見牠喝水的地方，而且從每一個肉呼呼的腳掌留下的腳印間隔，還能看出野兔這一路過來腳步是快是慢。

我們時常把正念，即純粹活在當下，視為精神修養的目標。但冬日的森林教導我另一件事：思考歷史也很重要。森林能夠在同一時間向你透露五小時以來、五天以來、五世紀以來發生的事。森林是樹木、土壤和腐葉，是白霜毛絨絨的結晶和昨夜融化的雪，但森林也是不同時間軸交互穿插之處。在冬天的森林裡，無限的潛能在空氣中勃發生氣。

13 日食

許久以前，我第一次起心動念想看日全食，心裡頭盤算著既然要看，就該一個人在浪漫的孤獨中欣賞。當時我才二十出頭，經常以為自己是宇宙的中心，我將日食想像成一件大事，日月與我連成一線，肯定能讓我獲得某種深刻恆久的啟發。要是有別人在場，恐怕會害我分心，減損這一切的意義。我堅信，要真切地感受大自然，尋求一對一交流是最好的方法。現在回想起當時的信念，著實很難為情，因為看過人生第一場日食後，我便知道下一次日食發生時，我絕不希望孤單一人。

親眼目睹日全食，能搗亂你的自我意識，摧毀個體的理性。十九世紀冒險遠征去看日食的科學家，將其視為一場對自律的考驗。他們惶恐不安，唯恐自己抵擋不住日食帶來的強烈情緒，難再維持客觀。歷史學者方洙正（Alex Soojung-Kim Pang）記述，科學家在日食發生的當下，雙手猛烈顫抖，很多人連筆都握不住；一八七一年印度日食當時，甚至有一名觀看者激動得難以自制，不得不先退回房間，把頭浸在水裡冷靜下來。愛丁堡皇家天文學會的天文學家查爾斯・皮亞茲・史密斯（Charles Piazzi Smyth）詫異地寫道，一八五一年的日食發生時，不只「輕浮的法國人」因「一時之衝動而興奮忘我」，就連「莊重的英格蘭人」和「淡漠的德國人」也異常激動。撇開民族刻板印象不談，皮亞茲看到的現象，實則指出日食蘊含的微妙矛盾。日食的路徑和時間透過運算，可以預測得驚人準確，然而它產生的作用卻總是一點一滴悖反了經驗敘述和客觀科學：日食在人心中激起一陣原始的敬畏。

第一次看日食以前，我只要置身人群就會覺得緊張。這不單是因為我屬於內向性格。成長在一九七〇到八〇年代的英國，看電視長大就是一門認識群眾危險的啟蒙課。政治示威、搖滾音樂祭、街頭暴動——全都令人心生畏懼，原因和十九世紀的科學家畏懼日食是一樣的，這些場面會讓人忘了自己。消解個人的所有理性和自制，使人跟著控制不住的直覺和情緒起舞，群眾是一個非理性的實體，且帶有會傳染的暴力，這是許多歐洲理論學者留給後世的觀念。例如，十九世紀末法國遭逢的政治動亂，造就古斯塔夫・勒龐（Gustave Le Bon）的看法。在他看來，群眾無非是一群受破壞的衝動擺布的野蠻人。我原本就不好人群，對社會史的種種認識，更加深了我置身人群的恐慌。我很多時間都獨自待在田野間和森林裡，主要是想觀察野生動物，要是與人群為伍的話，便很難悄悄接近動物而不被發現。但我渴望獨處，背後還有一些更忐忑難言的理由。獨自觀看世界，令人安心。你放眼展望一片風景，看見樹木、雲朵、丘陵、山谷遍布其間，它們靜默無語，只會發出你在想像中賦予它們的聲音，此時誰也不能挑戰你的個性。我們往往只覺得孤獨沉思是和大自然交流的正確方式，但它向來也是政治行動，讓你卸下他人施予的壓力，從他人的心思、他者的詮釋、其他與你競爭的意識之下，自由解放出來。

逃避社會衝突，當然還有另一種方式，那就是加入處世看法與你相同、價值觀和你相當的團體，讓自己成為群眾的一員。人們常說，美國是一幫強悍的個人主義者生存的國度，我們都很熟悉這種說法，但其實在追尋崇高的事物方面，美國人一直有著集體行動的傳統。歷史學者大衛・奈伊（David Nye）認為，遊客成團到大峽谷等自然景點訪勝，或群聚見證火箭發射等令人起敬的盛事，實際上是在進行一種美國人特有的朝聖。他們感受到的崇高超越之美，可茲佐證美國優越於人（American exceptionalism，又譯美國例外主義）的觀念，群眾在驚異讚嘆之際，重新確認了自己國家的非凡雄偉和重要地位。但二〇一七年，當數百萬名遊客趕赴現場見證日全食，他們看見的並非光陰用美國的岩土雕鑿出的景觀，也不是美國人憑藉聰明才智完成的壯舉，他們看到的不過是外太空天體運行投落於全國的一道影子。即便是這樣，這一次日全食被稱作美國大日食（The Great American Eclipse）也名副其實，因為這場盛事恰好呼應了，美國當代在理性與非理性、個人思想與集體意識、歸屬與分歧等事務上面臨的角力。各種群眾中，以恐懼異己來維持團結，靠群情激憤、排斥他者來凝聚自己的，是最令人擔憂的一種；這樣一群人組成的實體，唯有透過反對他人才能定義自己。觀賞日食的人群相較之下單純許多，因為它不可能按照上述的模式運作，我們每個人的差異在絕對至高的存在面前，都不再具有意義。當你站在那裡，看著太陽覆滅又重生，你不會再去區分誰是他們，在場的只有我們。

一九九九年，我和父親走在康瓦耳郡一片人擠人的海灘上，準備一睹七十年來首度在英國上空發生的日全食。我們環顧左右，發現周圍滿是率團行動的導遊、追逐日食的天文迷、校外教學的學童、攝影師團隊、揮舞螢光棒的青少年、靈修旅行者，地方居民也盛裝打扮前來。那是我第一次觀看日食。四周的人潮令我侷促不安，我那時依然固守自己幼稚的直覺，認為沒有這些人在，啟示才會降臨於我。令人失望的是，天空雲層很厚，時辰慢慢流逝，事實也愈來愈明顯，等等日全食發生的時候，除了黑暗，我們誰也別奢望能看到什麼。然而當天光漸暗，氣氛隱隱騷動起來，現場群眾的重要性頓時蓋過一切。群眾在我的意識中成為一個可觸知的形體。地球旋轉，月球也在旋轉，黑暗驟然蓋下，那一瞬間我忽然急切擔憂起每個人的安危。眼前幾乎伸手不見五指，海面彼方高懸的雲朵卻染上了夕陽詭異不祥的色調，猶如一九五〇年代原子試爆照片褪色後的樣子，再更遠處，則是清澄的藍天。

啟示於此時降臨，和我預期的不同。重點不在天上，反而是我們這些在地上的人。聚集在大西洋岸的群眾紛紛舉起相機，準備拍下日全食留念，在大家按下快門的剎那，漆黑的海灘炸放光點，如潮汐一般推擠前進，湧向海灣的另一邊，整個海岸頃刻化作星星閃耀的原野。每一個轉瞬即逝的光點都是一個不同的人。我笑出聲來。我一直期待在孤獨中獲得啟發，如今獲得的卻正好相反：我感受到一股龐大的休戚與共之感，感受到群體是由什麼組成的——許許多多各自存在的光點，閃現一瞬亮光，以對抗迎面而來的黑暗。

在多雲的陰天觀賞日食，感受又跟大晴天看日食大為不同。康瓦耳日食的七年後，我再度目擊的就是陰天下的日食。這件事依然活在我腦海中，在一切盡皆是現在式的某過角落，彷彿還在發生，永遠不會停止上演。

我是和朋友一起去看的，我們前往土耳其海岸一座名為西代（Side）的古城遺址。當天，我們在沙堆和開花的月桂樹叢間找了個視野良好的位置，十來隻圓鼓鼓的林鶯在枝梢來往穿梭，捕食藏在月桂葉和汁液黏稠的月桂花間的長腳飛蟲。小褐鶇高聲鳴唱。四周到處洋溢著生機。接下來一個鐘頭裡，月亮將緩緩往太陽前方移動，最後遮住太陽的正臉。

我們一行四個人，三個身穿布鞋和T恤的男生是數學與程式專家，另一個頭戴草帽、身背望遠鏡的女生，連小學生的加減乘除都不時會算錯。那個女生就是我。我們漫步在碎石頭和野樹叢構成的小片荒野，我看向左方，重重沙丘往古城遺跡蔓延，城牆半掩於高築的沙堆下。更遠處，蜥蜴和鳳頭百靈鳥奔走於沙漠中，陸龜爬行在灰白的沙地，畫下無數紋路。我們一小群人在沙丘頂端站定等候。反正閒著也無聊，我便觀察起鳥兒。周圍都是跟我們類似的小團體，有的人把望遠鏡對準了白紙，準備觀察初虧（first contact），即最小的一抹陰影開始從一側噬入太陽的瞬間。從初虧到食既（second contact），也就是太陽完全被月亮遮住，這個過程很漫長；抵達地面的光亮緩慢穩定地漸漸減少。有好一陣子，我的大腦不停哄騙我。**沒什麼的啦**。因為在反覆安慰我的同時，大腦也能獲得好處。大腦跟我說，我一定是戴了光反應墨鏡，才會看到世界隨著鏡片變色。周圍的一切，包括腳趾頭底下行李束帶似的沙丘長草、古城斷牆、月桂樹叢、眼前的海面、背後的山丘，一切雖暗，其實都安好如初。但我忽然想到，我根本沒有戴墨鏡呀。剎那間我的腦中轟然一響，彷彿有雙手以噩夢般的怪力重重敲響琴鍵，心中那股不和諧的衝擊感，就像我和自己的大腦慌張地起了口角。接著我顫抖起來。一小時前，這裡明明還熱得不像話吧？有一個老掉牙的溫水煮青蛙的故事是怎麼說來著？把一隻青蛙放進一鍋冷水，再把鍋子放在爐上慢慢燒熱。這隻無憂無慮的兩生動物到死之前，都不會發現水溫正在升高。此刻眼前發生的事，與那個故事有著同樣毛骨悚然之處。我心生一股強烈衝動，想要警告大家快想想辦法跳出鍋子。周圍的一切都在變化，但我們的大腦沒有能力察覺這麼細微的差異。焦慮之下，我的目光在風景中自動搜尋熟悉的事物。人群，樹叢，海水，城牆。很多東西都很熟悉。可是輪廓令人心安，本體卻不然，因為所有的顏色都不對，色調全是錯的。

記得從前拍攝西部電影會用的日光夜景鏡嗎？小時候看下午播出的電視午間劇，我以為美國的夜晚和英格蘭的夜晚不一樣。很久以後我才知道，鏡頭下其實一直是白天，只是把光圈收小，隔著藍色濾鏡拍攝而已。所以，想像你在看一部彩色西部片的夜景，賈利・古柏[1]手持步槍隱身岩壁後方。你不覺得畫面裡的夜晚看起來很古怪嗎？現在再想像同一段影片用的不是藍色濾鏡，而是橘色濾鏡，那就是我周圍的景色。一切景物都顯得沉重、濡濕、怪異。沙地變成深橘色，宛如夕陽西斜，但太陽明明還高掛在空中。眼前的海水折射出粼粼閃光，看得我們全出了神。我對物理一竅不通，但是在黝深的地中海水面上盪漾的白色波光，是不是太刺眼了點。我們腳邊的地面，甚至有更奇怪的事發生。我以為會看到陽光穿過樹枝，在沙地投下斑駁葉影，我信心滿滿，和我預期世上其他事理即便無人聞問也會恆常發生一樣，可是我低頭一看卻愣住了：樹影間是無數完美的迷你新月，起碼有好幾百個，不知哪兒吹來的一陣風搖動枝頭，沙地上所有的新月都跟著移動。

燕子沿著迂迴的狩獵飛行路線穿越遺跡，在陽光下的背影不再是帶虹彩的藍色，而是深邃的靛青色。燕群鳴叫發出警告。上空飛過一隻雀鷹，牠在空中下滑，高度節節下降，遍尋不著可以攀附上升的熱氣流。氣溫急速驟降，鳥兒全都消失不見。雀鷹縮著肩膀往西北方飛去，一路不停地往下墜。我再度抬頭確認太陽，隔著日食觀測眼鏡，陽光此刻只剩下指甲般的一道弧形。周圍的風景令人無端感到陌生：色彩飽和的世界裡，物體個個映著正午的短影子。地是橘的，海是紫的。金星現身天際，出現在天空右上方很高的位置。就在這時，歡呼聲、哨聲、掌聲連番響起，我盯著天空，看見太陽失去蹤影，白晝也消失了；我怎樣也想不到，怎樣也想不通，我們頭頂上空只剩下一片黑，柔和的黑色天空中央有一個圓洞，比你見過的任何東西都要黑，邊緣綴著一圈極淡的白焰。現場爆出掌聲，迴盪在沙丘之間。我的喉頭哽咽，淚水盈滿眼眶。再見了，智性的理解。你好，取而代之的另一個相反的東西。日全食對心智機制來說，太難以理解，所以生理反應反而變得格外明顯。你的頭腦絲毫掌握不住這一切，不明白為什麼四周一片黑暗，為什麼視線盡頭都是霞雲，為什麼出現星星，只知道頭頂上方怪異得很不尋常，所有人的目光都被拉了過去。我同時覺得既巨大又渺小，感到我從未感受過的孤單，卻也前所未有地與群眾融合。沒有人類的語言能充分表達這一切。「對立」嗎？是的！且容我們訴諸二元對立和宏大敘事，將一切拆分開來，同時合而為一。日與月，光與暗，海與陸，呼吸與無息，生與死。日全食讓歷史頓顯可笑，讓你感覺自己彌足珍貴，但也大可拋棄，讓世界的意向撲朔不明，好比一個

1　譯註：賈利．古柏（Gary Cooper, 1901-1961），美國著名演員，以剛強、沉默的角色形象聞名。代表作有西部片《日正當中》（*High Noon*）、軍事傳記片《約克軍曹》（*Sergeant York*）等。

人去跟石頭討論名人雜誌的售價。

我頭暈目眩，皮膚爬滿雞皮疙瘩。萬物黯然失色。天上本該是太陽的地方開了個洞。我坐倒在地，抬頭仰望天上的洞，周圍死寂的世界加上那些斷垣殘壁，恰恰重現我童年想像的冥界，我的想像悉數出自於羅傑・蘭斯林・葛林（Roger Lancelyn Green）編著的《希臘英雄故事》（*Tales of the Greek Heroes*）。這時，又有一件事發生了。如今回想起來，依舊讓我心情激昂、淚眼婆娑。因為親眼目睹過我才知道，原來還有比眼見太陽掉進黑洞更撼動人心的事——看著太陽從洞中爬出。我在這裡，坐在冥界的沙岸上，四周站著無數亡者。陰寒刺骨，黑暗中吹來陣陣稀微的風。但接著，從太陽死去的那個漆黑空洞下緣，爆出一個無比耀眼的光點。光點燃燒躍動，超乎想像地猛烈，難以承受地明亮，簡直（我說了可要臉紅，但說就說吧）像是一個文字。世界於焉重生。就在一瞬之間。喜悅、鬆緩、感激，情緒如雪崩般襲來。現在是否一切都導回了正軌？一切都獲得更新了嗎？月桂樹上，片刻前才憑空降生的一隻小褐鶲，高聲鳴叫問候新的黎明。

14 她的軌道

娜塔莉・卡布羅（Natalie Cabrol）五歲時，透過電視看到人類初次登上月球。隔著一層訊號傳輸的花白雜訊和月球飛塵，她指著尼爾・阿姆斯壯對母親說：**這個**，這個就是她長大想做的事。早在那之前，她在位於巴黎市郊的家裡，就常常仰望夜空中的星星，心裡曉得天上有好多問題等著她去解答。

卡布羅現在是一名探險家、太空生物學兼行星地質學者，專攻火星研究。她也是SETI研究中心卡爾薩根中心的主任，這個非營利研究機構設立於加州山景城，致力於探索、認識、解釋宇宙的生命起源。研究機構的工作乍聽有種科幻小說的魅力，實則少不了嚴謹的科學研究，以及卡布羅口中「熱情強烈到甘願往刀山火海裡去的人」。她也是這樣的人。她走遍世界各地最極端危險的環境，在生存條件與火星類似的地方尋找生命體。二〇〇二年，科學團隊在智利亞塔加馬沙漠測試實驗用探測車，她是團隊的首席科學家；二〇〇四年，她也是為精神號（Spirit）火星探測車選定降落地點的關鍵人物，精神號從二〇〇四年到二〇一〇年都在火星上進行探勘。卡布羅至今潛入過多座高海拔火口湖，研究湖中生物，並研發了一具自動漂浮機器人，部署在安地斯山脈一座高山湖中，那裡的環境可以模擬土星衛星「泰坦」（Titan，土衛六）的湖泊。

我在十月的一天上午，於安多法加斯塔（Antofagasta）和卡布羅碰面。這裡是智利一座海港城市，從太平洋幽深的海水到遠方的旱谷之間，氧化色彩的樓房和銅像凌亂鋪展。我從倫敦飛到馬德里，先轉機到巴西聖保羅，再轉機抵達安多法斯加。我風塵僕僕趕來智利，是為了和她的團隊一同前往高海拔沙漠考察，測試一些偵測火星生命的方法。我帶了睡袋和高山症藥物，還帶了數之不盡的焦慮，不知前方等待我們的會是什麼狀況。

卡布羅現年五十四歲，個頭嬌小細瘦，白髮剪得很短，臉孔輪廓深邃、五官突出，相貌透著英氣，長相神似義大利演員伊莎貝拉．羅塞里尼（Isabella Rossellini），又多了一抹大衛．鮑伊（David Bowie）那種超凡脫俗的氣質。她灰綠色的瞳孔閃爍拋光花崗岩般的光彩，就算深入沙漠，也始終有粗黑的眼線勾勒出她的眼眸。她的個性溫暖，散發魅力，而且非常風趣，但又有一股難以定義和捉摸的野性：跟她說話，有時會令我在困窘之餘想起在森林遇過的動物；有些動物見了人，不確定自己應該逃跑還是防禦。在安多法加斯塔初見面的那個晴朗上午，看著她對鏡頭舉起SETI研究中心的旗子擺姿勢，低沉的嗓子爆出響亮的笑聲，我發覺我非常喜歡這個人。

近幾十年來，對地球外生命的研究已然步入新章。不少演算模型推測銀河系內約有一百萬顆行星可能存在複雜的多細胞生命體。我們也已經知道，其他行星環境不需要近似地球，也可能蘊含生命；遙遠衛星上的地下海洋，諸如土衛二「恩克拉多斯」（Enceladus）和土衛六「泰坦」，就有可能維持微生物的生存。卡布羅告訴我，宇宙中很可能滿布這類簡單的生命體，我們這一趟考察的目的，則是改良尋找生命體——探測生物標誌（biosignature）的方法。生物標誌，指的是現存的生命或曾經活過的生命留下的徵象：可能是生物的有機組織、生物消失後留下的結構，也可以是生物產出的化合物。

未來幾週，我們將走訪五個不同海拔高度的地點。攀登得愈高，時間就能回溯至愈久以前——不是地球時間，而是火星的時間。高海拔處水量豐沛、大氣稀薄、紫外線輻射量高，環境條件與火星在三十五億年前經歷的初期變化很相似。當時，太陽風漸漸剝去火星的大氣層，讓宇宙射線抵達火星表面，原先在火星表面流動的水因此消失形成空洞，或是深鎖至地底或星球的兩極。這個時期，火星表面的任何生命不是死滅，就是躲入某些地方避難，就像在不宜生存的阿塔卡馬沙漠裡，依然有小部分環境有生物存在。卡布羅告訴我，火星表面現今暴露在有害射線之下，沒有生物能在地表生存，但或許仍有生命藏於地底深處。我們的首個考察地點是一片乾旱的鹽地，地理條件就很類似今日的火星。

對卡布羅來說，尋找火星上的生命，意義不僅限於回答那個古老的問題：「我們在宇宙中是否是孤立的存在？」數十億年前，彗星和小行星撞擊地球噴散出的岩石飛上了火星，反之亦然。其中有些或許挾帶了早期的生命。現今想在地球上尋找益生化學物質演化成生命體的證據，已然是不可能了；就算真有演化證據，也早已被地球劇烈的地質變動、風化侵蝕、板塊運動給摧毀。但在火星上不一樣，火星地殼冷卻時期已有的古老岩石，至今仍舊存在於行星表面；假如我們和火星有相同的祖源，也許在火星上還能找到與我們自身生命相關的蛛絲馬跡。「火星上說不定藏有關於我們的祕密，所以火星對我們來說格外重要。」卡布羅說。

時間是二〇一六年十月，這是卡布羅第二年率領SETI團隊遠赴智利探測生物標誌。猛烈的太平洋風陣陣吹來，枯萎的含羞草花在路面滾動，我爬上小巴士，準備和大家一起度過遙遠的車程，前往我們的第一個考察地點。團隊計畫在那裡駐紮三天，採集樣本並尋思改良一些尋找生命跡象的技術問題。隔著藍色調的車窗，柔黃色和氧化後呈暗黃色的風化岩成了帶紫的鏽紅色。太空技術及機器人公司「蜜蜂機器人」（Honeybee Robotics）的機械工程師弗德里克・雷恩馬克（Fredrik Rehnmark）難掩喜悅，興奮喊道：「他們要是在火星上建造道路，看起來一定就像這樣！」

我們向北行駛，路旁的山坡上，有灰白岩石排列出姓名和首字母的縮寫。這片沙漠裡幾乎不見任何動靜，有些地方五百萬年來未曾改變多少。那些用石頭寫下的名字也是一種生物標誌，存在地球上的時間不只會比排下石頭的人更久，也將超越我們每個人和我們所知的每件事。

車子行向內陸，逐漸有鹽的結晶沿著沙子路兩側開展。時間恍惚起來。車窗外，一切都失去了特徵，彷彿是一片劇場布景。抵達考察地點大鹽沼（Salar Grande）後，我們在岸邊架起帳篷。這片長十四多公里的鹽沼，數百萬年前曾經是湖泊。火星上也有很多類似的鹽沼。

空氣裡的鹽分讓我的臉刺痛抽搐，不停地眨眼睛。阿塔卡馬沙漠超乾旱的核心還在更東處，目前這裡仍有太平洋的霧氣湧入，造就周圍的地景。湊近細看，鹽沼是由許多多邊形的寬岩板所構成，邊緣堆積著某種物質，狀似半融化的檸檬冰沙，也像冬天堆積在馬路邊融化後又結凍的汙雪。其他地方，鹽結晶積成一堆一堆，像骯髒的枯骨，我們帳篷後方的地面，則散落著荒廢已久的鹽礦開採作業留下的垃圾：靴子、空沙丁魚罐頭、碎散的報紙、腐蝕的金屬塊。

鑽挖聲響徹早晨的空氣。蜜蜂機器人公司的工程師開鑿鹽核，測試未來將安裝在探測車上的原型工具。來自田納西大學的一支團隊，啟動一架無人機協助測繪周圍地形，小小的黑色星點發出遠處有黃蜂窩似的嗡鳴。SETI研究中心的研究員帕布羅·索博隆（Pablo

Sobron）動手用雷射光譜儀分析鹽樣本，未來這也會是探測車的一項利器。安多法加斯塔北方天主教大學（Catholic University of the North）的學生，則隨同SETI研究中心和美國太空總署科學家金・華倫－羅德（Kim Warren-Rhodes）和亞方索・戴維拉（Alfonso Davila）外出採集鹽結晶，供微生物實驗室分析。

卡布羅撿起一個鹽塊，對光舉高。「妳看。」她說。結晶岩塊內有兩條鮮明的色帶：粉紅色在上，綠色在下。那是嗜鹽（halophilic，喜歡鹽的）微生物形成的群落，這些微生物唯有生活在半透明的結晶裡，才能耐受這裡的極端環境。綠色嗜鹽菌利用上方粉紅色菌落濾出的光線，行光合作用，獲取養分。粉紅色素的作用就像遮光劑，可以保護兩個菌落，以免基因受紫外線輻射的傷害。

我聽了備感慚愧。我在這些鹽結晶之間走了一整天，卻渾然不知腳下就有生命。「這裡是否適合生命居住，並不明顯，很多時候都是深藏不露的。」卡布羅對我說。我看著她纖瘦的身形，手套指尖沾滿鹽屑，臉上隱約露出調皮的微笑。我移開視線，望向周圍遼闊的地景。她的研究尺度之大，想到就令人暈眩：幾百萬公里的空間、幾十億年的行星演化、浩瀚的宇宙、火星的峽谷和山坳；看看這裡廣袤無際的鹽沼，我們走在其間的身影何其渺小，還有這些細緻卻也強韌、小到幾乎看不見的生命徵象，就捏在食指與拇指之間。

卡布羅是獨生女，小時候父母出外工作，她很多時間都一個人待在家中的小公寓。孤獨中，她想像出一個隱遁空間，只有她生活在其中，用文字、符號、數字填滿時間，有時編寫故事，有時研究地圖上的線條。她告訴我，她從小就有一種為不明顯的事物找出關聯的天賦。她相信直到現在，這仍是她作為科學家的一大優勢。但即使在她懂得欣賞天地之廣以後，她的社交圈依然狹仄。「有很長一段時間，」她說：「我覺得我不必與人來往也能活得很好。我沒什麼朋友，也不特別想交朋友。我有這些就夠了。我的腦子已經夠忙了。」她的父母省下錢，為她買天文學書籍和雜誌。她母親懂得她的興趣，父親就不好說了。「他覺得那是一個過渡階段，妳懂我意思嗎？」她挖苦地說：「誰知道這個階段持續了這麼久！」

青少女時期，卡布羅過得很煎熬。家裡有父母爭執，到學校她也融入不了，經常遭到欺負。學校有些老師認為她活在幻想的世界裡。即使她想讀行星科學，後來還是選了人文學科，因為到她日後努力自學之前，數學一直不是她的強項。

卡布羅在巴黎南特大學（Paris Nanterre University）的最後一年修了地球科學課，實驗室的指導教授建議她去巴黎南部歷史悠久的默敦天文台，拜訪安德烈．凱勞教授（André Cailleux），他是當時行星地質學的先驅。凱勞教授給她看了多幅火星地圖，說明他和同仁正在研究火星的水文史，問她是否有興趣加入。「這麼多年來，我以為我走的路和想去的地方南轅北轍，沒想到這條路正好帶領我來到我該去的地方。」她對我說。與教授初次見面後，她走出天文台，環顧建築物的穹頂，忽然覺得異常熟悉。「小時候，我畫過好多好多的穹頂，每次重複畫的都是相同的行星風景。行星上是一片荒漠，背景永遠掛著土星，天空漆黑，只看到許多半圓穹頂。」來到默敦天文台，她終於找到一條走近火星的路。

她的碩士研究題目是火星水蝕河谷的演變。白天她埋首於論文，但入夜後，她經常花上大把時間用默敦天文台著名的十九世紀天文望遠鏡「大透鏡」（Grande Lunette）觀察夜空，甚至拖來睡袋放在一旁，方便在觀察間隔小睡片刻。透過望遠鏡可以看見火星，只是很小，她一開始能看見的景象不多。但她一直盯著這顆往後成為她研究重心的星球看，看得愈久，在陰影晦暗又變化不定的星球表面看見的也愈多。火星上的溝谷和枯湖在她眼裡，漸漸如手背上的紋路一樣熟悉。也是在默敦天文台，她遇上人生永誌難忘的一刻。奧杜因・多佛斯（Audouin Dollfus）教授是發現土衛十「亞努斯」的著名天文學家。有一天，教授問她想不想看月球土壤。「這不是廢話嗎！問我想不想看月壤?!」

教授從保險箱拿出一個小瓶子，卡布羅看了一眼頓時備感失望。「我心想：**所以呢？就這樣？**」她說。為了顧及禮貌，她表現得興致盎然，私底下其實無動於衷。但當晚在離開實驗室回家的路上，她抬頭看見明月高懸於巴黎上空，忽然被一股敬畏的心情撼動。「剛才看了覺得沒什麼的月壤，剎那間成了世間最寶貴的東西。珍貴的不是它本身，而是它來到這裡經歷的路程。」她說。那一刻恍如天啟。「我覺得我透過望遠鏡看到的東西，沒有一個對我說過這些事：包括它經歷的旅程、探險的精神、探險途中的危險，包括你必須接受許多無奈，路上難免會有犧牲，有時犧牲的可能是你的性命。」

探險點亮了她的想像力。她不久前才在未發表的手稿上寫道：「我把探險當作空氣，每一天都呼吸著它，生活時時刻刻想像它，夜裡也夢見它。」她也向我提及一段童年回憶：她父親曾經小心翼翼剝開多刺的栗子殼，讓她看見殼內原來是光滑如大理石的果仁。她看得無比著迷。早年許多類似的回憶，在她心中種下探索的渴望，她心底常有一股衝動，盼望再度找回隱藏之物揭露於眼前的驚奇感。

卡布羅之後在索邦大學攻讀博士，研究水流如何形塑火星上的湖泊。她在這時遇到艾德蒙・葛林（Edmond Grin），這位學界有名的水文地質學家，在退休後重回校園，攻讀天體物理學博士學位。「這是他的興趣。」她告訴我：「沒事做的時候，他就在腦中思考愛因斯坦的方程式。」第一次在上課鐘響前、看到葛林與一位教授閒聊時，她二十三歲，他六十六歲。「不知為何，」她說：「我移不開目光。我被迷住了。我看著他，腦中不停地想：**我見過這個男的**。**我見過這個人**。**但我是在哪裡見過他的**？」課堂上，他坐在她附近，他們目光交會，然後：「就像這樣——無形的力量抓住我們。妳懂我的意思嗎？」她說：「我很難解釋，但我彷彿一直在等這個人出現。」

往後幾年，葛林協助她專注於課業和研究方法，同時在更深的層面上，他也是讓她改頭換面的存在。「他對我施展了魔法。」她說：「我原本是一個內向的人，只懂得寫程式、寫符號、寫小說、寫論文。他戴上了手套，把我的裡面給掏到外面，我內在的東西一夕之間全給翻了出來。」

一九九四年，卡布羅前往位於矽谷的美國太空總署艾姆斯研究中心（Ames Research Center），為議定中登陸火星尋找生命的任務，進行著陸點研究。葛林也和她一同前去。他們只帶了一只手提箱，裡頭裝著一幅多張照片影本拼貼而成的地圖，是維京任務拍下的照片。一九七〇年代，無人太空飛行器維京一號與維京二號在火星著陸進行探測，照片拍攝的是火星上直徑約一六六公里的古瑟夫撞擊坑（Gusev Crater）。「我們兩人鼓起很大的勇氣跨出這一步。」她說。初次見面至今三十多年後，他們依舊在一起，依舊形影不離，並且結為夫婦。二〇一〇年，他們合編了第一本火星專題學術書《火星湖泊》（*Lakes on Mars*）。卡布羅管丈夫叫梅林——魔法師梅林。他現在身體孱弱，這次是她首度隻身前來阿塔卡馬沙漠。不得不將他留下，教她非常感傷。我到旅程後期才察覺這件事。當時，在聖佩德羅阿塔卡馬（San Pedro de Atacama）近郊的一處瞭望點，她獨自脫隊走下斜坡，凝望著遠方利坎卡伯火山（Licancabur）金字塔狀的坡壁，那是他們一起攀登過的火山。她的頭斜向一側，好長一段時間動也不動，看上去無比渺小且孤獨。

我們往南駛上地球第二大高原阿提普拉諾高原（Altiplano）。這裡的景觀明亮得令人吃驚，水亮光潤，就像繪於中國骨瓷上的一幅風景。這裡的濕度也比較高，山坡上長著金黃色長草。卡布羅當年初次來到這裡，看到白雪覆頂的安地斯山脈時，心裡止不住激動。她告訴我，她覺得彷彿回到了自己的歸屬之地。她和此地有某種連結。就像她第一次透過實驗探測車現場回傳的畫面，看到阿塔卡馬沙漠荒涼的景象投影在科學操控室的螢幕上，即使相隔遙遠，還有機器人作為中間的媒介，但她形容「愛的故事就此展開」，她知道「有些什麼吸引我去這個地方」。

她對古瑟夫撞擊坑也有同樣的親近感。從前可能有水從巨大的馬丁谷（Ma'adim Vallis）注入古瑟夫撞擊坑。她和葛林除了做研究，也選擇這裡作為精神號探測車的著陸點。「我第一次在火星表面看到古瑟夫時，也有同樣的感覺。我是地球上第一個看見這道全新風景的人。這種事你不可能忘記。你忘不了的。我會帶著這些印象一同死去。它們永遠存在我心中。」

在其中一段漫長的車程中，卡布羅一路望著窗外，直到我們翻越丘陵，看見前方火山群裡的第一座烏黑山峰，她的肩膀才繃起來，我知道那是她興奮期待的反應。她回過頭，綻開燦爛的笑容對我們宣布：「我到家了。」

第一眼望去，帕霍納雷斯鹽沼（Salar de Pajonales）只是漆黑火山坡之間的一片白，但等到我們實際迎上去，車子穿行在廣袤無邊的石膏沙之間，才看到是陽光照亮成千上萬的結晶花片，閃爍出短促而熾烈的白色光點。這裡的鹽化學成分與大鹽沼的不同。卡布羅五年前曾經短暫走訪這裡，這次重回此地探索蘊藏的生命，她感到格外期待。地面在腳下酥脆作響，彷彿踩在混著碎玻璃的砂糖上。大塊的石膏結晶散落在我們四周，結構渾圓宛如破碎的珊瑚，顏色是牛奶巧克力色。我看得入迷，伸手像拔牙一樣，剝下石膏最外層飽經曝曬的片狀結晶。

生命蟄伏的位置在這裡更難鎖定。SETI研究中心執行長比爾．戴蒙（Bill Diamond）不經意踢動一塊岩石，我們才在一個碎石中發現分成粉、綠兩色的熟悉菌落。卡布羅的臉一半被反光眼鏡和圍巾遮去，她輕柔地翻看這些古菌落留下的化石印記，這些又叫層石藻（stromatolite），看起來就像粉筆指紋印按在帶坑洞的脆弱杯子上。樣本經過拍照、記錄之後，裝袋準備送回實驗室。無人機在頭頂上空力抗風勢，開始測繪這片陸地的地圖。

當天下午，我和北方天主教大學的一位生物學者和一位生化學者一同跳上小卡車，他們打算到附近的湖邊採集菌落樣本。碧藍的湖水四周環繞著灰白的片狀石膏結晶，猶如廚房菜刀組成的灌木叢。那景象太不現實，回到車上以後，我雙眼明明看得見，卻有一種彷彿失明難以言喻的感受，好像白光一直還在我的眼底發亮。我鼻涕直流，鼻竇腫痛。在筆記本裡寫下的文字也愈來愈荒誕。我在一整面空頁上潦草寫下「在玻璃中提出的問題」幾個字，離奇的備忘錄記著我始終想不起來的事情。開車回主研究站的路上，我遠遠看到卡布羅，她細瘦的身影在石膏被陽光炙烤冒出的白焰間，緩緩行走，樣子異常，像是一個人的蜃影。

當晚，我們在一間廢棄的礦工寮內過夜。凌晨時分，躺在充當帳棚的鐵皮浪板和鼠糞點點的膠合板下，我就算百般不情願，也漸漸憋不住尿意，只能強迫自己鑽出睡袋出去小便。外頭只有攝氏零下〇．四度。頭頂上方，南半球的星辰宛如遍地塵埃，又似夜空中的慢火，伸手而不可及，看得人滿心惶恐。我凝望著夜空，這不可思議的奇景呆立原地。

之後，我們向更高處出發，前往地層構造類似火星的火山考察地點。這裡的海拔高到沒有足夠的氧氣可供引擎燃燒，我們的小巴士在半路上熄火。我們掉頭折返，回安多法加斯塔重新租一輛小巴士，但又在路上熄火。等我們終於抵達埃塔奇奧（El Tatio）間歇泉原，只見四處荒無人煙。這裡海拔約四千兩百六十公尺，是全世界最高的地熱活躍點。觀光客多在黎明時分湧來，清晨冰寒的空氣會在此造出一道道蒸騰的水蒸氣柱。有一些間歇泉位置低於地面，一眼望去幾乎看不見，只看到上方隱然有熱氣浮動；也有一些像黏土築出的高堤，不停噴湧出濃重蒸氣。像這樣遍布火山與氣孔的環境，在火星大概出現於四十億年前，這種古老的熱液環境極有可能蘊含生命，或生命消失後留下的殘跡。

卡布羅背起紅黑色的帆布背包，戴上黑色刷絨帽和反光眼鏡，拿起一把地質鎚，動手鑿起一口休止的間歇泉。地表乍看了無生機，但她很快就喜孜孜地找到了亮翠綠色的石隙藻（chasmoliths）菌落——這種棲息在石縫裂隙間的微生物，在間歇泉岩塊的底面生長興旺。這裡的熱泉長滿經過演化、能在接近滾沸熱水中生存的藻薦和微生物；它們在陽光下透著紫色和伸粉紅色，這些色素可抵擋紫外線輻射。

卡布羅一直深受火山和湖泊的吸引，一個是火，一個是水，互為極端。但她說：「兩者如果協同發揮作用，可以造出蒸氣，那是一種能量源，可以用來生成能源，也可以創造新生命。但如果水傾注在火之上，就會引來覆滅。我這一生只是努力尋找創造與毀滅之間的平衡。在我創造的東西，和從內部啃噬我的東西之間求取平衡。那是一種很難拿捏的平衡。」她告訴我，她的人生始終有一個模式，在喜樂的最高點過後，憂傷的最低點往往接踵而至。她向我提到恩師們驟逝、家人朋友過世，她自己也幾度近距離遭遇死亡，幾度與內心的暗影搏鬥。「別人在我身上看到的是女強人，是領袖，但這一切都建立在汗水、辛勞、冶煉上。妳懂我的意思吧？無數的失落、悲劇、死亡、眼淚。我猜如果沒受過傷，沒學過活在傷痛之下，人也不會變得堅強。」她對我說這些話的時候，看起來累透了。考察之旅已經步入第三週，她說她一直睡不好，每晚頂多睡兩個多小時。她服用的高山症藥物也令她不適。

卡布羅在極端環境尋找生命，始於阿塔卡馬沙漠，但在二〇〇〇年改變了方向。她當時看了一部法國電視台製播的紀錄片，介紹位於玻利維亞高原（Bolivian Altiplano）的利坎卡伯火山頂端的活口湖。就是那裡，她一看就覺得，如果要尋找能適應高海拔湖泊極端環境的嗜極生物，螢幕上的畫面就是最理想的去處。她提出研究計畫書，三年後穿上黑色潛水裝，繫上配重腰帶，以自由潛水的方式潛入海拔近六千公尺的高山湖，發現了科學界初見的新種浮游動物。

「水是我的天性。」卡布羅告訴我：「我在水中覺得自在且平靜。」她兩歲時隨家人出國度假，原本手臂上穿著充氣浮圈，漂浮在義大利加爾達湖（Lake Garda）的湖面。結果她自己爬上岸脫下浮具，又回到水裡。「我那時是想，只要我潛入水中，就不會沉下去了。」她笑說。一回到水裡，她自然而然游了起來，悠游在湖中由閃亮鵝卵石和絢麗色彩構成的新天地。青少女時期，她在法國地中海岸的阿格德角（Cap d'Agde）學會自由潛水。「水下總是很美麗、很寧靜，沒有壓力。」她說：「而且有一種為自己負責的感覺，可以欣賞美景，探索發現，全都操之在我。」我們在她的帳篷裡聊著這些。她字句之間的沉默，被尼龍布翻飛拍動的聲音填滿；帳篷的側邊在風中一吸一吐像在呼吸，地墊在我們立定不動的腳邊如浪濤翻騰。

「潛入那座湖的時候。」她接著說：「我彷彿走入古代，好像真的搭上了時光機，看見火星四十億年前的樣貌。那裡真的是一個時間、空間都像被蟲洞扭曲的地方。」她說，潛入這些高山湖，總會喚起一種興起強烈美感和靈性的情緒狀態。有一次在二〇〇六年，她懸浮在一座火山湖中央，身處於天與地之間，湖水湛藍如北極，每一束陽光都在她的四周衍射，她剎時以為自己被鑽石環繞。「除此之外，」她說：「周圍還有橈足動物、小小的浮游動物、小小的蝦，蝦的顏色好紅。水下奏著色彩的交響樂。我懸浮不動，時間也彷彿靜止。在那千分之一秒中，一切圓滿完美。我不必做任何解釋。那一瞬間，你了悟了一切，但同時也沒有什麼非得了悟不可。」接著，她才想起自己身在不完全休眠的火山。「我心想，**我只有這一身潛水裝和四十五分鐘的氧氣**。」她搖搖頭。「如果生命到頭，我臨終的念頭該有多祥和、多平靜啊。」

我們坐上卡車，車隊繼續向上前往最後一個地點。回望阿塔卡馬沙漠，我不禁想起阿波羅號的太空人。我們的下方遠處，縷縷白雲飄在朦朧柔美的一片蔚藍間，車子的爬升恍如太空梭升空離開地球。火山隆起，像高原上巨大的痘皰，我們此刻就置身其間。卡布羅指出哪一座是團隊計畫攀登的辛巴火山，他們打算到火口湖採集細菌樣本。卡布羅和辛巴火山有過一段恩怨。二〇〇七年，她率隊來此攀登，不料遇上托可皮亞大地震（Tocopilla earthquake）。他們躲過了山崩，與辛巴火山共有一面山壁的拉斯卡火山（Lascar）卻開始噴發有毒氣體。卡布羅立刻進入她形容為「動手術般冷靜」的狀態，只關心每個行動是否合理、務實，是否有助生存。就在他們下撤的路上，一塊滾落的巨石與她擦身而過。「因為這件事，」她說：「我才動怒了。」她站在山溝中央，對著火山咆哮。「『今天就到此為止了嗎？還有什麼伎倆再拿出來呀?!』我扯著嗓子大喊！我火冒三丈！」率領全隊安全下山後，她坐上返回基地營的卡車，差點昏厥過去——腎上腺素急速消褪是一個原因，另一個原因是她意識到剛才很有可能全員喪命。

我們在一座死火山下方的廢棄軍營紮營，研究團隊稱這裡是智利福尼亞。煤渣磚砌成的長矩形營房沒有屋頂，但磚牆至少能為我們的帳篷擋風。卡布羅將大家集合起來，警告我們不要到處亂晃。一九七〇年代，智利與鄰國玻利維亞曾為了這塊土地起衝突，這一帶仍有未清除的地雷。確實很令人擔憂。後來無意間聽到卡布羅和克里斯提安說的話，我更是忍不住焦慮。克里斯提安．湯布雷（Cristian Tambley）負責管理考察使用的物資設備，卡布羅和他討論到是否應該在這個區域安裝紫外線監測系統。強烈的紫外線輻射有傷害基因之虞。世界衛生組織警告，紫外線輻射指數假如超過十一，最好不要外出。二〇〇三年和〇四年，卡布羅曾在這裡觀測到原因不明的紫外線輻射風暴，雖然僅持續了幾小時，但強度猛烈。她在利坎卡伯火山也曾偵測到紫外線指數飆破四十三。當晚，我夢見自己穿著一身太空衣。

隔天上午，車隊行駛一個小時，抵達萊吉亞湖（Laguna Lejía），古銅色的湖水在熾烈陽光下蕩漾。抵達當下，卡布羅明顯很驚訝。「湖面積比我上次看到的縮小好多，我上次來是二〇〇九年。」她說。後來她又告訴我：「地球其實一直在我們眼前變化，變化速度非常可怕。」我們行駛的路線曾是牧人從阿根廷趕牛到智利的路線，一路上我盯著路邊散落的骨頭，移不開目光。遺留下來的這些頭骨年代極其古老，牛角的角蛋白層已經片片剝落，牛角看上去就像結構纖巧的松果，或曝曬之後紙張變得薄脆的舊書。

卡布羅與機器人工程師密切合作已有多年。二〇一一年，她的「行星湖著陸」（Planetary Lake Lander）計畫在安地斯山脈的黑湖（Laguna Negra）施放了一部自動漂浮機器人。從那之後，卡布羅便將同步推動兩件事視為她的使命：一是研究火星的氣候變遷，二是研究地球的氣候變遷。行星湖著陸計畫不單是為未來探索地外湖泊及海洋的任務做準備，也不僅是火星上氣候變遷的模擬類比，同時也是一個研究現時現地氣候變遷的方法。黑湖周邊區域正受到冰河急速退縮的威脅，而我們也親眼看到了變化。我們移動到另一座湖邊，這裡有溪流和凍草環繞湖岸。風勢凜冽，天是最深的藍色。卡布羅在她七年前發現淡水湧泉的位置蹲下來，既神往又哀戚地對我說，這裡就像三十億年前的火星，表水業已枯涸，但地底還有一些水分。她很驚訝這裡的氣候變化如此之快。「七年前，這裡還是一處美麗的湧泉，池水裡有浮游動物，但你現在已經看不出這個地方和沙漠其他區域有何差別了。」她用地質鎚尖端輕輕刮著凍土。後來她也指出，地球本身其實沒有任何危險。「不論我們扔什麼給它，地球都會存在下去。受到威脅的，是我們賴以生存的環境。我們等於是坐在樹枝上，又自己把樹枝鋸斷。所以，我們要不盡快體認到自己的處境，要不生命照樣演化下去——只不過會換個方式。」她認為結束不會是緩慢的消失。「結束會來得又突然又可怕。」她說。

是夜，我躺在睡袋裡，昏沉中想著生與死的意義，想著地球的命運、事物的終結。我問過隨隊醫師馬利歐，既視現象是不是高山症的已知症狀。「是的，沒錯。」他回答。我鬆了一口氣。因為似曾相識的感覺不停發生，頻繁到漸漸令我害怕。前一天，我看到一頭躲在岩簷後方避風的駱馬，踩著慵懶、優雅、帶著節奏的步伐，踏過滿布滑石粉的石板走下山坡。我覺得自己看過這個景象，肯定不只一、兩次，應該有五、六次。想也知道我其實沒看過，但這些記憶的幻象在當下互相套疊折合，就像用拇指翻撥一疊花色完全相同的紙牌。這裡有一種現實不可靠的感覺。如果我把手伸向空氣中，要是注意力不夠集中或是稍微太過集中，手就會不小心穿進另一個時空。也彷彿，我只消同時摩擦空氣的四個角落，就能釋放出另一重現實，就像設法搓開一個不聽話的塑膠袋一般。車子行進時，風總是灌進我們的車裡，吹得塵捲風在遠處旋轉起來，外頭的一切似乎都不利於呼吸。

卡布羅說，這些高處是印加人心目中的聖所，他們會攀上高山向神明獻祭。我們蹲在一塊岩石後方躲避刺骨的山風。她解釋，來到這樣的高度之後，科學對地外生命的探索，難免會與精神對意義的追索同時並行。「印加人登上高山向神提問——某方面來說，我們也一樣。」她說：「我們要問的其實也是相同的問題。我們是誰？來自何方？外面有些什麼？我們都是在嘗試連結自身的根源，只是我們以科學的方法提問；他們則是用一種更直覺的方法。」

卡布羅對她從事研究的地方文化歷史深懷敬意。她的克丘亞族嚮導馬卡利奧在全隊攀登火山前，會向印加女神帕查瑪瑪（Pachamama）獻祭，卡布羅也一定會向她潛水的高山火口湖獻祭，祭品通常是水晶球。這一趟考察尾聲，她也打算攀上辛巴火山的火口湖，但她沒有為血紅的湖水準備祭品。她試探地問我有沒有什麼能權充祭品的東西，我把我在聖佩德羅阿塔卡馬買的一枚拋磨成蛋形的青金石給了她。這種交換在我看來是非常合理的舉動。科學的她和性靈的她，卡布羅的兩個面向，在她的研究工作、在她追根究柢的天問中充分合一，她堅持追究那個至深的疑問：我們為何存在？

卡布羅停下手邊的工作，望著地平線近處的火山冒出縷縷蒸氣。蒸氣底部是濃深的白色，往上迅速柔化成朦朧的白霧，然後愈升愈高，最後在天穹中失去凝聚力和清晰的輪廓。明明大風強勁，蒸氣卻還能垂直上升，顯見底下的力量不容小覷。冒煙的是拉斯加火山，就是與辛巴火山共有一側山坡的那座火山。團隊現在有人在辛巴火山上，當地嚮導也正在為我們的攀登做準備。

卡布羅召來大家。我們在她面前排成一列，聽候指示。她把反光眼鏡推上帽子，用不容分說的權威語氣對我們講話。她說，等嚮導們從辛巴火山下來，全隊立刻返回營地。她會用衛星電話與比爾．戴蒙聯絡，他已先一步返回SETI研究中心了。她也會聯絡美國地質調查局（United States Geological Survey）和智利大學（University of Chile），問清更多這裡的詳細情況。屆時，我們不只要決定是否取消攀登辛巴火山，也得決定該不該全隊撤離營地。

電話並未傳回立即的壞消息，所以我們暫時留下。卡布羅會盯緊拉斯加火山的活動，萬一事態惡化會立刻通知我們。她吩咐大家和衣就寢，護照也要放在手邊，以備萬一半夜得隨時走人。這一切帶給我一股難以形容的畏懼，帶來一種消沉遲緩、緩慢麻痺的特性。我已經好一陣子沒有判斷當前情勢所需的工具了。我們從電話得知，前不久在卡拉馬（Calama）剛發生震度五點五的地震，距離這裡僅一個半小時車程。這個消息並不樂觀：要是因此有水流入火山底下的岩漿庫，火山便有噴發的可能。聽來實在不大令人放心。我回到我的橘色小帳篷裡，坐在床上把手機上家的照片滑一遍。外頭古老的火山上，天光漸暗。我能聽見其他人在收拾行李，發電機在煤渣磚牆後隆隆運轉。湯布雷正在搭一個臨時氣象站，同時用筆電播放平克．佛洛伊德樂團（Pink Floyd）的〈發光吧，瘋狂鑽石〉（*Shine On You Crazy Diamond*），那是全世界最哀傷的一首歌。穿插著拉鍊聲、低語聲、笑聲，還有器材氣密箱在凹凸不平的地面上拖行的聲音。

我低頭望著雙手。我的手看起來像陳舊的蜥蜴皮，每一條掌紋都積著白色粉塵。所有衣服也沾染了白色。我的頭髮感覺像一團油膩的毛皮。有一隻蛾飛進我的帳篷，但我只顧著發呆，沒有心思把牠捉出去。我茫然地看著這一小撮生命在橘色的牆內彈來撞去。帳篷門並未關上，牠只需要轉身往另一個方向飛走，但牠沒有。我追丟了，有好幾分鐘沒看見蛾的身影，忽然又被牠碰到，嚇了一跳。蛾在胡亂突竄中飛到我手上，全身輕輕顫抖，停在我掌中休息。我把蛾放了出去。我們隔天離開了營地。

15 野兔

我拋下茫茫白雪，前往加州出差，迎向炎熱的藍天、棕櫚樹和九重葛花。抵達後第一個輾轉難眠的晚上，還來了一隻嘲鶇，用盜來的樂句編成優美的曲目對我獻唱夜曲。在家凍得四肢麻木，來到聖塔芭芭拉卻熱氣灼人，天候引起的混亂比時差還嚴重，我對自己究竟置身哪個季節，已失去感知。一個星期後，從倫敦希斯洛機場開車回家的路上，積雪已然消退，但我季節錯亂的症狀更嚴重了，心頭悶悶的，感覺惶惶不安。直到車子駛上A505公路、從羅斯頓到紐馬克特的路段，我瞥見路旁一大片冬小麥田有些許動靜，整個人霎時間全好了，像是被當頭敲醒一般，我確信現在一定是春天。我看到的是歐洲野兔，一共五隻，兜著圈子又跑又跳，不時用後腿站起來互相揮拳，在蒼茫潤澤的銀灰色天空下，將泥巴踢濺得到處都是。

我第一次看見野兔拳擊，是在溫徹斯特近郊一片霧茫茫的田間。我還是個青少女，以為看到的一定是雄兔在互相較量，以爭奪雌兔。從這個角度去解釋野兔的行為，與我們人類的社會常俗呼應得如此完美，讓人不由得信以為真。至於圍觀打架的那些野兔，我以為一定是雌兔在仔細評量兩名拳擊手，看誰的本領比較高強。我也以為最後肯定是贏家通吃。但我錯了。出拳的野兔其實多數是不願意與強行求歡的雄兔交配的雌兔。她們站起來，奮力擊退他們。對抗暴力的一種形式透過動物展現出來，人類社會同樣常見到這種暴力，只是直到近幾年，我們才開始公開討論這件事。

與人談及野兔，往往反覆聽到「奇幻」這個形容詞。關於野兔的書總是滿載傳說軼聞。傳說中，布狄卡女王[1]會在披風下藏著野兔，於開戰前放出來，由兔子奔逃的方向預測戰事結果。傳說野兔有變身的能力。傳說野兔與月亮關係緊密。野兔是復活節的符號，是復活、再生、回春的象徵。我們大多覺得野兔魔幻而神祕，因為傳說故事向來是這麼說的。但其實，這些古老故事根據的是真實野兔的行為，而野兔行為也確實神祕。牠們雖然不像近代作家以為的可以任意變換性別，雌兔確實能在懷胎產下幼崽前再度懷孕。幼兔一生下來就長齊絨毛且睜開眼睛，不出幾天就能自主行動。野兔會吃自己的排泄物，奔跑速度可達時速四十英里——是英國速度最快的陸地動物，而且野兔覓食主要都在清晨和黃昏，在昏暗的天光下恍如魅影。牠們是獨居動物，但野果充足的時候，也會群聚一起覓食。兩年前的一個黃昏，我站在諾福克一片甜菜田中央，忽然看見一群野兔循著牽引機的轍痕慢吞吞地向前蹦跳，動作慢得出奇，煞是詭異。長耳朵在落日餘暉中泛著紅光，短毛在陰影下像是披上了黑貂毛。

人類約莫在古羅馬時代，甚至更早以前，就將野兔從歐陸引進我們的風景地貌之中。這些外來生物很快便發揮匿蹤的長才，搖身化為本土物種。歐洲野兔不會挖築地洞，牠們以天為幕，生活在地面上，並且在地盤內扒挖出許多下凹的土窩，英語稱為「form」。土窩的形狀與身體一致，野兔趴伏在窩裡，化身為赤褐色的小圓丘。乍看之下，你會以為那只是一塊石頭陷在冬季的麥作穀物之間，接著才會注意到，石頭上怎麼貼著一對黑色尖端的耳朵。窩是野兔創造出的空間，在那裡可以觀察一切卻不會被看見。萬一走得太近，野兔會從你腳邊一躍而起，後腳掌踢分野草，白尾巴一閃而逝，徒留你在原地驚訝得心臟怦怦直跳，而牠沒幾秒就竄到了遠處。野兔是眼睛、速度和恐懼合成的產物，具備令人驚異的能力，逃脫、跳越、閃避追逐的敵人——包括狐狸、狗、鷹。

掠食者並不是野兔在不列顛數量衰減的主因，農業集約化才是最大打擊。收割機將蜷伏在田裡的幼兔連同草料一併刈倒，現代單作栽培的模式則讓成兔的食物短缺。近年我很

1 譯註：布狄卡（Boudicca）是古英格蘭愛西尼（Iceni）部落的王后，丈夫普拉蘇塔古斯（Prasutagus）任部落首領期間向羅馬皇帝投降輸誠，部落因此得以保有名義上的獨立。但普拉蘇塔古斯死後，羅馬軍隊來到部落搶奪土地，布狄卡談判不成遭到鞭打，女兒亦被姦汙。布狄卡於是聯合多個部族起義，對羅馬暴政復仇，最終兵敗不願被俘而服毒自盡。

少看到野兔了。意外見到牠們的身影，經常是在照片裡、畫作中，或是商店櫥窗展示的拳擊兔塑像——長耳朵風格化的外形，鑄造成優雅對峙的造型。但認識牠象徵的意義，不需要親眼見過真實的野兔。野兔是春天魔幻的信使。

近來春天予我的感受愈來愈薄弱，漸漸只代表超市又能見到黃水仙花束，復活節促銷展開了，而不再代表景物發生豐富的變化，新生花草飄散芬芳，橡樹幹上生長的苔蘚轉為濃綠，啄木鳥的敲打聲在林間迴盪，天空恢復高遠，那難以言喻、但將冬意一掃而空的光再度浮現。這些都是我這幾年多數時間在屋內辦公而錯過的事物。而且，正如人類賦予野兔的意義，遠不及活生生會呼吸的生物野兔本身豐富且複雜，我們長久以來對春天的認知，也有悖於正在發生的事。氣候變遷讓季節悄然更迭；如今，葇荑花在冬天就提早開花，杜鵑鳥的啼聲入春後仍罕難得聞，春天不再是緩慢的過程，反而愈來愈像入夏前短暫的一陣回暖，幾乎稱不上是一個季節。看到野兔打拳擊是值得慶賀的景象，但在牠們預備出拳的身影背後，掠過一抹令人憂心的陰影。從中似乎能夠窺見，我們人類賦予野兔和季節等事物的意義是如此僵化，即便當初汲取意義的原型早已不復存在，意義本身依然延續，以至於有時難以發現，我們一直以為永恆不變的事物正在急遽改變。

16 一度徬徨，但終將追上

造化弄人，讓我對馬、對狗、對狐狸都過敏。我很小就發現自己對狗過敏，因為我們家養了一條狗。發現對馬過敏是我上騎術課的時候，至於會發現自己對狐狸過敏，則是因為有一次我剝製一隻遭到路殺的狐狸，想把毛皮做成小地毯。後來我體認到，就算做好了，我也沒法子鋪在家裡。

過敏屢屢為生命帶來新的驚奇。幾天前，我發現自己也對馴鹿過敏。事實上，活得愈久我愈加體認到，四足動物過半數都會讓我身體不適。我雖能騎馬，卻騎不了太久。騎在馬背上二十分鐘，我的眼睛就會腫得睜不開，雙手密密麻麻起滿蕁麻疹，無法集中精神注意任何事，只能奮力掙扎呼吸。

所以說起來也不意外，撇開我會良心不安不談，我從來不曾騎馬牽狗去獵狐，也從來沒能深入瞭解獵狐這項活動。我從未融入鄉間那一群人，雖然獵人社團經常在我父母的家屋外集合，聚在山丘頂上的穀物乾燥機旁，準備走馬飽覽綿延的鄉間風光。我始終不明白獵狐究竟如何進行，只會三不五時看到粉棕色的毛皮、成群結隊的馬兒和獵犬，以及籬笆修補工人、警察和阻撓獵狐的人。這一切在我看來不是多有趣，何況我也會為狐狸難過。

那一天是星期六，我在母親家。外頭颳著大風又下大雨，我的心情疲憊、悲傷，注意力渙散，因為那個星期，父親去世正好滿一年了。和媽媽或弟弟聊聊天，通常有助於消減彼此的傷痛，但偶爾，你就是想不到任何話語，寂寞哽在胸口，我一個字也說不出來。那一天就是這樣，無限的壓力在我心中愈積愈高，到了午後我不得不躲起來。我走出屋外，到門廊上抽菸。傍著車道、站在陰灰的天光下，我聽到獵犬此起彼落的叫聲。

儘管我對獵狐一無所知，但可想而知，獵人們一定正在馬路對面遠處的漢姆農場（Ham Farm）搜索樹叢，那裡有疏伐過的榛樹、甜栗、藍鈴花長成茂密的小樹林。我立起外套領子，走進幾乎是雨雪齊下的冷雨裡，佇立在車道邊緣。果不其然，泥濘不堪的休旅車隊不久就從身旁駛過，相繼左轉開上往瓦吉特森林的小路，車窗內結滿了霧。

他們走遠後，周圍剩下漫長的寂靜，只有遠方傳來獵狗的叫聲。那一聲濕淋淋、令人暈眩的哭叫迴盪在雨中。我的頭髮濕透，香菸早被澆熄。腳邊的柏油路面上，雨水不停流淌，車道對面浸水的圍場內漸漸形成淺水灘。

這時候，我聽見一陣踩著水花的輕快腳步聲，聲音愈來愈響；腳爪和腳掌啪搭啪搭涉過積水、走上柏油路，沿著車道向我走來，要往樹林的方向前進。頭抬得高高的，身體及至胸部都沾滿泥巴，將下半身給染成了銅赭色，那是一條獵狐犬。白色的獵狐犬。他落單了，勢必哪裡出錯了。但也因為落單，使他看上去更像是歷來所有獵犬的典型。看他奔跑的樣子像是跑了一整天，舌頭外伸，目光直盯著前方，彷彿永遠不會停下。為了追上其他獵犬，他不停奔跑，狗群的叫聲吸引他循著濕濡的道路不斷向前，彷彿他置身於水底，為了呼吸，必須拚了命游向那唯一的亮光。我看呆了。我從沒見過這麼像獵犬的一條獵犬。他在做的正是他該做的事，雖然疲累，卻洋溢喜悅。他晚了幾步，但就快趕到了。一度徬徨，但終將追上。

17 天鵝普查

脫歐公投後的那陣子，我迷上一幅名為《庫克漢姆天鵝普查》（*Swan Upping at Cookham*）的油畫，畫中描繪的是一幅古老繽紛的英格蘭傳統景象。天鵝普查，指的是夏季一年一度為期五天的盛事，木舟船隊會從泰晤士河畔的桑伯里小鎮出發，沿河向上捕捉泰晤士河上游的所有天鵝。普查人員會鑑定幼鵝的血統，並做上標記宣告所有權的歸屬：有一些是女王的，另一些則歸葡萄酒商同業公會（Worshipful Company of Vintners）和染坊同業公會（Worshipful Company of Dyers）這兩家倫敦市歷史悠久的商業公會所有。畫中描繪普查之旅途中一處傳統的停靠站。這裡有河流，有渡船客棧，有平底木船，有陰鬱的雲朵；女人抱著坐墊；遠處有一條鏽蝕的鐵橋；一隻天鵝被繩子和帆布圈圈綑綁後、扛上肩頭，雪白的長脖子從男人肩膀上向外伸長。

畫下《庫克漢姆天鵝普查》的，是作風神祕古怪的英國畫家史丹利・史賓塞（Stanley Spencer）。一九一五年，他放下半完成的畫作前往戰場。想到那幅畫還在他庫克漢姆村莊的房間裡，這個念頭支撐他熬過了往後三年。期間他幾度想向軍中長官解釋他不能參與進攻，因為家裡還有一幅畫等著他回去完成。從戰場歸來後，他重拾進度。「我們又在原處彼此相望，」他在日記裡寫著：「感覺難以置信，卻是事實。我不禁納悶，我不久前才經歷的事真的發生過嗎？但我隨即瞥見我的手，手指和指甲都被三硝基甲苯或保加利亞人用來填充砲彈的原料給染成黃色。」

他完成了畫作，但戰爭也不免捲入其中。幾年前，他在橋下的河面畫了被陽光照亮的重重漣漪；戰後才完成的下半部分，卻變得了無生氣、泥濘而黑暗。船被塗成奇怪的顏色，形狀也不大對勁。他熟悉的童年風景，於今多了一股陌生不祥的異樣。而在公投過後幾天，我家附近電線桿上張貼的「奪回掌控」支持脫歐海報，經風吹日曬褪成了紫色之後，我讀到國內的仇恨犯罪率從公投結果公布至今上升了四成二。我意識到兩件事：第一，史賓賽的這幅畫無意間記錄下國族史上的一次分裂；第二，我之所以會惦念起這幅畫，是因為我似乎也認不得我的國家了，周圍的一切都變得陌生不祥——泥濁而黑暗。

脫歐支持者一再召喚過去當作未來的美夢，這和大西洋對岸川普的競選演說內容不無相似。英國獨立黨（UK Independence Party，簡稱UKIP）領袖奈傑．法拉吉（Nigel Farage）使用的口號，也是讓脫歐陣營得勝的口號：「奪回我們的國家（We want our country back）。」這句話之所以有致勝的力量，部分就在於它語意模糊，能吸引各路心懷不滿的選民，另一點則在於它具有雙重含意。「奪回」一詞可以指，從各種被視作威脅的人事物手中拯救這個國家——而人人所見的威脅都不相同，可能是移民、不具名的歐盟官員、全球化，或是掌控英國政治建制的「西敏寺菁英」；「奪回」也可以暗示回到過去，回到某個定義不明的黃金年代。保存國族遺產及傳統不滅，是脫歐陣營明白標舉的一項主張。多年來，我經常在小報上讀到歐盟企圖摧毀吾人珍愛的英格蘭傳統云云——諸多無稽之談，聲稱歐盟官員隨時打算頒布禁令，禁止貨運司機吃英式早餐、禁養女王最愛的狗種，乃至禁止出庭律師戴假髮。這些憑空捏造的陳腔濫調聽起來荒誕之至，其實並非意外：脫歐派的立論向來強調這是一場戰爭，吾人應當拯救英格蘭價值，拯救遭移民潮和歐洲干預圍困的英格蘭人的生活方式。歷史和傳統被這種論述拿來當作武器。

以畫面之古樸、排場，以及對英格蘭悠久歷史的引用，史賓塞的畫作充分呈現了國族傳統的主題。我不禁好奇，假如能親眼看看天鵝普查的場面，會不會有助於我多認識自身目前的處境。再過幾星期，普查船隊就會出發。我決定與他們同行一段路。我能選擇見識的英格蘭傳統其實很多，莫里斯舞或村鎮板球比賽也都不錯，但天鵝普查特別吸引我，一來是因為那幅畫，二來也是因為我著迷於自然史與國族史的關係。天鵝作為一種象徵，其意義長年來與國族地位和身分認同緊密交織，而政治又與兩者息息相關。

泰晤士河上的天鵝屬於疣鼻天鵝，是不列顛的原生種，但歷史曲折離奇。過去幾世紀間，疣鼻天鵝常被當作酒宴上的烤鵝佳餚，所以能自由飛翔的野生族群數量相對稀少，就算到了今天，我也常覺得比起野鳥，牠們更像長了翅膀的家畜：體型碩大，儼如地方公園和河域內凶惡的居民，不完全野生又不完全馴化。天鵝歸王室所有，至少可追溯到十二世紀，其中部分族群傳統上稱為「天鵝獵物」（games of swans），經王室頒布皇家特許狀，授予數百名受寵的機關政要狩獵許可。曾經，全國所有幼天鵝每年夏天都會受到清點普查，單側翅膀的末段關節會被剪去，讓天鵝失去長途飛翔能力，嘴喙或蹼掌則被刻上印記，標誌物主身分。記錄這些標記的紙本手稿一直保存到今天，上有細膩的墨跡畫出鳥喙的輪廓，並於輪廓內的相對位置做了線條或十字記號。鵝和火雞成為普遍的食禽後（相較於天鵝，鵝和火雞比較不會競爭地盤，所以比較容易飼養），天鵝群的所有權全數交還給王室，僅有少數地方如泰晤士河例外。

至今在英國，獵殺天鵝仍會激起無端的義憤：殺天鵝形同傷害政體，罪近於叛國。天鵝的象徵意義在英國家喻戶曉，牠們是君主政體的象徵，進而也是這個國族的象徵，因此長久以來，這些鳥一直在區別敵我的遊戲中被當成籌碼。民眾認知中威脅天鵝的行徑，與英國社會想像的公敵密切相關。譬如，至少有一則傳言說，英國內戰期間，泰晤士河上所有的天鵝全遭克倫威爾的議會派軍隊給殺害，要到王政復辟後，河中才重新補足天鵝數量。維多利亞時代，久居於老白金漢宮王座上的天鵝「老傑克」（Old Jack）過世，訃告中悲切敘述，老傑克統治他的池塘長達數十年，未料竟因一群好戰的波蘭鵝而英年早逝。十九世紀也有一篇雜誌文章指稱，多座皇家公園內的天鵝遭猶太羽毛商殺害、剝皮，殘餘的部分還被捆綁在樹上。

在不同時代讀這些國族寓言，很容易覺得荒誕無稽。但其實這種敘述至今屢見不鮮。二〇〇〇年代初，小報《太陽報》指控尋求庇護的難民盜取女王的天鵝，火烤來吃。事後被人爆料，這篇報導根據的只是一通打給天鵝救傷中心的電話，且通報內容是檢舉人看到有人用購物推車載著一隻天鵝。

「的確有人會吃天鵝，這倒是不用懷疑。」克里斯．佩林斯（Chris Perrins）告訴我。他是天鵝專家，也是牛津大學退休的鳥類學教授。每年，佩林斯都會以女王的天鵝監護官身分，隨隊出發進行天鵝普查。要問是誰抓天鵝來吃，他認為英國人的罪嫌並不亞於移民。很多天鵝都是被青少年男性持空氣槍、磚頭、瓶罐打死的，只是這些犯罪遠遠未受到新聞媒體的關注。

七月十九日，脫歐公投近一個月後，我來到了史賓塞畫中的風景裡，內心充滿期待。那是全年最炎熱的一天，空氣滯悶，陽光爍亮。懸鈴木樹下，木舟船隊停泊在碧綠平緩的水面，繡有天鵝和王冠的旗幟在船上飄揚。我在渡船客棧外等待普查人員出來的同時，跟獨坐在桌邊的婦人閒聊起來。她名叫席安．萊德（Siân Rider），頭上戴了一頂雛菊裝飾的草帽，肩上披著一條藍底金星的短披風，是她自己用歐盟旗縫成的。她憎惡脫歐派的各種策畫，投票過後、身邊對她現出種族歧視本色的人數之多，也令她深感沮喪。她之所以跟著天鵝普查船隊，一方面是因為沿河漫步是很好的運動，另一方面，面對政治的動盪，這個活動帶來讓人心安的傳承感。「失去我們的古老習俗，就太可惜了。」萊德說：「尤其過去這一年間，世界各地發生了這些事，全世界的人似乎一同走向最壞的結局。所以來這裡反而覺得安心，而且還可以……這要怎麼形容？承先啟後嗎？」她針對歷史近況搖搖頭，遞了一顆薄荷糖給我。

「這只是英格蘭傳統場面的一小部分。」凱西．弗萊明（Casey Fleming）對我說。弗萊明是個高瘦修長的男人，滿頭白髮，個性爽朗，在卡達任職企業永續發展經理。他是天鵝普查船隊人員的朋友，今天帶了年紀還小的兒子萊利，一同搭乘媒體船參觀。我搭的也是媒體船。弗萊明措詞謹慎地強調，天鵝普查是典型的英格蘭景觀，但不能說是不列顛英國的景觀。「性格上，」他沉吟著說：「我覺得英格蘭人比較傳統守舊，行事保守。我們喜歡重溫過去，而這些類似的活動給了我們重溫過去的機會。這是一種文化，是世代傳承。要是少了這些，沒有這種發揚歷史或延續傳統活力的活動，還有什麼能定義你這個國家或你這個民族？」他跟我說，一直以來，英國各地的人士聽到這一類活動，太容易想都不想就嗤之以鼻，但近年來人們漸漸意識到，這些活動其實應該受到推崇。「十年前，以身為英格蘭人為榮，別人會認為你是心胸狹小的種族主義者——妳懂吧，總之有很多負面含意。但我覺得現在不同了。我認為這是脫歐運動促成的。」傳統代表的意義會隨著時間轉變，社會功能也會跟著變化。天鵝普查得到的資料，現在用於監測泰晤士河天鵝族群的健康，每天早上出航前，普查隊也會安排和當地學童座談，教孩童認識天鵝及河流保育。

大衛．巴柏（David Barber）是女王的天鵝標記官，負責監督普查工作，他從渡船客棧走出來，身穿光鮮亮麗的滾金邊紅外套，一根天鵝羽毛插在他的隊長帽上。他身後跟著佩林斯，以及女王船隊和葡萄酒商、染坊公會船隊的船組員，這些技術老練的船伕多半來自泰晤士河下游，人人頭戴白棉帽，穿白長褲配不同顏色的短袖上衣。溫蒂．賀蒙（Wendy Hermon）也來了，她所屬的天鵝救助會（Swan Support），是協助收容並野放傷病天鵝的慈善團體。我爬上媒體船之後，這艘造型優雅的木造機動艇旋即隨船隊出發，往上游去尋找天鵝。

沒過多久，就有兩座皓白的「羽毛冰山」和一隻小天鵝，從波恩德（Bourne End）的莊園河岸旁靜靜漂過。「全員就位！」船員齊聲大喊，同時操縱木舟，將天鵝包圍在一方逐漸縮小的水面上。場面混亂，槳起槳落，眼前只見許多的肩膀起伏，耳畔傳來大呼小叫。公天鵝張開雙翅，擺出紋章似的防禦姿態，卻被一把抓住脖子。「抓到一隻！」接下來事出意外，雌天鵝和小天鵝從登船梯板下方潛入水底，往下游逃走。船隊追了上去，及時攔住牠們，再度嘗試包抄。「這就對了。」巴柏隔著水面大喊：「就是要這樣。」

雌天鵝和小天鵝很快也躺進了船底，黑色的蹼掌被棉線編成的軟繩綁縛在尾巴上方，棉繩原先被船員當成腰帶，串在白棉褲的腰頭。公成鳥的翅膀也被綁起來。我從媒體船上看不清那三隻天鵝，只能遠遠瞥見一眼彎彎的白頸子，彷彿一盞白瓷咖啡壺優雅的壺嘴。等我們的船駛近，我發覺船上多了天鵝後，普查隊員的舉止忽然異常彬彬有禮，跟方才捕捉天鵝時那股果斷氣勢很不一樣。「我的天鵝套竿壞了。」一名船伕手裡握著形似牧羊人曲柄手杖的長竿，懊惱地對我說。他說那東西可能有一百年，甚至一百五十年的歷史。他擠著一張苦瓜臉。「現在已經找不到好用的天鵝套桿了。」

船員把天鵝從船上搬下來，平放在河岸住屋的草坪上，過程沒有一絲怠慢。湊近看，成年天鵝的脖子又彎又長，黑眼珠晶亮，蠟質的橘黃色鳥喙半張，像沒上油的門板發出帶鼻音的尖聲怪叫。這種鳥是健壯和輕盈的奇妙結合。光滑的廓羽覆蓋底下厚實的絨羽，水珠從紙雕般厚而鬈曲的白羽毛上滾落。小天鵝十八週大，活像一個骨感的大絨毛玩偶。賀蒙在一旁蹲下來，打開裝腳環的盒子。天鵝普查近幾十年來已經不再剪羽，現在都用不鏽鋼腳環代替刀子，替天鵝上標。

小天鵝的母親身分經查明，確定是歸屬於女王的鳥兒沒錯，人員選出適當的號碼環為小天鵝裝上。巴柏的臉曬得黝黑，帽子上的羽毛煥發金屬光澤，他向萊利說明他們在做什麼。「我們得幫天鵝做個全身檢查，確定一切正常。」他輕輕捧起小天鵝。「來，你抱抱看。」萊利深吸了一口氣，向前伸出雙手，小天鵝被放進他張開的雙掌，重量讓他微微拱起肩膀。我後來問他摸到天鵝是什麼感覺。

「好像裹了一層絲綢。」他對我露出害羞、但滿心驚奇的笑容。「你的心情怎樣呢？」我又問。他說這個感覺會永遠留在他腦海中。「說不定以後想起來，會帶給我啟發。」他說：「說不定會鼓勵我要做個了不起的人。」

日頭往西偏斜，我們再度往上游進發。到了這一段泰晤士河，船交由引擎拉動，船伕紛紛在船上坐下休息，低頭滑手機。我們正通過不列顛地價最高的住宅區，這裡的建築物，靈感多出自於對失落的黃金年代的狂熱幻想：雄偉的仿都鐸式莊園豪宅、附水泥城堞和垛口的假城堡。四周有柳樹，有避暑小屋，有陽光普照、修剪得完美無瑕的草坪，也有濕沼草地，牛隻站在深及腳踝的水灘，被暑氣蒸得醺醺然。有一群青少年在拋棄式烤肉架旁抽大麻菸。有個女人拎著好幾個購物袋，坐在停車場旁的長木凳上，把超市三明治剝成小塊拋向下方的水面餵鴨。她朝我們揮揮手，那一群青少年也是。每個人都朝我們揮手。他們揮手微笑，我也揮手還以微笑。

我原以為我會對這趟航程冷嘲熱諷，但一路往上游前進，我漸漸感受到一股陶然忘我的豐盛喜悅。小船下，小魚如點點繁星，在陽光照亮的水草間穿梭來去。河面上浮滿跟隨我們的各式船隻：好幾艘附啤酒吧的大型渡船，甲板上擠滿了觀光客；還有一個近乎全裸的男人，坐在小橡皮筏裡，像是陷進去一般，只要一划槳，橡皮筏就會擠向他的胳肢窩，但他自個兒在河中央划船，咧嘴笑得好不燦爛。我們經過划艇，也經過了雙體船，這種光滑流線的遊船，外形酷似一九二〇年代的賓士車。一隻普通的燕鷗掠過上空，半透明的柔軟翅膀在交通擁擠的河流上方拍動，牠的某種飛翔姿態讓我恍惚以為牠飛在雲層下方，但天上並沒有雲，東西南北一整天都沒見到雲，天空是稀釋後的亞麻仁油完美塗抹開來的一片金黃。

恍惚間如催眠一般，我迷失在英格蘭的夢境風景中。這也難怪。小時候看的書裡，有那麼多寫的都是這樣的地方，譬如《柳林中的風聲》（*The Wind in the Willows*），比如《三人同舟》（*Three Men in a Boat*）。諾爾．寇威爾（*Noël Coward*）就是在這樣的風景裡為他的喜劇表演定下優雅基調；兒童文學作家伊妮德．布萊頓（*Enid Blyton*）和作家艾德加．華萊士（*Edgar Wallace*），也生活在這樣的地方。教導我身為英格蘭人是什麼意思的那些故事，都是在這樣的風景裡寫成。所以聽到和藹可親的媒體聯繫專員保羅．威莫特（*Paul Wilmott*）指著一艘民用小船說，那是二戰期間七百多艘自主動員、前往敦克爾克救援英法兩軍士兵的民船之一，我不禁內心激昂。再聽他說到，當年有噴火戰鬥機飛行員為了讓女友目睹他的英姿，駕機從馬洛鎮的一座橋下飛過，結果被目睹壯舉的空軍准將狠狠斥了一頓，我也大笑出聲。這些故事旨在培養一種令國民心安的民族自尊心；戰爭在這些故事裡，除卻了恐怖和複雜的政治角力，變成一則則大膽的英格蘭人英勇愛國的趣聞。

天鵝普查是一種老派意義上的進步。這趟逆流而上的旅途，不只申明我們有權擁有天鵝，還申明了天鵝代表的意義、河流的意義、身為英格蘭人的意義。你在一片風景中穿行，風景裡充滿由別人傳遞給你的故事，而你在河兩岸讀到的內容，是關於你身屬的國家民族、你的身分，你意欲相信的那一部分。你可能只看見敦克爾克的小船，以及噴火戰鬥機的幻影在空中劃出的雲線。你可能在三兩成群立於河灘的牛群身上，看見十八世紀的悠閒風光。但你也可能在這裡看見被遺忘的農工鬼魂，或是看到坐在長凳上吃塑膠包裝三明治的女人，或圍著烤肉架抽大麻菸的一群年輕人，因而產生一種認同感。在我們趕向下一群天鵝的同時，我躺在船上想到，關於這個世界，我們往往只選擇看見與我們的認知相呼應的景物。思及此，我忽然萌生小小的羞恥感，我的狂熱夢境也隨之破滅。

一天結束後，我在馬洛鎮搖搖晃晃下了船，想起萊利抱著天鵝欣喜若狂的表情，想起普查隊員的禮貌友好，也想起在庫克漢姆村陽光灑落在船的下水滑道的景象。這時我不禁又想到史丹利・史賓塞，但這回不是那幅畫，而是他於一九五四年參加文化代表團、訪問北京的故事。訪問之旅的尾聲，中國總理周恩來以中國人民是如何愛國為題發表了一段冗長演講，然後詢問在座眾人的感想。那是外交上危急的一刻，沒人知道說什麼才好。「現場一陣沉默。」文化史學者派翠克・萊特（Patrick Wright）告訴我；他考究這起事件，寫成《往北京的通行證》（*Passport to Peking*）一書。「沒想到這時候，史賓塞在大家驚駭的注視下站起來說：『中國人是愛家的民族，其實呢，英格蘭人也是。您聽過嗎？您有沒有聽說過庫克漢姆？您有沒有去過庫克漢姆？』」

這一步棋驚人地成功，在他與周恩來之間激起一段熱烈的對話。史賓塞對周恩來說，庫克漢姆的人民和各地的人民一樣，只想過好自己的日子，敦親睦鄰，並且如萊特所述，不想被砲彈轟炸。「我來到中國，有種回家的感覺。」史賓塞說：「因為我感覺庫克漢姆就在附近。」史賓塞常因心繫鄉土，被譏笑為井底之蛙，只關心小事。但萊特認為，史賓塞的觀點歸根究柢，可說是「透過小處、透過地方，反而能走入人類普遍共有的經驗」。

天鵝普查等傳統文化遺產，在民族主義者眼中的觀念價值明晰；這些傳統能引起一種歷史連貫不輟的感覺，有助於弭平過去與現在的差異，重新擦亮英格蘭文化不曾更易的幻象。但想起史賓塞出訪中國的故事，也令我不禁好奇，天鵝普查能不能帶給我們其他的感受，不同於深植於想像中的過去、相信有一個神聖不可侵犯的英格蘭文化的排外主義幻想。因為這一天我所看到的，不光是盛大的排場，還看到動物照護和河流知識專業展現的美麗成果。船隊上的人員懂得划船，懂得在複雜的水域間穿行，懂得捕捉天鵝，懂得布陣圍攻，也懂得妥善處置一隻體型大得像狗、脖子纖長可彎曲、翅膀一揮可以打斷肋骨的鳥。

這些都是技藝知識，只能在見習實作中學習，看書是學不來的。而且這些技藝的相同之處就在於其專一性。跟史賓塞在中國提到的庫克漢姆村民一樣，正因為他們非常在地，反而與全球相通，無法輕易納入簡化過的種族和國族敘事之中。當日傍晚，我望著滿月在檸檬花香瀰漫的空氣中冉冉上升，想到世間永遠有主流以外的敘事，永遠有隱而不聞的聲音、默默消失的生命，還有其他的生存方式；我也想到，在最晦澀的傳統中，也有機會看見一個不同、更包容的英格蘭。我小心呵護一個想法，我相信哪怕只有一丁點兒，宏大的歷史和政治敘事，是有可能在我們與自身以外的事物熟稔互動時受到動搖的。很小的事就夠了。比如天鵝，比如河、船、水流、棉線編成的帶結繩圈。

18 巢箱

我在網站下單後，東西包著牛皮紙，裝在兩口紙箱中送來了。四個粗糙的土黃色大碗，截去頂端和背部，緊緊嵌在直角相接的膠合板上。材料是混凝土調和木頭纖維，每一個的正面都挖了一個圓孔。等安裝到新家的屋簷下之後，我期待會有幾對白腹毛腳燕來訪，把這些圓孔當作入口在此築巢。這種候鳥小巧可愛，配色像虎鯨，每年春天到訪都是古北界[1]的一樁盛事。牠們當然有能力自己做窩。牠們會從附近的泥水坑或池塘畔銜來千次的泥土，小心翼翼堆疊起來陰乾。只是去年逢旱，築巢變困難，作為主食的飛蟲也急遽減少，導致白腹毛腳燕的族群數量一年少過一年。我買來這幾個巢箱，希望幫助鳥兒度過難關，但這只是一部分的目的。

1 譯註：古北界（Palaearctic）是全球八個生物地理分布區之一，範圍涵蓋歐洲大陸、亞洲喜馬拉雅山脈以北地區、非洲北部及阿拉伯半島中北部。

幾年前，我在印度下榻的旅館裡，也有一對棕斑鳩在房間造窩。旅館不以為意，房務員每天一早都會在地板鋪上新的報紙，接住鳥兒製造的髒亂。那一對棕斑鳩會從冷氣機上方的縫隙擠進來，撲打著翅膀飛向牠們的窩。入夜後，我可以看見牠們眨著惺忪睡眼，漸漸墜入夢鄉。我如果怕鳥，或者對鳥過敏，可能不會這麼開心。但人與鳥默默分享一個空間，這其中似乎有一種通情達理的寬宏氣度，令我的心中滿溢著喜悅，相形之下，房裡有鳥一點也不打緊。我當時想到在英國，我們何其固執地想要清除人類空間裡一切非人的東西。誰也不希望家裡有老鼠蟑螂，但燕子呢？屋簷下有凹洞、屋瓦間有孔隙，燕子才能築巢，但我們漸漸把所有孔洞都堵上了。麻雀喜歡爬滿常春藤的牆壁和濃密的樹叢，但藤蔓和樹叢雜亂不易整理，在庭院裡早就不流行了。還有，因為破壞使用中的鳥巢是違法的，愈來愈多開發建商乾脆先在樹木和籬笆上鋪網，直接預防鳥類築巢。樹上鋪網近來引起的熱議，至少見證了，我們對於把控制範圍擴張到庭院以外，妄想控制明顯不屬於我們的事物，目前尚且有些遲疑。

在網路上搜尋白腹毛腳燕的巢箱，會發現和旋木雀、貓頭鷹、雨燕、河烏、灰鶺鴒、野鴨的一樣，都歸類在「專家」巢箱。一般能在園藝用品和五金商行買到的巢箱，則簡單許多：方屋正面有一個圓孔的，是給大山雀和藍山雀使用；正面呈半開口設計的，則是歐亞鴝的巢箱。我小時候家裡院子放的也是這些簡易巢箱，目的只是為了享受熟悉的鳥兒在我們提供的家中孵育後代的樂趣。我還記得曾經看見一隻探勘環境的大山雀，從黑漆漆的洞口跳入我們在屋側懸掛的巢箱，當下我感受到一股奇妙的悸動，有點接近得意，差一點就成了占有。有一年春天，父親做了一個沒有背板的巢箱，固定在花園工具間的單層玻璃窗上。窗戶內側裝了遮光簾，好維持巢箱內部的黑暗。每天放學後，我和弟弟就會偷溜進工具間，關上門，揭開窗簾，把鼻子貼在玻璃上偷窺鳥巢。我們看見的全是祕密：整整三吋厚的苔蘚和羽毛，一隻剛孵化的藍山雀背向我們，趴臥在巢的深處，近到我們能看見牠的呼吸起伏，鳥嘴周圍細小的羽毛被上方洞口灑落的光線照亮。那個窩的小鳥後來順利離巢；那年春末，我們坐在院子的草地上，聽見藍山雀幼鳥向親鳥索食的叫聲，心裡總會想：**那是我們家的鳥**。近些年來，院子裡的巢箱隱約令我聯想到莊園宅院內提供的工人小屋。確實，設置巢箱的先驅之一，正是十九世紀離經叛道的自然學家查爾斯・韋特頓（Charles Waterton）。他在家族位於約克郡的沃頓廳莊園（Walton Hall）安裝了給灰沙燕築巢用的管子和其他鳥屋，如今這片莊園也被譽為英國第一座自然保護區。

在英國，階級體系影響著一切，就連巢箱也含括在內。市面上可以買到外型像酒館或教堂等比模型的巢箱，正面有詩詞或花卉彩繪裝飾，或黏有迷你的柵欄和大門。英國有一群自然鑑賞的守門人，見了這些會大皺眉頭，他們會建議使用簡樸的木造巢箱最好。皇家鳥類保護協會（Royal Society for the Protection of Birds）更明白提醒，避免使用裝飾過度的巢箱，以免鮮豔的顏色引來掠食者，儘管他們也承認此事沒有實質證據。沒錯，金屬巢箱絕不是個好主意，因為雛鳥容易過熱，但有「甜蜜的家」手寫文字裝飾的巢箱，想來不是什麼大問題，因為就連在廢棄的茶壺裡，歐亞鴝都可以築巢，甚至築得很開心。

裝飾巢箱只是跟花園地精一樣，不符合中產階級庭院設計的審美觀。把巢箱做得溫馨可愛，只會引來把動物擬人化的質疑，這在鳥類保護團體至今仍是大忌。他們早期為了爭取文化資本，堅持訴諸嚴謹的鳥類學科學，以駁斥外界對他們濫情善感、墨守陳規的指控。從科學觀點來看，巢箱應是供鳥類使用的，不是給我們人用的。庭院的巢箱應該簡單樸素、實用至上、不求美觀，這概念當中多少有點展演的慷慨成分，因為若有裝飾造型，代表人也期望在這件事上獲得樂趣。當然，鳥兒根本不在乎。牠們真的不在乎。我家的白腹毛腳燕巢箱雖然沒有繽紛的色彩，我也滿心期待鳥兒進駐後會帶給我的個人樂趣。我會添購巢箱，無非是希望這裡有那些鳥駐足。我希望在黃昏漸長的晚春，聽見牠們彷彿發自水底的嘰啾叫聲，從敞開的窗戶傳進屋內，希望看到牠們迅捷地飛行，在錚亮的天光下撈取飛蟲來吃。我想看到地上的髒亂、飄飛的毛絮，我想在我走向家門口時，看到幼鳥的小臉蛋低頭端詳著我。

19 車頭燈下的鹿

鹿像一陣氣息，從樹林間飄來又飄走。看上去出乎意料地纖薄冰冷，彷彿冷空氣從牠們身上汩汩湧出，在地面化作一池霧，朦朧了牠們的四足和翻過來的側腹。這些鹿未經馴化，我若走近到一百碼內，牠們就會溜回暗處。有人跟我說過，這種特別的獸是梅尼爾變種（Menil variety）的黃鹿，意思是牠們本來色澤較深的毛髮受基因的影響，褪成了柔和的烏賊黑和象牙白。牠們是十六世紀被帶來這裡的一群鹿生下的後代，那一群鹿當初是作為遊獵的玩物，供人追逐、獵捕、烹食。莊園今昔的風景沒有太多改變，依然由廣袤的牧草地和森林組成——唯獨現在多了一條M25號公路硬生生從中穿越。道路護欄由鐵鍊串起，中間穿插了幾株幼樹，六線道快車在護欄後方川流不息。霧氣漸濃，天光漸暗，鹿出現又消失；我走上橫跨高速公路的天橋，公路低沉的轟鳴在我的胸中燃燒。這座天橋的橋面種滿了草，我聽說每到黃昏和清晨，鹿會利用天橋當作便道，從莊園一側跨越到另一側去。我知道有我在這裡，牠們會忌憚過橋，所以我也不想停留太久，不過我還是逗留了一會兒，看燈流從腳下通過。恍惚之間，公路彷彿不是真的。但下一刻它又是真的了，近乎暴力一般宣告自己為真，反倒是天橋和我身後的樹林不像真的了。我無法在同一個世界裡同時掌握兩者。鹿和森林、霧氣、速度、濡濕堆積的落葉、白噪音、廢料卡車、聯結車車隊、靴子鞋尖的水珠、手掌貼在冰冷金屬欄杆上的灼燙感。

在我個人的動物萬神殿裡，鹿占據獨特的位置。我認識不深的生物很多，但差別在於，我始終沒有衝動想要再多認識鹿。牠們就像我從來不想走訪的遙遠國度。我知道不同鹿種的名字，看到了也認得出一些常見的鹿種。但我始終抗拒瞭解，牠們何時繁殖生育、鹿角如何生長汰換、牠們吃什麼、以什麼方式生活在哪裡，要知道這些明明不太費力。此刻站在天橋上，我心裡納悶著原因。

或許我對鹿的感受，有部分可歸咎於牠們在英國文化的地位。大概五年前吧，鹿的形象開始出現在各式軟裝潢和家飾品上。鹿造型蠟燭、鹿造型水杯、雄鹿頭壁紙、鹿角印花的窗簾和抱枕、格紋花布縫製的仿鹿頭壁掛。我早已習慣耶誕節前大量出現的麋鹿主題，但野鹿的圖案激增是新的潮流。當時一位設計界代表把鹿的形象，與英國大眾對舒適鄉間旅館和冬日柴火的喜愛結合在一起。但我懷疑鹿所體現的，不只是對時令旅店氛圍的嚮往而已。二〇〇八年金融海嘯後的那幾年間，明顯興起一股頌揚英格蘭神話的風潮，書市滿見關於鄉間和鄉村生活的書籍，二戰時期的「保持冷靜，繼續前進」海報和印花棉布圍裙，忽然又隨處可見——政治上也強烈轉向民粹主義。當一個國家遭遇傷痛，往往會緊緊抓住自己在某一段光輝過往的形象，即使是雄鹿頭這個單純的主題，也能發揮裝飾釘扣的作用，將許多可用的意義釘合在一起。

鹿經常象徵一種保守的世界觀。我在二十多歲時學到這件事，當時我有很多時間和獵人相處，他們泰半是男人，其中很多人對雄鹿耀武揚威、互相交戰以爭奪溫順後宮的行為偷偷表露欣羨。約莫也是那陣子，我在一個下雨的午後走進倫敦一間畫廊閒蕩，畫廊內正展出愛德溫·蘭德塞爾（Edwin Landseer）的畫作。牆上掛著滿面愁容的狗、鬃毛油亮的馬、多種英國常見的獵物被撕碎的景象，以及多幅歐洲馬鹿的公鹿肖像，看上去無疑是維多利亞時代、貴族菁英陽剛氣質的代表。這些公鹿倨傲不凡、不堪俗事煩擾，而且極擅於裝腔作勢。這一群格倫的君主[1]，薄弱的統治時時刻刻受到暴發戶威脅，戴冠的頭永遠恰好被山間的陽光照亮，力量的典範徹底受到身分制約，束縛於不可動搖的行動方針。

走下天橋，激流般的車聲也漸漸消退。我繼續我原本的路，天色現已黑得看不見鹿了，

1　譯註：《格倫的君主》（*The Monarch of the Glen*）是蘭德塞爾繪於一八五一年，甚具代表性的一幅公鹿肖像畫。現存於愛丁堡的蘇格蘭國家美術館。

但依稀能聽見鹿蹄快步踏在草上的空響。我回過頭看，只見公路從樹林後方投來極其蒼白、極其微弱的光。我對鹿的態度是個難解的謎，我以為這個地方有一些什麼能解開這個謎團，但我漸漸意識到，這個謎不只關乎特定一種哺乳動物，而是更普遍地關係到各種動物，關乎不想更認識牠們可能包含的意義。這是個更大的為什麼。

我走回車上，忽然想到途經此地的汽車駕駛會不會偶爾抬頭往上瞄，可以看到天幕下有一排行進的鹿角，一隊古老的獸緩緩橫越現代設施。這個念頭令我想起鹿在更古老的年代象徵的概念。例如在凱爾特神話中，白色雄鹿是來自冥界的使者，或者在中世紀傳奇裡，野鹿的出現預告一段征途或偉大冒險即將開展。鹿在這個傳統裡是鬼祟狡黠的生物，蘊含至深的精神意涵，而且何時會來訪總是出人意表。我想起將近二十年前一個闃靜、寒冷的下午，我在父母家附近的小林子鬱鬱寡歡地閒晃，一面思索我的人生樣貌，卻發現能想到的盡是缺憾。我走近長在一株倒木上的荊棘叢，忽然看到荊棘後方冉冉揚起一小團煙霧，在冬陽下發出淺淡的白光，異常令人不安。我往前走近一些，看見的竟是更難以理解的景象；有一個骨頭隆起似的彎曲弧度，葉叢後有個瘦骨嶙峋的東西，我剛才看見的原來是黃鹿吐出的鼻息；下一秒那隻趴臥的黃鹿便一躍而起，竄入樹林。我的心臟怦怦狂跳；之後有好一陣子，那片林子彷彿煥然一新，交織豐富的可能性；之後有好一陣子，我的人生也似乎如此。

我對鹿的所知有限，這使得我與鹿的邂逅，不太像是遭遇真實動物，更像是由偶然、象徵與情緒共演的場面。我想，我的無知一直是故意的。那是我固執地說：**但願世界上有更多魔法**。此時鹿則出現說：**魔法就在這裡**。這就是鹿給我的印象。牠們代表自然界出其不意帶來驚喜的能力。而我盼望鹿經常帶來驚喜，多過於期望牠們身負別的意義。

天黑了。開車回家的路上，我知道我會想通這件事，是因為剛才走訪的地方地形特殊，既有柏油路和卡車，也有鹿。因為鹿帶來驚奇、劫走日常的能力，不只出現在傳說故事，也不僅是遙遠空幻的臆想，而是鐵錚錚的事實，血腥，有時甚至致命。而且發生極為頻繁，以致還有專屬的名詞縮寫，叫DVC，意思是鹿車相撞事故（deer-vehicle collision）。幸而我只差點發生過一次。

幾年前，我夜間行駛在一處下坡彎道，忽然看見前方路中央有一頭鹿。牠先是嚇得繃緊肌肉僵在原地，下一秒便將自己彈向空中，全身發亮，彷彿靜止不動，有如十八世紀狩獵畫裡伸長四肢的蒼白馬匹。一陣澎湃的灼熱在我的皮膚下擴散，我還沒踩下煞車，車子已輕得像在水面上滑行。那一秒彷彿沒有盡頭，我記得最清楚的，除了那陣致盲的灼熱，就是鹿的後蹄關節到踝關節間的角度真美，以及那頭鹿衝著樹籬重重落地，旋即鑽入枝條交錯、多刺難行的荊棘叢，消失不見的樣子。餘下的車程，我一再看到有鹿橫越馬路，但明明一頭鹿也沒有。

鹿是危險的動物。美國每年約有兩百人因車輛撞上鹿而喪命。官方統計的鹿車相撞事故總件數約為一百五十萬件，但實際數字可能更高，因為有很多並未回報記錄。駕駛在道路上突然遭遇鹿，正確的建議是絕對不要急轉彎閃避，因為人的死亡原因多半是駕駛急轉方向盤，導致車子撞上樹幹、岩石、護欄或其他車輛。但你怎麼可能不閃避？牠就在那裡，就在你面前，從黑暗中竄出，經車燈反射，周身圍繞一道柔暈光圈，一百磅重或一百五十磅重、滿身珍珠、滿臉驚惶的身體裡有一顆拳頭大小的心臟。牠以時速五、六十英里的速度朝你衝過來，你怎麼可能有其他反應？

住在鹿車相撞事故多發地區的人，可以添購避鹿笛，將這種小型鳴笛安裝在車外，據說可以警告鹿隻車子即將接近。有些駕駛深信避鹿笛有效，但也有可能單純知道車子安裝了避鹿笛，駕車的心態因而有了變化，或許開得更慢一點，多了一些防衛意識，對於鹿突然出現在路上更有心理準備。因為我讀到，實際上並無統計數據證明避鹿笛真的有效，鹿說不定根本聽不見笛聲。避鹿笛是一項科技對策，但作用就如同土耳其的邪眼護身符——用藍白色的玻璃珠做成各式吊墜，據說能抵擋惡魔之眼的詛咒。

我朋友伊莎貝拉遇過一回。她是個藝術家，真正厲害的那種。我初識她的時候，她正在為新鮮水果鍍金，製作成藝術品，未來幾個月，水果會慢慢塌陷、萎縮成閃亮發皺的金塊。我問她：「妳撞到過一頭鹿，那是什麼感覺？」她微微皺眉，然後說：「嗯……就像撞到神界的事物。妳讀過歐里庇忒斯(2)吧？」我回答讀過，她又重複一遍：「嗯，就像撞到神界的事物。」那一夜，她轉上快速道路，迎面來了一輛不該出現在那裡的車，車燈照亮她的雙眼。那輛車稍早在前方某處撞到一頭歐洲馬鹿，鹿就橫躺在車道上，她沒有看到。「我輾了過去。」她說。回想起車身壓過障礙物時上下顛簸，感覺到肌肉下陷、肋骨結構破裂，她仍不免顫抖。那頭鹿可能已經死了，又或者只是暈倒在地，但總之受她的車身重量一壓，體腔當場破裂，鮮血噴灑在濕漉漉的路面。她的車頭燈照亮了路面的血。「真的有好多血。」她湊向我，直直望著我的眼睛對我說。「好多的血。」她女兒當時坐在一旁的副駕駛座，她說她能嗅到女兒的驚恐。當晚，車子周圍瀰漫著霧氣，被鈉光路燈照得昏黃，然後就在那裡，一大灘血在車前流淌，像是永遠不會停止。

「跟《鬼店》一樣嗎？」我問。

她面無表情地看著我，彷彿她說的一字一句我都沒聽進去。

「比那慘多了。」

2 譯註：歐里庇忒斯（Euripides, 480BC–406BC），古希臘三大悲劇作家之一，劇作常取材日常生活，也常探討女性的內心，著名劇作有《美狄亞》、《特洛伊婦女》等。

道路是屬於人的。我們沒想過會有我們以外的生物與道路互動，從牠們的地盤闖入我們的領域，何況還是以這麼粗蠻而具體的方式。就算你毫髮無傷地躲開了，鹿車相撞事故仍有可能產生改變人生的效力。從電影表現類似場景的方式，就能看出端倪，鹿車相撞事故在電影裡多半編寫成情節爆點、恐怖片的驚嚇點，或正巧破除困境的天外救星，在鹿撞翻車子之際，劇情也隨之翻轉。鹿有時會撞破擋風玻璃。畫面裡會有血，鹿角像燭台一樣卡進車身，瀕死的雄鹿眼睛直勾勾看著某一名角色，這起事故將對這名角色產生至深的意義。有的時候，在其他一些電影裡，鹿在相撞事故後倒臥在路上。如果鹿倒臥路面且沒有死（在好萊塢電影裡死去的不多），角色就會面臨該拿鹿怎麼辦的問題。戲裡的鹿通常會發出實際瀕死的鹿不會發出的叫聲。那些通常是電子偶，因為好萊塢有許多公司會收鹿的屍體，剝下鹿皮、刮除皮下脂肪，經過鞣製後披覆在機械模型外，而披上鹿皮的機械裝置會模仿鹿緩慢起伏的呼吸。螢幕上的鹿車相撞事故，在倒楣遇上事故的人物內心深處，投下一道強烈且傷痛的光。而現實中往往亦然。

我們心底其實都知道，開車每一次都是在挑戰命運。我們只是很擅長假裝不是。路上的鹿是我們做出的一部分賭注，只是我們開車時，和努力在人生中前行的時候一樣，總是竭盡所能忘記有這些賭注。鹿車相撞事故的生還者經常聲稱，意外發生之後一切都為之改變，人生彷彿再造，變得比過去寶貴且充滿變數。鹿車相撞事故最深刻的延伸影響，與當事人的自我觀感密切相關；他們談起事故的方式，似乎不承認其中有世俗、隨機、理性可言，對於事故肇因，往往不置一詞。他們會說：「車子毀了。」或「擋風玻璃碎了。」彷彿提到參與撞擊的另一方是個禁忌。然後永遠是同一句話，一而再再而三地出現：「牠突然就冒了出來。」命運突如其來降臨，像一隻該死的獨角獸在車頭燈下發光，如同每一則中世紀寓言，不管駕駛選擇如何解讀，這起相撞事故的意義，都會無可避免地附著在他們身上。**看看你自己**，鹿車相撞劃破所有的凡俗日常，將日常一刀切開，然後說：**看看你自己，你真的就在這裡**。老派的劇作家會稱那是自我認識的醒悟瞬間。

鹿車相撞事故多數發生在入夜後到午夜前，清晨天亮前則是另一波高峰。這是鹿開始活動的時間，但也是人的意識最容易進入恍惚狀態的時刻。於黃昏或夜色下開車，是一場完美的唯我論夢境。車頭燈像線軸鬆出的線，不停順著路面起伏彎折，掠過連接不斷的護欄，掠過飛逝而去的房屋；你將這些物事短暫召喚，在它們再度消失前注入光和質量。也因為你眼前的一切不停被拉向你、拉至你的車下，你很容易受幻覺所惑，以為自己是靜止的，是世界向你湧來。地形施加的小量身體力場、路面鬼魂般的颼颼聲、路彎和山坡的微小阻力，都是你透過身軀和耳內的液體感受到的。這些都代表，當一頭鹿出現在你面前時，你可能不只覺得是個意外；你可能會覺得，是不是某部分的你將牠召喚出來，彷彿牠是你的潛意識心靈塑造出的形象。

從野鹿的森林回來之後，我的潛意識就被鹿車相撞事故給盤據。每當開車經過鄉間的樹林，雙手總會不自覺握緊方向盤，杞人憂天到搞得自己心神不寧。夜裡我會夢見道路，夢見濃霧，夢見路面的油漬印著蹄痕。我在電子郵件裡向朋友提及最近這些縈繞不去的怪念頭。「妳沒事吧？」朋友回覆：「妳是不是遇到了什麼壞事？」我回信說：「我很好。我可能想為鹿車相撞寫一篇文章，僅此而已。」朋友給我一個建議：「妳上 YouTube 看過嗎？妳知道那上面有**真實畫面剪輯**吧？」可想而知一定有。只是我不想看，如同我也不想看其他在網路上點擊就能播放的悲劇事件的串流影片，那些景象比一頭鹿和側擋泥板意外衝撞更不忍卒睹。但我還是坐下來，找了一支影片按下播放。

影片收集眾多車輛的行車記錄器影像，將多起鹿車相撞事故剪接成較長的影片。影片第一眼讓我想到第一人稱射擊遊戲。鹿出其不意闖入視野範圍，乍看就像螢幕裡鬼一般的人工動畫——直到鹿撞上板金。同樣的事接著又發生一次。又一次撞擊。又一個換場。現在背景變成黃昏。車外有加油站的燈光。車內響著廣播談話節目的低語。一頭獐鹿撞上車子，騰空翻了好幾圈，最後摔在路緣的雜草堆裡不再動彈。車子放慢速度停下，走出一名女子。她穿了件藍色流蘇邊上衣，肩頭披著一條羊毛披肩。她走向鹿倒臥的位置，低頭察看以後，回頭看向駕駛，兩手往外一攤表示無能為力。駕駛走下車，垮著肩膀，沒有理會那頭鹿，逕自彎下腰檢查他的車頭。另一輛車，另一段車上的家常閒聊，另一次撞擊，另一個行車記錄器從儀表板上滑落，鏡頭朝上照到驚慌的臉孔。我按了暫停，起身在廚房裡踱步。坐回去再看了幾段，又忍不住暫停。愈來愈難看下去了。偶爾會有一頭鹿高高躍起，跳過引擎蓋逃過一劫；但大多數都沒躲過災厄，有的縱向倒在車蓋上往下滑落，有的撞進擋風玻璃，有的跳芭蕾舞似的在原地旋轉，鹿角、血肉和骨頭飛出一道拋物線。我看到在和擋泥板撞擊的瞬間，鹿的毛被風揚起，聽到鹿蹄喀噠喀噠與金屬碰撞。重複看著這些駭人的殺戮，我最訝異的是，鹿竟能被拋向這麼高。三公尺、四公尺、六公尺，頭下腳上地翻滾，軟塌無力，模樣悲戚。影片播完前，我下拉頁面，讀起下方的留言。我猜想留言大多殘忍，結果的確是。「酷欸，布偶物理。」其中一則說。另一則說鹿的智商很低。還有人認為這些鹿想自殺。「只有我覺得鹿被車彈開的樣子很好笑嗎？」這則留言有多人按讚。「媽呀，」另一個人寫道：「我好久沒笑這麼慘了，說真的，超棒的影片。」

我沒有笑。我坐著動也不動。過了良久才明白自己有多生氣。我的寵物鸚鵡比我更快察覺我的心情，他從棲架跳上椅背，越過桌面跑向我，然後依偎在我的手臂旁，伸長羽毛柔軟的頸子，輕輕啄著我的手背。

我剛目睹一連串極其暴力的死亡，鹿的身軀大得令我們不禁想起自己。但我不覺得這是我氣憤的原因，不完全是。留言區的氣氛的確令人侷促不安，但這差不多已經是網路常態了。何況我也知道，人面對難以消化的情緒，莫名其妙發笑也不是罕見的反應。不，我氣憤的是這些留言的人把鹿看成前進的阻礙，像電動遊戲裡隨機出現的小怪，出現會帶來各式經驗和後果，但它們自身的存在不具有任何意義。也是這時候我才意識到，我的不悅其實多數指向我自己。

對於鹿，我珍愛的是牠們帶給我驚喜的能力，所以我才始終抗拒再多認識牠們。事物往往如此，你愈是熟悉，愈不容易為之驚喜。但若是刻意無視事物的真實面貌，也很難對它產生同理心，所以我對鹿的態度，跟那些留言讚許垂死之鹿示範了物理學原理的人，或那些看到鹿車相撞只覺得好笑的人，其實沒有多少不同。鹿車相撞事故會在我腦海盤踞不去，因為那就是我對鹿的態度被放大呈現，覆滿鮮血、爛毛和碎玻璃：構成這一切的正是代表驚異的鹿，是悖離我們預期之常理的鹿。我坐在桌前，想到鹿死去，是因為牠們沒有車道的概念，不懂馬路運作的規則。鹿死去，是因為牠們是不同於人的生物，有自己的生活和出沒地點，有自己的路線、自己的想法和需求。我不認為我看到鹿被車撞的景象能笑得出來，但我從來就不無辜。我關掉 YouTube 頁面，登入販售二手自然史書籍的網站買了一本書，書名叫作《認識野鹿》。

20 遊隼與高塔

愛爾蘭東海岸，我站在龜裂的柏油路面上，身旁有鐵絲網圍籬高築。天空是清冷的白鑞色，帶鹽的海風凜冽刺骨。我大老遠來到此地是為了觀察野生動物，我剛剛卻轉過身，不理睬在這裡唯一能看到的幾種鳥類。我身後的沙岸綿延好幾公里，被愛爾蘭海沖刷成完美的空白，只有幾隻海鷗和小群的過境水禽像珍珠般點綴其間。風景很美，但我朋友海樂莉和伊蒙要我看的，卻是都柏林的普貝格發電廠（Poolbeg Power Station）。發電廠由冷酷的渦輪發動機房所組成，像一套巨大的玩具積木，正對著閃閃發亮的沙灘。選擇這個地點是有些奇怪，說是踏上野生動物朝聖之旅，我們卻置身汙水廠、荒棄的紅磚瓦房、碼頭、吊車和貨櫃之間。兩座已經除役的冷卻煙囪矗立在我們上空，囪身塗著醒目的紅白橫向條紋，鏽斑垂直向下滲染。假如你從東面海上抵達愛爾蘭，聳立地平線上的煙囪會是你第一眼見到的景象，也會是你離開之前最後見到的風景，甚至在市區各處也能看到這兩座煙囪。它們儼然化為家的象徵，存在於一整代都柏林人的心中——以及多年來在煙囪築巢的遊隼心中。

好一陣子過去，我們沒看見多少動靜。冬天的陽光照不出影子，我們看著成群的鴿子在屋頂上拍動翅膀。我的臉漸漸被冷風吹得失去知覺。忽然間，在煙囪下方，一隻鴿子像被拋向空中的煙火般翻了個觔斗，穿越一扇破窗，落入後方的黑暗中。勢必發生了可怕的事，鴿子才會這樣向下急墜。是被槍擊中了嗎？還是惡疾突然發作？我納悶了片刻才意識到，那隻鴿子是想盡快躲進室內。也是這時候，我才發現，遊隼來了。

天空中出現一個細長的黑色錨形，朝著西煙囪急速下降，彷彿被一條看不見的高空滑索拉動著。看著一個活生生的生命以如此高速墜向地表，我感覺一口涼氣哽在喉嚨。一聲微弱、但回音繚繞的鳴叫飄向我們，像是疏於上油的門板晃呀晃的，發出隱隱約約的**嘰啾**、**嘰啾**聲。那是一隻公隼。他在半空中急轉彎，雙翼大大張開剎車，然後停在巢箱旁的欄杆上，巢箱固定在一百呎高空的鐵架走道上。雄隼抖了抖羽毛，收折好翅膀，靜靜立著望向河口。他的頭頂平平的，背光的身影像一枚上下顛倒的黑色子彈。

「想看嗎？」伊蒙揚起手上的望遠鏡問我。透過望遠鏡，遊隼顯得異常扁平，輪廓在明亮的圓圈內晃漾，像是隔著水面看他。我忍著眼睛的痠痛，努力聚焦看著那一小塊清晰的區域：他的胸羽帶有條紋，黑色的頭部像穿著連帽斗篷，輪廓縈繞著淡淡色彩，彷彿身體被塵埃和彩虹圍繞。遊隼的體型相形小巧，毛色調和了煙霧、白紙和潮濕灰塵的顏色。

那隻公隼開始替自己梳理羽毛，蓬起腹部，眼睛半閉，頭歪向後方，用微微彎曲的靈巧嘴喙把一根肩羽梳順。一陣陣風沿著煙囪壁面往上竄起，吹逆了他的羽毛。他捲起利爪，抓緊生鏽的鐵欄杆。這裡的風中夾雜著冰。遊隼就像回到家似的，看上去怡然自得。

棲息在這個制高點，他得以俯瞰方圓數公里的狩獵範圍：河口、碼頭、市街、公園、高爾夫球場。這些地點在他眼中沒有差異，只對我們有所差別。我們眼前這個長滿羽毛的小生命，駁斥了我們習以為常的想法：我們以為自然只存在於人類活動場域以外的地方，但心存這個假設，似乎永遠讓我們進一步漠視自然世界，把大自然看成正在消失或已然失去的東西，更加棄之不顧。

大半個二十世紀裡，隼經常被推舉為遭受威脅的自然荒野的浪漫象徵。隼選擇築巢的山區和瀑布峽谷，是莊嚴崇高的場所，到訪的遊人可以在此觀想大自然，思索人類存在之短暫。但工業遺跡一樣有著被賦加的浪漫情懷。普貝格發電廠生鏽的煙囪和破窗，自有其頹廢之美，那是已無用處、但形體尚且不壞的事物獨具的美感。隼出沒的那些地景，向我們訴說著生命有限：山林以其永恆映照無常；工業遺跡則提醒我們，即使是鋼筋水泥也遲早會湮滅，因此我們應當珍惜此時此刻存在於此的事物。

遊隼或許也是這樣，漸漸成為自然風景的想像元素。伊蒙小時候，曾和父親到威克洛山脈（Wicklow Mountains）尋找遊隼，因為書上說遊隼棲息於懸崖峭壁。結果他們一隻也沒看到。他生平看到的第一隻野生遊隼，高高停棲在都柏林市區的一座煤氣槽頂端。遊隼在高聳建築物上築巢已有數百年之久，但都市裡遊隼增加是相對晚近的現象。一九五〇到六〇年代，DDT殺蟲劑濫用，導致歐洲和北美大陸的遊隼族群數量直線下滑，直到DDT逐漸遭到禁用，族群數量才慢慢回升。遊隼此時也被成群結隊的野鴿吸引，跟著搬進了城市。美國東部當時已經沒有野生遊隼了，因此康乃爾大學遊隼基金會在許多高樓塔頂，野放人工巢箱圈養繁殖的個體，希望牠們能在過去棲息的區域重新繁衍後代。學者認為，傳統位於懸崖峭壁的巢址過於危險，沒有親鳥保護，欠缺經驗的幼隼很容易命喪大鵰鴞的爪下。往後陸續又有幾次野放計畫，這些野放的遊隼，成年後也會被高樓和橋梁吸引，在類似幼時巢箱的地點尋找新的巢位。

今日，遊隼已是都市熟悉的景象。紐約大約有二十對遊隼繁殖對(1)，倫敦約有二十五對。都市裡的遊隼棲息於高樓大廈，追獵馬路上的鴿子，順應周圍環境發展出不少新奇的行為。有些學會摸黑狩獵，俯衝進夜色中，抓住被下方路燈照亮的野鳥。都會環境也並非全無風險：大樓陡直的側壁、反光的玻璃帷幕、高樓四周猛然吹起的強陣風，都有可能讓幼鳥在學飛階段不慎墜地。有時還得靠平日透過各式望遠鏡或線上直播關注某一對育雛親鳥的熱心民眾，挺身介入，從車陣中救出墜落的傷鳥。儘管有這些風險，都市遊隼族群的數量仍穩定上升。遊隼高踞於企業總部大樓，傲視天空與下方街道的形象，很容易被人類用來投射自身對視野、監控、權力的迷戀。但遊隼不僅只是便於反映人類焦慮的象徵，遊隼最大的魅力在於牠們並不是人。

都柏林的這個地點，伊蒙幾乎天天來，至今已經持續多年。他是在經歷了喪親之痛後，開始習慣到普貝格發電廠來觀察遊隼，因為看鳥「……**能夠遠離**」，他這麼跟我說。我明白他的意思。難關當下，觀鳥能引領人進入另一個世界，在那裡毋須任何言語。尤其觀察的若是都市遊隼，那個世界更是近在身側，是一個可供你暫時避難的優雅空間。近年在都柏林工作之餘，伊蒙經常一隻眼留意著天空，掃視教堂和都市高樓。他會在樓房屋頂看見遊隼低頭俯瞰市街。他形容牠們是「一點一點的永恆」。偶爾他會瞥見一隻遊隼，從頭頂疾速飛越，黑色的剪影掠過坦普爾酒吧區或奧林匹亞劇院上空。那瞬間，他的城市易換形貌，房屋變成峭壁，街道化作峽谷。

不知過了多久，方才那隻公隼已經飛走了。現在換成母隼出現在巢箱邊緣，比起她的伴侶，她的體型較大，羽色也比較淡。有一、兩分鐘，她在原地遲疑不決，左顧右盼。之後才展開雙翼，朝另一根煙囪盤旋、向下滑翔過去。我用凍僵的雙手舉起望遠鏡，皺眉擠

1　譯註：繁殖對（breeding pair）是指動物個體在一段時間內會建立某種形式的關係，合作分擔繁殖任務。以遊隼等猛禽來說，繁殖對多為一公一母兩隻親鳥組成固定配偶，母鳥主要負責孵卵和餵食雛鳥，公鳥負責獵食及訓練幼鳥學飛。

眼想看清楚母隼。我看見她略收起翅膀，主翼羽展開成傘狀，在半空中緩緩轉向。她的飛行姿態出現某種變化，但我不確定是什麼。緊接著，我的心臟突地跳了一下。我看見一隻呆頭鴿子優哉地拍著翅膀，低低飛向母隼。鴿子肯定沒看到她，但她已經看見鴿子了。剎那間，全世界收縮到只剩下那兩隻鳥之間的縫隙。我聽見身旁的同伴倒抽一口氣，同時間，母隼翻身側滑，撲向鴿子，動線彷彿被拋向橋下的小石子一樣果決。被撲擊的鴿子合起翅膀閃避，在最後一分鐘及時躲入下方的建築物裡。母隼盤旋了幾圈，才又飛向高空，消失在內陸。

我們幾個放下望遠鏡，面面相覷。我們全都驚覺，一隻遊隼出擊狩獵的短短三秒鐘，也足以將日子一分為二，留下你愣在原地，無言地回想她飛行時的每一道弧線。假如我有更神祕的信仰，我一定會說，遊隼狩獵飛經之處，空氣的性質也為之改變，變得更沉重、更凝滯。像一聲雷。像慢速播放的電影，像素粒子變得清晰可見。普貝格發電廠距離蓬勃興旺的自然生態系，說有多遠就有多遠，然而觀察一隻遊隼在滿布傷疤的破碎地面上空追逐獵物，彷彿把周圍的絕望都給靜靜阻擋在外。在翅膀抖擻飛越一片冬日晴空的同時，生與死，以及我們存在於世的感受，剎那間都牢牢繫在了一起。

21 向晚的飛行

我撿過一隻死去的雨燕。空餘外殼的一隻鳥，躺在泰晤士河的一座橋下，陽光經河面倒映，在橋拱投下潦亂碎光。我撿起那隻鳥，將牠捧在掌心，看到牠的羽毛沾著灰塵，翅膀交疊像兩把鈍刃，牠的雙眼緊閉，我頓時不知該拿牠怎麼辦。這倒是很意外。我從小受到書本的鼓勵，向來喜歡效仿中古時代的業餘博物學者，把動物屍骸有趣的部分保存下來。我曾經把狐狸頭骨洗淨擦亮，也曾經把路殺鳥隻的翅膀拆下晾乾、保存起來。但看著這隻雨燕，我知道我對牠做不出這些事。這隻鳥散發出近乎聖潔的莊嚴。我不想將牠留在原地，所以還是帶回家，拿了一條毛巾裹住，塞進冷凍庫裡。隔年五月初，一看到第一批歸來的雨燕從雲層間流下，我立時知道該怎麼做了。我從冷凍庫裡取出那隻雨燕，將牠埋進院子一個掌寬深度的土裡，土壤剛剛在春陽下暖和起來。

雨燕是一種魔幻生物，一如所有真實的存在，只是生存方式或生存環境略微超出人類的認知範圍。雨燕曾被稱作「惡魔鳥」，想必是因為這些黑色十字架群聚在教堂周圍尖聲鳴叫，看起來不像光明使者，更像來自黑暗的魔物吧。但在我眼裡，雨燕是上界的生物，加上習性高深莫測，更顯得與天使相似。和其他鳥類不同，雨燕從不落地。我這個愛鳥成痴的小孩，幼時常常覺得很挫折，因為我找不到方法更進一步認識雨燕。雨燕飛得太快了，就算用望遠鏡也沒辦法看清楚臉部表情或理羽的動作。牠們永遠是時速二十、三十、四十英里一閃而逝的黑影，永遠是一大群鳥，一大把一模一樣的黑穀子傾倒在白雲間。你沒有辦法分辨個別的鳥，除了看到牠們從一處移動到另一處，也看不清楚其餘任何動作。頂多偶爾有雨燕群從屋頂上方低飛而過時，我能匆匆瞥見其中一隻張開嘴巴，但那個畫面實在很怪異，因為雨燕張嘴的裂口奇大，鳥兒剎時間有如一隻縮小的象鮫，看得我寒毛都豎了起來。雖說如此，用肉眼觀察雨燕還是不乏收穫，因為雨燕的飛行揭露了一種物質運動。雨燕重量僅約四十克，牠們迎著風壓滑翔、乘風轉向的動作，使空氣的流動變得歷歷可見。

至今在我看來，雨燕依然是地球上最接近外星異形的生物。我現在近距離見過牠們了，我曾經雙手捧著一隻落難獲救的活體成鳥，將牠輕輕拋回空中。你見過被漁網從漆黑深淵拖上來的深海魚嗎？樣子一看就令人覺得這些魚本不該存活在常人生活的世界。成年雨燕也給我同樣的感覺，只是海底換作了天空。那隻雨燕骨架強韌，骨骼中空，羽毛被陽光曬得褪色。牠的目光似乎無法對焦在我身上，彷彿是一個來自其他宇宙的生物體，其感官不太能夠測繪我們的現象世界。對這種生物來說，時間以不同的方式流動。如果把雨燕急切、高音的尖叫錄下來，放慢至人類的語速，你會聽見雨燕彼此對話的聲音：亂無章法、咕嘟冒泡，叫聲時起時伏，彷若北方潛鳥的歌鳴。

小時候，每當我備感壓力——剛轉學、剛遭到欺侮、父母剛吵過架後，我總會躺在床上，趁入睡前在腦中細數我和地球核心之間相隔的地層：地殼、上部地函、下部地函、外地核、內地核。向下數完就改為向上數，想像一圈一圈向外愈發稀薄的大氣：對流層、平流層、中氣層、增溫層、外氣層。我身下幾公里就是流動的熔岩，往上幾公里就是無際的灰塵和真空。我躺在那裡，對流層有如一條暖毯包裹著我，還有那條紅色的鴨絨棉被、今天晚餐餘留在樓上的香氣，以及樓下我母親忙碌敲擊打字機的聲音。

我進行這個夜間儀式，為的不是要測試我能記住多少事，也不是要測驗我的想像力能發揮多遠。我這個習慣和咒語的力量可能有點關係，但不太像是一時衝動，也不是一種禱告。不管當天發生的壞事如何糾纏我，想到我的上方還有那麼多東西，下方也是，有那麼多不能到達的空間和不可動搖的狀態，對人間事務絲毫不感興趣，這讓我備感安慰。將它們逐一細數出來，能在我知道卻不甚明瞭的層層事物間，築起一座想像的守護聖堂。除此之外，我這個儀式還有一點幫助。我當時總覺得睡眠是損失時間，一旦睡去好像就不再活著。夜裡進入夢鄉有時令我驚惶，很怕找不到路回到出發的地方。我發明的晚禱，有點像是在爬一座陡峭樓梯的時候，把往上踩的每一步都數出來。我需要知道自己的位置。那是引領我回家的方法。

雨燕喜歡築巢在晦暗、幽暗狹小的空間：屋瓦下的空隙、通風井進氣口後方、教堂的高塔裡。雨燕會全速直直飛進入口，以利抵達這些地方。牠們的巢是用半空中抓到的材料做成的：被熱氣流帶向空中的一縷縷乾草；鴿子換毛脫落的胸羽；花瓣、樹葉、紙屑，甚至是蝴蝶。戰爭期間，丹麥和義大利的雨燕也抓取過干擾箔，也就是飛機拋灑在空中、以干擾敵軍雷達的反光鋁箔片，飄落時會團團旋轉、閃爍亮光。雨燕在飛行中交尾。白腹毛腳燕或家燕的幼鳥在頭幾次飛行後，還會回巢休息，但雨燕的幼鳥不會。雨燕兩腿一踢，從巢洞口離開便開始飛行，未來兩、三年都不會停下來。牠們沐浴雨水，捕食風中的昆蟲，振翅俯衝、從湖泊溪流中舀取滿嘴的水。歐洲的雨燕每年只有幾個月會待在繁殖地，冬季月份則在剛果的森林田野上空活動，剩餘時間牠們都在移動，視國界為無物。因為大雨下無法捕食，所以為了避開豪大雨，在英格蘭民家屋瓦下築巢的雨燕常會繞著低氣壓雲系，順時針飛遍歐洲再回來。牠們喜歡聚集在低氣壓通過後、複雜不穩定的氣流裡，飽餐此時大量出沒的昆蟲。雨燕的離去無聲無息。八月進入第二週，我家附近的天空忽然空蕩冷清起來，偶爾見到一隻掉隊的雨燕，我總會想：**沒了，這是最後一隻了**。然後眼巴巴看著牠向上爬升，滑翔穿越夏日騷亂的空氣。

暖和的夏夜，沒忙著孵蛋或照顧幼雛的雨燕，會成群結隊高速低飛，一邊尖叫、一邊飛馳在屋頂和尖塔周圍。之後，雨燕會聚向天空的更高處，叫聲因為有空氣和距離阻隔而減弱，傳到耳裡已經弱化成某種不太像聲音的東西，令人懷疑是不是灰塵或玻璃。接著，所有雨燕會忽然像聽見一聲叫喊或鐘響召喚似的，愈飛愈高、愈飛愈高，直到從視線中消失。這種飛升在英語稱作「vespers flights」或「vesper flights」，意思是晚禱飛行或晚間飛行。Vesper 源自拉丁語，意指夜晚。Vespers 則指晚禱，每天最後一次也最肅穆的禱告。我一直覺得「vesper flights」是世上最美的詞語，像一抹不斷消逝的藍。這些年來，我好幾次想親眼瞧瞧雨燕的晚間飛行，但每次不是夜色太深，就是鳥兒在空中滑翔得太廣太遠，讓我跟不上牠們。

多年來，我們以為晚間飛行只是雨燕飛上高空、在氣流中睡眠的習性。雨燕跟其他鳥類一樣，可以一眼閉上，讓半邊的腦部休眠，另一眼則是睜開，讓另一半腦部保持清醒協助飛行。但我們現在知道，雨燕也有可能在高空熟睡，兩眼同時閉上，進入快速動眼狀態，飛行只是無意識的動作，至少有片刻是這個樣子。第一次世界大戰期間，法國一名飛行員為了執行夜間特殊行動，在一萬英尺的高空關閉飛機引擎，於敵軍防線上空悄靜無聲地繞圈向下滑行。滿月當空，微風迎面拂來。「我們突然發現，」他寫道：「兩旁是一群飛行中的鳥，但模樣古怪，看起來動也不動，至少沒有明顯可見的反應。牠們散得很開，位置就在機身下方幾碼，映襯著更下方白茫茫的雲海。」

他飛進一小群熟睡的雨燕之中，黑色的小星星被反射的月光照亮。他成功抓了兩隻下來——我知道這不可能，但我喜歡想像他或他的領航員只消將手伸出去，就能溫柔地從空中摘下小鳥。飛機降落後，他們發現有一隻雨燕被捲入引擎死了。遙遠的大氣、冰冷、寂靜，高飛至白雲上的鳥兒靜止於睡眠中。這幅景象後來常在我的夢境裡外飄忽。

現在入睡前，我不再想像地球和大氣的分層，改而習慣把手機擺在床頭桌上播放有聲書，讓朗誦者呢喃低吟的話音慢慢化為白噪音，伴我入夢。聽相同的聲音一遍又一遍重述相同的話，是我在父親過世後養成的習慣。那陣子，假如我在寤寐之間放任注意力渙散，睡著以後很容易被帶往我不想去的地方，被各種為什麼、在哪裡、怎麼會、如果當初的問題纏上。聽懸疑小說轉移注意力正好，起先我是被情節吸引，但重複聽了幾星期後，我逐漸愛上可以預期下一句即將說出什麼的那股溫柔，能預知即將聽見的話，成了我最大的安慰。我這個夜間儀式開始於十多年前，我發現這個習慣已經不大能動搖。

一九七九年的夏天，飛行員、生態學者兼飛機鳥擊研究專家路特・布爾瑪（Luit

Buurma），基於飛航安全目的，開始在荷蘭進行雷達觀測。根據他的雷達圖顯示，在艾瑟湖（IJsselmeer）開闊的水域上空大量群聚的鳥，原來是來自阿姆斯特丹和周邊地區的雨燕。六月至七月，雨燕每到傍晚就會飛向湖區，晚間九點到十點之間在水面逡巡低飛，捕食密密麻麻的淡水蚊蠅。十點過後不久，雨燕便開始升空，十五分鐘後已經全體飛到六百多英尺的高處，聚集成密集、湧動的鳥群。接著飛升就開始了：五分鐘後，鳥群已於視野中消失，晚間飛行將帶領牠們上達八千英尺的高空。布爾瑪利用一部特殊數據處理器，希望仔細研究鳥群動向，這部處理器與夫里士蘭省北部的一座大型軍事防禦雷達連通。結果布爾瑪發現，雨燕待在高空不是為了睡眠。午夜過後沒幾個小時，燕群會再度下降到水面周圍覓食。原來這些雨燕，這些夏日明媚街巷間的可愛守護靈，也是在深沉夏夜出沒的夜行動物。

但布爾瑪還有一個發現：雨燕不只會在夜晚進行晚間飛行，清晨破曉前，牠們還會再飛一次。一天兩個時段，光照度正好相當的時候，雨燕都會向上飛升，在航海曙暮光（nautical twilight）中到達飛行的頂點。

繼布爾瑪的觀測之後，陸續又有其他科學家研究雨燕的飛升，推測這種行為的用意。生態學者亞德利安・多克特（Adriaan Dokter）有物理學背景，曾經利用都卜勒氣象雷達探究此一現象。他與研究同仁撰文指出，雨燕可能是藉由飛升來剖析大氣，收集氣溫、風速、風向等資訊。晚間的飛行將雨燕帶往對流邊界層（convective boundary layer，簡稱CBL）頂端。對流邊界層是大氣濕潤、朦朧的一個區塊，地面經陽光加溫後、產生起伏升降的氣流，熱空氣在此旺盛蒸騰；這裡是晴天積雲出現的區域，也是雨燕日常生活的範圍。但若攀上邊界層的頂端，雨燕便會接觸到不同的風流，這裡的風流不受下方地形的影響，只會隨著大規模的天氣系統移動而變化。飛在這個高度，雨燕不只能看見遠方曙暮光照亮的地平線上即將來臨的鋒面雲系，還能利用風本身來評估雲系未來可能的動向。雨燕所做的事，是在預測天氣。

不僅如此。多克特也寫到，候鳥可透過一系列交互作用的複雜羅盤機制，為自己指引方向。而雨燕在晚間飛行的過程中，可以任意運用當中的每一種機制。來到這個可縱覽全景的高度，雨燕能看見散落頭頂的星圖，同時可以校準磁場羅盤，依據光偏振圖式獲知方位，光偏振在曙暮光下的天空最強烈也最清晰。星辰、風、偏振的光、磁場線索、百哩外砌築的雲朵、清澈的冷空氣，以及牠們身下那個漸漸墜入夢鄉或向著黎明甦醒的寂靜世界。雨燕所做的事，是飛到超越的高度，讓自己明確判斷身處的位置，明白接下來該做什麼。牠們是安靜卻充分地在為自己指引方向。

康乃爾大學鳥類學實驗室的瑟希莉亞・尼爾森（Cecilia Nilsson）與研究團隊發現，雨燕不會獨自進行晚間飛行。每天夜晚，牠們成群飛升，之後再各自下落，清晨則反過來，個別飛上高空，再一起飛返地面。為了正確指引方向，為了做出正確決定，雨燕除了要注意周圍環境裡的線索，也要留心彼此。尼爾森寫到，雨燕的晚間飛行很可能是依照所謂的「錯多即少原則」（many-wrongs principle）在運作的。意思是，牠們平均每一隻個體做出的評估，以獲得最佳的導航選擇。假設你置身一群人之中，與周圍的人交換情報，你會更清楚下一步怎麼做才好。我們人可以用語言溝通。雨燕不會說話，但牠們可以留心其他雨燕的舉動。所以簡單來說可以想成：雨燕會追隨彼此的腳步。

我生活的場域是平凡，是日常。我在這裡睡覺、吃飯、工作、思考。希望和煩惱、成本和收益、計畫和歧路在這個空間裡起落消長，有時候打擊我，有時候使我分心踏差，就像強風驟雨把雨燕吹離航道。有時候活在這裡很辛苦，但這裡是家。

思考雨燕，使我更仔細思考自己應付困難的方式。小時候，我透過想像層層大氣來安慰自己；後來，我把自己藏進小說朗讀的細語呢喃之中。我們都有自己的防禦手段。有的是自我挫敗的行為，也有的是偶發的喜悅：陶醉於一項興趣、寫一首詩、跨上重機飛馳、一點一滴收集唱片或貝殼。「悲傷最大的好處，就是能學到一些東西。」T・H・懷特筆下的梅林說。我們每個人多數時候都必須生活在自己築起的保護網內；誰也無法承受過多的現實。我們需要我們的書、我們的手工藝作品、我們的狗狗和毛線，需要電影、花園和釣竿。這些便是我們所是的人。我們的生活、興趣、我們自己選擇的各種慰藉，維繫著我們的完整。但我們不能**只要**這些事。因為若是這樣，我們將判斷不出接下來該何去何從。

雨燕不是整天都在令人暈眩的高空，攀登大氣的邊界層；牠們多數時間也棲居在下方濃重、複雜的空氣裡。這裡是牠們覓食、交配、洗澡、飲水，以及**存在**的地方。但為了獲取會影響生活的重要資訊，牠們必須飛得更高，探測更開廣的風景，在那裡互相交流，討論那些會衝擊生存空間的更大力量。所以我如今對雨燕的想法漸漸變了，我不再覺得雨燕像天使或異形，我覺得牠們是深具啟發意義的生物。不是每個人都有必要攀向高空，就像很多雨燕為了孵蛋或育雛，也棄絕了晚間的飛行——但作為一個群體，我們之中勢必要有一些人，為了全體的福祉和生活的繁盛，看清那些極易被日常遮蔽的事物。那些我們有必要設定航向，前進或遠離的事。那些我們需要好好思考，才會明白下一步該怎麼做的事。雨燕是我對共同體的寓言，雨燕教導我們如何做出最佳決定，面對惡劣天候來襲，面對烏雲堆築如陰森的瓦礫，在我們自己的地平線盡頭。

22 無畏禁錮

夏天有一個奇幻的物種，我年年都會去探訪。牠小而凶悍，而且堅持煥發美麗。想看到牠，最佳機會是在六到七月炎熱的夜晚。今晚，我來到我的大學城郊外一座廢棄的白堊礦場尋找牠。這個地方是一片詭異的月世界景觀，四周圍著蒼白的岩壁高聳，東一塊、西一塊裸禿的地面，有如白骨遍野的雪原。這裡也是自然保護區，蘊含盎然生機——月西風芹這種植物，在全英國只生長於三個地方，這裡便是其一。長角蛾的顏色像斑駁的金絲絨，點綴在淡色的藍盆花上；野兔在一叢叢三葉草、黃花苜蓿、百里香間吃草。黃昏時分，半空中滿是木頭色的大甲蟲，頭上的觸角宛如腳踏車龍頭，腿上長有倒鉤，飛起來左搖右晃、飄忽不定。那些是金龜子。我感覺頭髮不停被東西小力拉扯，是金龜子纏在我的髮絲上，我不耐煩地用手指把牠們梳掉，牠們不是我來這裡尋找的對象。我等待的是別的生物，現在時候也差不多了。懷著小小的興奮期待，我看著天光急速變暗，到了大約十點鐘，最後一絲皓白微光也從岩壁上消失，被微弱的星光和一層蟲蛀似的柔軟黑暗給取代。這時候，奇景便上演了。

二十英尺外，眨眼間出現一個濃烈的光點。快看，那裡也有一個，這裡又有一個：點點細小的冷焰，投映在地面上形成一片稀疏星空。我走向其中一個光點，蹲下來細瞧這個彷彿自異界來訪的光輝。光源出自牠的尾部末端，牠的身體小而瘦長，有鞘翅目甲蟲的外形，但沒有翅膀，爪子攀附草莖，腹部懸空左右擺動。包括牠，和我周圍的光點，都是大螢火蟲，學名為*Lampyris noctiluca*，是既莊嚴又荒誕的一種生物，半是遙遠星系在塵世的化身，半是扭動屁股的渺小甲蟲。

大螢火蟲只有雌蟲能如此發光。牠們無法進食，無法喝水，也不能飛行，白天終日隱身在草枝之間或落葉堆下，待夜幕降臨，光通量驟降至約零點一流明，牠們才會悄悄現身，爬上植物的莖，發出亮光，吸引體型更小但有翅膀的雄蟲。交配後，雌蟲便會熄滅亮光，產下五十到一百五十個隱隱發光的小圓卵，然後死去。成蟲的生命短暫而光燦——但在長達兩年的幼蟲期，牠們是恐怖黑暗的生物，利用喙管將神經毒素注入蝸牛體內，癱瘓並溶解蝸牛的身體，再像喝湯似的吸食精光。

我蹲在這隻大螢火蟲旁，痴迷於牠的螢光。這樣一場夏夜奇遇，感覺更像是魔法的效果，而非化學作用，儘管我知道雌蟲的光是一種稱為螢光素（luciferin）的化合物，在有ATP（三磷酸腺苷）、氧和鎂的情況下，受螢光素酶（luciferase）催化反應產生的結果。

螢火蟲冷發光的確切機制，從很久以前就令自然哲學家百思不得其解。十七世紀，羅伯特．波以耳（Robert Boyle）發現螢火蟲如果被置於真空環境，螢光就會熄滅——他又進一步聯想到，他用於實驗的螢火蟲被關在玻璃箱內依然發光，那光就像「某些真理」，「無畏禁錮」、依然大放光彩。十九世紀初，約翰．墨瑞（John Murray）對夏羅普郡的螢火蟲進行一連串費力的實驗。他將螢火蟲發光的部位，分別放進加熱至不同溫度的水中，或放進酸液、石腦油、食用油或酯劑中。這些實驗乍聽有點可怕，他寫下的實驗紀錄也幾乎和研究對象一般魔幻。其中一個樣本被懸吊在橄欖油裡，仍持續發光好幾個晚上。「從十英尺開外看去，牠閃閃發光，儼如固定不動的星子。」墨瑞寫道，同時他的「眼睛從容而平靜地觀察這美麗的現象。」描寫螢火蟲很難不借助星星和燈火的譬喻；螢火蟲獨特的光芒，也廣見於無數的文學作品。牠們在《哈姆雷特》是「徒勞之火」所化的生物；在詩人馬維爾（Andrew Marvell）的《收割螢火蟲》（*The Mower to the Glow-Worms*）詩中，是「有生命的燈火」，是有禮貌的野獸，指引漂泊之人安然返家。

大螢火蟲性喜棲息在白堊石灰岩地形，在舊鐵道和路堤、墓園、灌木樹籬和花園裡都找得到牠們。但是誰也不知道全英國究竟有多少隻；大螢火蟲經常兀自存在而無人察覺，因為車頭燈和手電筒都能輕易蓋過螢光。但可以確定的是，大螢火蟲正遭受棲地退化和都市開發的威脅——雄蟲禁不住亮光吸引，飛向路燈和燈火通明的窗戶。礦場這個群落能夠生存，部分也是因為採石場的岩壁擋住了周圍城鎮的鈉輝光。由於雌蟲不會飛，群體遷徙困難，大螢火蟲群落往往嚴重老化，也因此容易滅絕。但只要是人們知道有螢火蟲的地方，當地的螢火蟲群落通常可望受到熱情的保護。夜間賞螢健行活動在全國多處都是廣受喜愛的夏夜傳統：地方專家會率領民眾探訪大自然的燈光秀，連飲料和點心也不忘準備。

我們活在一個分心的世界，發光的螢幕數之不盡，可即便如此，這些閃閃發亮的小小明燈依然保有魅力，吸引人們群湧而至，靜立原地發出驚嘆。在這個生態浩劫的時代，在電視上或影片裡比在現實中還容易見到大自然，想找到方法重建人與自然世界的連結，實為難事。這些閃亮的明燈能吸引人群靜立驚嘆，最大的魔法在於，就算用影片拍攝下來，也捕捉不了現場感受到的意義。螢火蟲是逐漸消失於我們眼前的鄉野的一部分；正如馬維爾的形容，牠們是有生命的燈火，依舊有能力指引迷惘漂泊之人回家。

23 太陽鳥與羊毛團

我只見過牠們一次，當時並不知道，那也是最後一次。我以為牠們會永遠存在，就像泛美航空或蘇維埃聯邦，以及世界上許許多多在我出生時尚且存在的事物。那一天，我起了個大早出門，太陽還在層雲間朦朧放光。我開車往西北方行駛，直到遙遠地平線上如糖漿般的形狀冉冉浮現。看上去像建築物，如停機棚或倉庫，但其實是一片挺立的白楊木林，是安全火柴製造商布萊恩與梅（*Bryant & May*）於一九五〇年代種植的人造林。拋棄式塑膠打火機和便宜的進口木材，將人工林化為經濟史的舊文物。但這片人造林別受賞鳥人士的青睞，因為這裡是國內唯一能見到金黃鸝繁殖之處。這是傳說般的一種鳥。多年來我閱讀過許多文獻。據說牠們美得耀眼奪目——雄鳥有毛茛花似的鮮黃羽色、烏亮的黑色翅膀和莓紅色的嘴喙，雌鳥則是柔和的橄欖綠色。但金黃鸝的魅力更多來自於其稀有罕見。英國以外的居民，或許經常能見到黃鸝。牠們在美國數量眾多，而金黃鸝在古北界各國也是常見的花園鳥類。可是在英國，就只有這一處小小的據點。

我和嚮導約好在入口大門旁碰面。我沒見過他，但錯不了的，那個頭戴毛線帽，手上拿著望遠鏡朝我揮手的男人應該就是他。彼得是我一個朋友的朋友，也是金黃鸝的專家。聊開了才知道，原來他早就到了，一整晚睡在車上等待天亮。他說我很可惜，錯過了清晨時分鸕鶿在蘆葦叢中的嗚嗚低鳴。那是很奇特的叫聲，彷彿有人對著深寬口瓶的瓶口吹氣。不過還好，他接著說，黃鸝還在唱歌。我們沿著露水浸潤的小徑走向樹林，這時我也聽到了。笛音般清脆、圓潤、優美的樂句自遠方傳來，穿透樹葉的搖曳窸窣，穿透蘆葦鶯的嘈雜鳴叫，似從想像不到的極遠之處悠悠飄來。我忽有所感，那個地方可能是過去，這些鳥兒吟詠的可能是歷史。中世紀詩人喬叟筆下出現過一種名為「Wodewale」的鳥，後世諸多專家判斷指的可能是指啄木鳥、林百靈，或是黃鸝。我自己相信是後者，因為那個名字發音那麼的美，那麼像是黃鸝的歌聲：Wo-de-wal-e，Wo-de-wal-e，明快的短句像泥金裝飾手抄本鍍金框飾的斷口，隨紙頁收捲而向上微微捲起。

聽見黃鸝很容易，但想看見本尊可就不一定了。白楊木人造林有點像一座放大後的桌上紙板劇場的布景，倘若凝神細看，目光就會被拉向各種幌子和陷阱。一排又一排等高也等粗的灰柱樹幹，整齊地向後行軍，直到化成黑點、消失在朦朧的遠方，而且由於白楊木長到相當的高度才會岔出樹枝，樹與樹之間葉蔭相接，形成半圓的拱頂，看上去既像鏡框式舞台，又像大教堂的飛扶壁。而且，林間也**很吵**，沙沙摩娑和嘩啦翻騰的聲音幾乎連續不斷。白楊木心形的葉子排列成小拳頭般長而柔韌的葉柄，讓葉子像旗幟一樣，就算遇上至微至弱的風也會彎曲翻飛。看上去就像撕碎的紙片構成了這整座森林，而黃鸝就藏匿在樹葉間某處。牠們鳴叫，移動。唱了幾個音，又叫著飛入遠處看不見的某棵樹，然後再度鳴叫，發出不同的叫聲，像貓發出的**嘶嘶**尖音；又移動了，又叫了，又唱了幾個音，然後又移動一次，最後停留在林冠的高處。過了一陣子我忍不住想，牠們是不是能拋下聲音，自個兒飛走。我們手舉望遠鏡，在那裡站了好久好久，仰著的脖子愈來愈痠，終究還是沒有看見黃鸝。開車回家的路上，我牢牢記著牠們的歌聲，像把小石子攥在掌心。這一個上午在白楊樹林裡並未令我失望。不過，我知道我有必要回來再試一次。

那是十三年前、二〇〇六年的事了，英國小小的金黃鸝族群未久就在眨眼之間蕩然無存。當時，這一處邊遠據點出現也才短短四十年。墾荒的第一代於一九六〇年代從荷蘭渡來，牠們原本在荷蘭也跟來到這裡一樣，築巢在圍海圩田區的樹上。想必是飛越北海以後，發現身處的地方就像老家，於是悄悄地興旺起來。到了一九八〇年代，這裡大約有三十對金黃鸝，但也已經有人開始擔心牠們的未來，因為區域內最茂密的白楊樹林，許多都已被列入砍伐計畫。熱心民眾號召集結，組成團體，研究、調查並協助保育這些鳥兒，其他地方也種下新的白楊木林帶，盼望有助於未來的族群遷徙。但最大區塊的樹林終究還是被伐平了，黃鸝的數量因此銳減。就在同時，黃鸝族群在荷蘭、丹麥、芬蘭等北方棲地，數量也不約而同開始下滑。原因可能是黃鸝過冬的目的地剛果，環境發生劇變所致，也可能是因為歐洲的春天逐漸提早，導致黃鸝習慣捕食的昆蟲湧現的時間，搭不上親鳥育雛最需要食物的時間。在英國，後果來得很快。我走訪白楊林的三年後，林裡只剩下一個巢，此後便再也沒有英國孕育的黃鸝。牠們到此匆匆一遊，在小小一段經濟史裡活過，在乾薄如紙的樹枝上留下一抹金黃，讓沼地因其歌聲幽幽放光。我們從沒把這些鳥兒想成移民，這不是消失的殖民地。這些鳥兒在我們眼中是復歸故土的原住民，我們珍惜牠們在這個時代留下的據點。

我在初訪的一星期後又來了一趟。抵達時太陽尚未升起，天空幽暗、濕熱，雷聲隆隆。這裡幾年前畫立為鳥類保護區，白楊木林周圍的蘿蔔田都引水淹沒，改種上蘆葦。我走路去跟彼得會合，途中便須穿過這些蘆葦，經過一片片深不可測的水窪，平坦的水面覆著一層乳白色的花粉，小青蛙爭相從我腳邊竄出，長草間，頓時有數十來隻袖珍的兩棲動物倉皇奔逃。蘆葦叢美歸美，卻是暗藏凶機之地。不同於沙漠或開放水域，蘆葦叢似乎不會對行走其上的人類造成生命危險，只有行走這件事本身例外。沙漠可以一步一步徒步穿越。水域完全不能行走。可是蘆葦叢，誰知道呢？蘆葦莖長滿尖刺卻又柔軟易折，在某些地方，例如多瑙河三角洲，蘆葦叢還會纏結成小島，像一艘草編的方舟載著腐物和生命在水上航行。它們是纖巧、奇特，隱約透露出危險的地方。千萬別低估不確定腳下地面是否堅實，對人類心理會造成多古怪的影響。如果對當地環境缺少專業知識，蘆葦叢也能像山一樣險峻而致命。

正在眺望蘆葦叢時，我忽然聽見嗶攸一聲，隨即看到四、五隻長尾巴的小鳥，在一串短促的嘰啾連音中飛掠過水面，然後就停在我正前方的蘆葦上，腳抓蘆葦桿，活像一團團球形毛刺。牠們是文鬚雀，徹底倚賴蘆葦為生的一種鳥類。成鳥一年會育養兩窩雛鳥，我看到的就是一窩剛離巢不久、還在蘆葦叢中嬉鬧玩耍的亞成鳥。成年的雄文鬚雀相貌堂堂，別具風采，頭戴灰斗篷，臉上掛著兩撇長長的黑鬍鬚。但眼前這一群青少年尚未換上成年的外衣，全身柔滑，是小鹿似的淡黃褐色，像是用名貴的羊絨毛捏成的團子，卻戴上了黑絲絨的晚禮服長手套。蠟黃的小鳥喙，有如防風防水火柴的尖頭；彷彿拇指隨意塗抹的煤灰色眼影間，是古靈精怪的白眼睛，隨著牠們在蘆葦間攀飛而微妙地反光。牠們的動作看得人渾然忘我。這種鳥專為垂直的世界所生。兩腿很長，像黑曜石烏黑發亮，還有一雙卡通般的大鳥腳。我一時忘了黃鸝，呆立在原地，看著這些小羊毛團在蘆葦叢間竄上跳下，尤其驚喜的是，不時有小鳥一個躍步，從一根蘆葦桿跨上第二根，兩腳各抓住一根莖，騰空劈腿坐下，喜孜孜地從垂掛在旁的蘆葦寬葉挑揀著種籽吃。

彼得這一次有備而來，他在堤岸架起了單筒望遠鏡，而且已經調校好焦距，對準了鳥巢。鳥巢依附在樹上的樣子，就像扁扁的蝶形錦斑蛾平貼在草莖上。巢的形狀像是半顆椰子殼造型的吊床，用細草精心編成，懸掛在兩根柔韌的樹枝之間，離地六十英尺，與我過去見過的鳥巢都不一樣，儘管我費了好一陣子，一直看不見鳥巢在哪裡。透過望遠鏡，環境光弱得不足以顯現景深和景物的形狀，但隨著太陽升起，我所看見的漸漸像一幅幻視圖（Magic Eye）。望遠鏡筒的圓圈裡，有一千個角度的葉莖葉片和不同遠近的細碎陰影，每一根筆直的葉莖或樹幹又因風吹拂而忽隱忽現。看著這一團混沌，我忽然覺得有些暈船，但就在下一個瞬間，就像立體圖中忽然顯露一隻線條不那麼銳利的立體恐龍一般魔幻，偏離圓圈中心的渾濁色塊顯現了一個鳥巢。

神奇的瞬間一發生，我立刻緊張得聚精會神，深怕鳥巢又從視線中消失。我有近視，稍微對不上望遠鏡的焦距，所以需要費勁瞇起眼睛，我看見的東西才不會又化入蕪雜之中。我好希望看見親鳥跳上鳥巢，好讓我確認巢是真的，或是張著嘴巴嗷嗷待哺的雛鳥從巢沿探出頭，拍打新長出的棕色翅羽。但什麼也沒發生。

巢內如果有雛鳥，這個時節差不多也要離巢了，但巢內怎麼不見動靜？早晨這個時間點，小鳥應該活動力旺盛才對呀？我投降放棄，連同我的疑慮一同把望遠鏡交還給彼得，然後脫下外套鋪在草地上坐下。我們的心情逐漸黯淡下來，先是懷疑，繼而相信，最後更確定了，這個巢裡沒有半隻鳥。由於前一天風特別大，我們猜想雛鳥會不會落巢了，一想到這裡，我們毫無疑問有必要走進林子查看，雛鳥說不定就在樹下。

我拱肩穿回外套。樹林至少有五英尺深，是叢生帶刺的蕁麻。我在蕁麻叢中觀鳥、健行、放鷹過不下數次，我知道要想通過團團圍繞的蕁麻草叢，正確方式就是穿上夠厚的衣服，然後盡可能不要咒罵它們。咬緊牙根，涉水通過。就像渡越紅海的奇蹟——只要懷抱信心，它們就有可能在你眼前自動分開，不傷你一根寒毛。但我並不習慣對付長在沼澤上的蕁麻叢。我們踏過濕軟黑泥上末端發白的藺草，穿過好幾片積水處，地面濕爛到寸草不生，只有一層類似泥炭的東西。多數時候，我們走在蕁麻叢間，亂麻交織，草莖糾結，我們奮力通過的同時，其實也不太清楚底下究竟藏著什麼。這裡的白楊木枝椏很低，從蕁麻刺叢頂端到白楊枝葉編就的屋頂之間，只騰出一條窄小的拱道可供我們前進。行走其間，感覺就像在河洞探險，我們不自覺仰頭抬起下巴，在水面到岩頂之間四十多公分的空隙中呼吸。空間幽閉又擁擠，植物黝暗濃密，感覺不像置身於英格蘭，而是某個遙遠一隅，可能是美國中南部的沼澤，比如路易斯安納州。蚊子降落在我們身上，成群出動的大瘧蚊，細碎斑紋和細長吻管意圖不軌地襲向我們的臉。我們在巢樹前停下，仔細撥弄樹下的草叢，除了蕁麻之外什麼也沒有。我一隻接一隻把蚊子搧走，回過神才發現雙手滿是血跡。

這時，我們聽見一隻黃鸝。不是仙界下凡的歌聲，而是一連串短促尖厲的叫聲。接著，很柔很輕地，從霧氣氤氳的薄葉間，傳出一聲柔柔的「嗚、嗚、嗚」與之應和——那是雛鳥呼喚親鳥的叫聲。悠揚盤繞的笛聲隨即傳來，一隻親鳥風也似的憑空飛來哺餵雛鳥。我就是在這個時候看見他的。終於，我看到我的黃鸝。是一隻金黃明豔的雄鳥。我的喜悅五味雜陳，因為我只看見遮擋下片片段段的他，像一隻鳥的好幾片小拼圖，不過卻是會動的拼圖，宛如妙透鏡播放的動畫影像。隔著樹葉的簾幕，瞥見一點翅膀，看見一撮尾羽，然後又再驚鴻一瞥——這回只看見他的頭。我目瞪口呆。我不曾想過黃鸝在每一口餵食之間，會以這麼恣意歡快的樣子躍向空中，每一口餵食都是決定未來的重要時刻；我也沒想過，沿著他張開的尾羽邊緣，原來有小小的圓點閃耀如繁星。很難想像，透過望遠鏡看到的這種種畫面中，他從頭到尾只是一臂之外的一片指甲大小。但我隨即又想到，一臂之外一片指甲的大小，不也正是人眼所見的太陽大小。

24 賞鳥基地

我從來不怎麼在乎天鵝，直到那一天，有一隻天鵝當面指正我錯了。當時是冬天，一個多雲的早晨，我還在為一段心碎的感情傷懷。我坐在耶穌鎖人行天橋旁的水泥台階上，呆望著康河，感覺周圍的世界和我的心情一樣灰濛冰冷。這時，一隻雌疣鼻天鵝挺起身子走上岸邊，踏著她那雙內八帶蹼的皮革腳掌，邁出結實的黑色短腿，歪歪扭扭向我走來。我以為她想來討食物。**天鵝用力一揮翅膀，就能打斷人的手臂**。我想起不知道是誰說過這句話，小時候聽到的警告烙印在腦海裡，引起長大後戰鬥或逃跑的緊張反應。我很想起身走開，但又覺得好累好累。

我看著她，她又彎又長的脖子、黑黑的眼珠，她面無表情的倨傲神態。我以為她會停下來，結果沒有。她直直走向台階上我坐的地方，頭一時間比我還高。接著她轉過身面向河水，重心往左一歪，一屁股坐了下來，身體與我平行，距離近到翅膀的羽毛就貼著我的大腿。以後別再相信誰形容天鵝是輕盈飄逸的生物。坐在我身旁的這隻動物，根本是一頭大狗的體型。這下子我驚訝到全忘了要緊張。我不知道現在該怎麼辦。我一面不知所措，一面努力設想跨物種之間正確的社交禮儀。她看了我幾眼，好像不怎麼感興趣，接著彎起脖子往後一仰，把頭塞進拱起的翅膀底下，一下子便睡著了。

我們一起在那裡坐了十分鐘，直到一對父母帶著孩子路過，還在學走路的小娃兒一看到天鵝就直直走過來。她見狀立刻滑回水裡，往上游游開了。看著她離開，我心裡突地動了一下，忍不住流下淚來，事後我明白那股情緒是感激。天鵝在那一天為我化為真實的生物，也從此激勵我再去尋找其他天鵝。

冬天裡，我最喜歡觀賞天鵝的地點是韋爾尼水鳥與濕地信託保護區。保護區位於奧斯濕地（Ouse Washes），屬於東盎格魯沼澤區（East Anglian Fens）境內高度工程化的濕地景觀。這裡的賞鳥站可不是一般那種搖搖欲墜的木屋。這裡不只開著暖氣，鋪了地毯，甚至陳設了一個玻璃櫃展示剝製的天鵝標本。標本經歲月洗禮，像菸漬一樣微微泛黃，看起來反而就像戶外還活著的天鵝，跟有些燻醃魚神似活的鯡魚是一樣的道理。

與我同在賞鳥站裡的民眾也和平常大不相同。有幾個貌似狼人的鬍鬚大漢帶著精良的單筒望遠鏡，他們是自然保護區很常見的一種人。但賞鳥站裡也有幾位上了年紀的女士，豐腴到令人過目難忘，抵在眼前的望遠鏡樣式也非常古舊，說是歌劇望遠鏡亦不為過。有個坐輪椅的女子一面滑下顛簸的斜坡往門口去，一面歡快地哼著歌。有哥德風打扮的青少年，有蹣跚學步的小小孩，也有成雙成對的情侶或夫婦，二十歲、六十歲、八十歲都有，還有個小嬰兒穿著粉紅色褲襪和滿是亮片的上衣。除了小嬰兒看著哥德族發楞，所有人都望著全景平板玻璃窗，窗外是一片開闊的水面，偶有小小浮島和點點虛線破壞光滑的水面，那是被水淹沒的野草莖和睡覺時聚成一團的黑尾鷸。外面四處不見一點陰影，只有陣陣漣漪在好幾英里的淺水灘上互相追逐，留下流動的線條。隨著天光漸暗，遠方的樹林、電纜鐵塔、風力發電機組等構造，也像船起了錨，在地平線上載浮載沉。近處，柳樹凍結不動，像結在玻璃上的冰霜。湖面光亮如水銀，舉目所及，星星點點起碼有上千隻水鳥：移動的小黑點是綠頭鴨、赤頸鴨、紅頭潛鴨——至於那些袖珍冰山，就是天鵝了。

每到冬天，這裡就會出現一座湖泊，大小與蘇格蘭的洛蒙湖相近，到了春天又會乾涸成一片濕草場。早年，這裡以野鳥觀察和冬季滑冰聞名，後來逐漸成為天鵝慣例過冬的場所。數千隻天鵝來到此地，享用秋收後殘留在田裡的馬鈴薯、甜菜和冬麥。這些並不是都市公園和城鎮湖泊常見的疣鼻天鵝，跟那一天走到我身旁宣告其存在的天鵝不是同一種。牠們是黃嘴天鵝和小天鵝，是在冰島和西伯利亞的北極圈內繁衍後代的鳥種，與疣鼻天鵝截然不同。

黃嘴天鵝飛越北大西洋來到這裡，飛在約兩萬英尺的高度，穿越氧氣稀薄的冷冽空氣，一路連續飛行十二小時不曾停歇。牠們是體型高大，令人震撼的生物。但水鳥與濕地信託的管理專員尚恩，偏愛的是這裡體型較小的小天鵝。他在傍晚餵食前，進到賞鳥站來問候大家。尚恩多少也算是個飼養員。夏天照顧在濕地吃草的牛隻，冬天草場被水淹沒後就改而照顧天鵝。「黃斑從鳥喙一直向上延伸到眼周，」他語氣恭敬地描述他的小天鵝：「就像畫了黃色眼線。真的是很漂亮的鳥兒。」

賞鳥站內的天鵝標本櫃旁，立著一尊英國水鳥與濕地信託創辦人，彼得．史考特爵士（Sir Peter Scott）的半身銅像。他也很熱愛小天鵝。五十年前，他注意到每隻天鵝嘴喙上黃黑斑塊的圖案都不一樣。驚奇之餘，他開始為牠們取名字，並且為每一隻天鵝繪製小小的臉部辨識肖像畫。久而久之這些肖像畫累積成為「戶口名簿」，這份由個別天鵝組成的圖像目錄，傳承至今仍持續新增。即使到現在，水鳥與濕地信託的研究人員仍仰賴外觀來記憶每一隻鳥，而史考特當初對個別天鵝及其家族譜系所做的追蹤紀錄，如今也成為全世界為期最長的一項野生動物研究。配合現代的無線電追蹤和上環研究，該研究產出的數據對天鵝保育具有重大影響。目前黃嘴天鵝的族群數量健康，小天鵝卻不然：氣候變遷和棲地環境變化，可能是牠們數量驟減的主因。

我小時候，覺得小天鵝既陌生又魔幻，因為牠們從蘇聯飛來過冬，就這樣飛越鐵幕卻絲毫不覺有異。我常常在想，是什麼原因讓彼得．史考特對天鵝情有獨鍾。他既是海軍退役軍官、探險家之子，又是優秀的滑翔機飛行員，在他眼中，黃嘴天鵝英勇飛越北海，勢必別有魅力。但我也忍不住想像，他會不會是受到英格蘭保守主義的某個分支影響，才格外希望賦予小天鵝個性，將牠們視為一個個家族，而不只是遷徙途中聚集的鳥群，然後在小天鵝來年春天返回蘇聯以前，追溯牠們的家族譜系，為牠們取了賭場、荷官、蘭斯洛、簡愛、維多利亞等名號。科學是如此容易涉入政治，天鵝乘風拍騰的翅膀也在無意間捲入了冷戰局勢。

戶外的泛光燈打開了，水面泛起陣陣波紋。現場在期待中安靜下來。尚恩走出賞鳥站，推著一輛獨輪推車重新出現在湖岸，舀起穀物一勺勺灑向湖中。我們圍向窗邊。只見腳下湧來的一大群冬野鳥吃得可起勁了：赤頸鴨、綠頭鴨，還有數十來隻黃嘴天鵝和小天鵝，昂著雪白的頸子，翅翼蓬鬆宛若朵朵白雲。這些全都是野鳥，可是牠們現在在這裡，濕地被燈光照亮，好比倫敦西區的劇院，而牠們溫順得像農場裡的鴨子，埋頭在舞台中央進食。整個觀賞經驗很是愉快，只是摻雜了一般人日常對於何謂野生動物、何謂荒野的見解。

我總覺得少了什麼。我所追尋的是劍橋那隻天鵝帶給我的悸動，而那種感覺不在這裡，不過我隱約曉得去哪裡可以找到。我走出賞鳥站，走向隔壁的舊木屋，拉開窄窗，讓外頭的音景流入屋內。上千隻極地天鵝聽起來是什麼聲音？像一支業餘銅管樂隊在停機棚內調音。我心情一振。每隔幾秒就傳來新的一陣鐘響。天鵝以家族為單位結成小群，正要回窩休息，無數剪影從賞鳥站上空飛過，降落到漆黑的水面。這些美麗的候鳥，在夜色中互相叫喚，有的臉上染了黃斑，有的沾上馬鈴薯田的黑泥，降落時都張大寬寬的蹼掌剎車。牠們降落、鳴叫、拍翅、嘰喳爭吵、低頭探入水底、歪頭理羽、大口喝水。這才是我來的目的。我們觀看自然世界時，不可能不在其中看見自身的一些念想。從前，在那個冬日河畔，一隻天鵝走向我，在我以為自己只能感受孤獨之際，給了我奇妙的陪伴。而今，在這個政治本土主義興起的年代，看著這些來自北極圈的天鵝，讓我備感安慰的是，牠們來到這裡顯然也安適自在，像是回到了另一個家。

25 威肯沼澤

好久之前的事了。那一天早晨起了霧，我帶著我弟弟和年紀還很小的姪女，在英國最古老的自然保護區內散步。威肯沼澤是一個消失的沼地生態系殘存的一小部分。曾經，這個沼地生態系在英格蘭東部的覆蓋面積約有兩千五百平方英里。我們花了兩個小時探索草原與莎草叢拼貼的風景，漫步在被灌木陰影和水潭畫分的濕田之間。時值春天，到處洋溢著生機：夜鶯鳴唱，田鷸發出咩咩叫聲、振翅飛向空中，杜鵑鳥在楊柳枝頭東張西望，西方秧雞在蘆葦叢間或嘀咕或尖叫。就在我們橫渡沼澤內一條古老的水道時，一隻倉鴞輕飄飄地從我們身旁飛過，飛蛾般的翅膀在飄揚著微粒的霧中閃爍發光；在我們腳邊，草紋枯葉蛾的毛毛蟲小步小步穿越小徑，活像一撮小鬍子小心翼翼地移動。我們蹲下來觀察毛毛蟲前進。沒多久，我的小姪女便轉過頭來，好奇問道：「海倫姑姑，他們造這個地方的時候，是從哪裡帶動物來的啊？」

我起初沒聽懂。

「什麼意思呢？」

「這裡有好多動物。是從動物園帶來的嗎？」

這下子我總算懂了，她的直覺非常合理，因為我的小姪女所認知的鄉村，絕大部分是一片綠色沙漠。

「這些動物一直都住在這裡唷。」我溫柔地說：「以前鄉下都和這裡一樣。只是現在只剩下這裡一小塊了。」她聽了皺起眉頭，看得我都心碎了。

很多年了，我不時就會來威肯沼澤走走，深受這裡的奇異之美誘惑。今日我又重遊舊地，走在小徑上，蒼白的雲朵當頭飄過，小姪女當初合情合理的疑惑猶然縈繞在我腦海，她無法理解出現在這裡的生命曾經到處可見。畢竟若非如此，我們也不必特地到這裡來。在自然保護區，我們得以經歷過去——英國環保運動家麥克斯・尼可森（Max Nicholson）曾經形容這些地方是活的戶外博物館。沼澤地景是不安定的場所，水是水、陸是陸的熟悉分類，在這裡令人錯愕得混淆不清，時間上也予人不安定的感受，年代層層相疊的感覺十分強烈。行走其間如同一趟虛擬的時空之旅。

我想起這些沼地在十一世紀的豐饒生態，魚類和野鳥豐沃得驚人，地方居民甚至可以拿有著「魚銀」（fish-silver）之稱的鰻魚來償還債務。撒克遜督軍也常隱身沼澤，躲避諾曼入侵者。我想到十七世紀以沼地為家的村民，砍下莎草和蘆葦來修葺屋頂，挖掘泥煤當作家用燃料。十九世紀，自然學者湧向威肯沼澤尋找昆蟲。不知有多少人入夜後提著油燈想吸引蛾類，卻也引來抱怨，說沼地彷彿被街燈照得通明。從威肯沼澤伐下的蘆葦，以船運到劍橋供應大學所需的燃料，達爾文在這些蘆葦桿上採集到罕見的甲蟲；業餘昆蟲學者把塗了糖的柳枝插在地上，希望用甜味吸引飛蛾，沒想到柳枝日久生根，長成今日廣大的柳林。我在小徑轉角路過一棵剛倒下不久的柳樹，樹幹的裂縫中依稀可見蜂類的舊巢。當年在沼澤種下這棵柳樹的訪客，與大自然的關係和我姪女的體驗大為不同。對訪客來說，自然是可以收集、操作、記錄之物。對姪女來說，自然是跟我們區隔開來的處所，只能遠遠地敬畏、觀察。

想像在這樣的地方可以神遊過去，不失為樂事一樁。但是感受此種樂趣也免不了有附帶的後果。一旦生態豐富的自然棲地，在你眼中開始跟我們身處的環境有了時空上的區隔，那麼現代景觀裡就算缺少野生動植物，你也會覺得稀鬆平常，無啥好奇怪的。既然不遠之外就有自然保護區了，何必呼籲農家減少使用殺蟲劑，又何必阻擋市郊的住宅開發呢？走訪活的博物館固然令人欣慰，問題是，它們不可能真的永遠與現世隔絕。以美國加州的麥克勞河保留區（McCloud River Preserve）為例，保留區外的水壩工程仍導致河中原生的強壯紅點鮭滅絕。又如澳洲新南威爾斯的炭池自然保護區（Charcoal Tank Nature Reserve），許多物種仍因棲地退化或遭狐狸和貓掠食終至消失。這些物種一旦消失，幾乎不可能再於原地復育，因為小小的保護區如今就像一座孤島，獨自坐落在一片貧瘠棲地的汪洋之中。

此處圍繞著我的野生動物與植被，不是其他時空凍結留下的遺跡，而是擁有自己歷史的活物，會順應環境條件不斷移動變化，而且有能力重返我們以為已然見不到它們的地方。人類數百年來的活動形塑著這片沼澤，既中斷了她生態演替的自然過程，卻又維持了她纖細複雜的生命。近二十年來，威肯沼澤的託管單位展開雄心勃勃的百年大計，打算將周圍約一萬三千英畝的土地慢慢復原成過往的濕地狀態，逐步擴大保護區的範圍。這項計畫已經開始倒轉時間：走訪此地的這幾年，我看到許多農地漸漸回復成濕地和草原。只是時間也同時在往前快轉。如今有成群的高地牛和波蘭原種馬生活在沼地中，牛馬啃食植物被視作一項管理手段，用意是要讓整片土地隨著時間自然發展。要詳細預測這個恢復野生景觀的過程會如何進展是不可能的，但與我們區隔開來是計畫成立的必要條件。沼地曾經受到的密集在地人為干預，不會重現。恢復野生後的地景，將是一個僅供人遊覽的地方，而不是人們生活工作的地方。

在莎草沼澤，蘆葦高牆之間的小徑愈走愈窄，路面浸在茶色的水中，在我腳邊倒映出片片天空，靴子每踏一步，地面就會輕輕晃動。待我一腳陷入深及小腿的黑泥裡，再不情願也只能回頭了。像這樣的地方，違抗了現代以為一切都看得見、哪裡都可抵達的認知。

多年前我第一次來到這裡，除了覺得氣餒，有時甚至感到無聊。蘆葦叢是一片廣袤又穿透不了的平坦植被，在風中如大海一般波浪起伏。如海一般，我看不穿，也走不進。也如海一般，在肉眼看不見的地方充滿了生命：鷺、鷸鷲、斑胸秧雞、水獺、水鼩，還有排點木蠹蛾一類的沼地昆蟲。

偶爾有渠道和石窪劃穿蘆葦，像摩天大樓之間的街道，我一開始習慣盯著這些地方，等待動物現身。後來我明白我錯了。我學會不再非要看見。我學會聆聽，學會調整至周圍聲響的頻率，讓聲音引導我的眼睛。我會聽見最細微的吱嘎聲、水花聲或鳴叫聲，再用視線鎖定那個點。有可能在那裡坐上十來分鐘，什麼也沒看見，但有時的確會有東西出現，多半只能驚鴻一瞥。蘆葦桿間閃過一抹棕色，可能是一隻蘆葦鶯，或水蒲葦鶯，或寬尾樹鶯。那細碎的咯吱聲響，可能是小水鴨在蘆葦遮蔽的水潭中覓食。一陣微乎其微的晃動從蘆葦叢間緩緩通過，可能是一隻水獺、鸕鷲或是一條蛇。

威肯沼澤讓我明白，即使我知道哪些動物棲息在這裡，我也不一定能看見牠們。不僅如此，知道動物在哪裡，卻不知道**是什麼**動物，有時還更勝於實際看見。我學會用局部特徵來辨認鳥類，可以是片段的色彩，也可以是透過樹叢瞥見的輪廓：眉部的紋帶、翅膀的橫槓、上翹的尾羽。我透過一長串短促、片段的相遇，逐漸認識了這個地方的居民，而我所觀察的動物，特徵也一次比一次更加清晰，而且沒有一次長得像圖鑑裡的平面畫像。

威肯沼澤確實讓我走訪了過去，只不過不是撒克遜督軍的過去，也不是維多利亞時代自然學者的過去，更不是想像中、荒野未曾被玷染的過去。那是一種觀察動物的舊有方法，與今人通常透過望遠鏡、躲在鳥棚和鳥帳後，或是收看電視上的特寫鏡頭等方式截然不同。這一點也不像走訪動物園或活的博物館。這種觀看野生動物方式的難度與謎團重重，也使環境景觀赫然成為其中棲息的生物與生固有的一部分，是存在當下的事物——迷人、複雜，而且永遠新鮮。

26 雷雨

那個夏日傍晚，我開車行駛在倫敦外環高速公路上，赫然發現車子正朝著希斯洛上空一道寬寬的、被雷雨照亮的彩虹前進。天空殷紅、濃雲密布，即使車子快達時速七十英里，車身仍被風拉扯著，從高速公路的高架路段飛馳而過。空氣被捲上數千呎高空雲層盛放的頂點，留下的空缺，便由這股衝向風暴的氣流填補。我看不見風把雷雨雲的白頂推往哪個方向，但我看到空中有無數的小十字架，那些是跨大西洋航線的噴射客機，正繞著雷雨雲外圍修正路線，應是有些害怕。一片肅殺的大氣之中，不時掠過陣陣閃電，偶爾可瞥見小片澄清的天空，像是一汪汪碧綠潭水。透過其中一池藍天，我看到一群長尾鸚鵡快速地一直線飛過，振翅迅捷有力，尾羽筆直地流瀉在身後。歷史持續流動，但從短短幾秒中截下的這一瞬間，在我的腦海裡永遠鮮明。

夏季的天氣在我看來，多半只是一些印象模糊的情境背景：陽光炙曬的草坪、海邊霧濛的清晨、雨中的城市街道。我最鮮明的夏日回憶反而都離不了雷雨。一九八〇年代初，乘船遊肯尼特和雅芳運河的那個午後，我平生第一次聽見夜鶯啼鳴，那時天空灰濛，閃電一觸即發，遠方的雷聲步步進逼，好似在回應鳥兒的叫聲。或如一九九〇年代，我住在格洛斯特郡，那個星期特別炎熱，每近傍晚便要下起大雷雨，空氣一到六點就染上棕褐色，我會趁第一波雨水在天窗上揚起陣陣花粉前，打開窗戶等待雷鳴，同時聽見縱紋腹小鴞的叫聲穿破凝重的空氣。到了早晨，前夜被風雨吹飛的小白花點點落在房屋上，替房子蓋上一層濡濕的法式蕾絲。我習慣用雷雨丈量我的每一個夏天。

美國有人會跳上車追逐橫越北美大平原的雷雨雲，但是在英國，夏季雷雨使人激動的一項特點，就在於你無法主動找上它們，但若條件合宜，它們自會來找你。當你聽見閃電的靜電爆裂聲打斷廣播的聲音，或隨著一陣風吹來、聞到地面剛被雨水打濕的初雨幽香，內心縱然焦慮，妙的是一場雷雨可預測的生命週期卻令人安心。站在距離夠遠的地方，還能欣賞夏日的積雲，誕生自陽光烘暖的水氣之中，慢慢積聚成龐大如山的實體，降下冰雹和燦亮的地獄後，又消失無蹤。雷雨雲走完一趟生命週期約要花上一小時左右，先是不停膨脹、延展，向上推升，直到雲頂撞上對流層，被推向兩側並摩擦結冰。水珠在捲入雲層的過程中漸漸凍結，最後重到無法繼續上升便向下墜落，一路撞裂成更小的碎片。每一次碰撞都會轉換電子，所以雲層下半部蓄積愈來愈多負電，上半部則蓄積正電，終至導致閃電在雲頂、雲底、地面的電位差之間跳動，發出空氣過熱產生的震波而形成了雷聲。雷雨毀天滅地的力量，迫使你想起人體是多麼脆弱，想起日常世界的種種限制、安全和把握。**拔掉電視插頭和電話線。離開浴缸，不要沖澡。遠離窗戶。**

但構成雷雨的並不只有物質，暴風雷雨也是譬喻和記憶的產物。我的奶奶每遇雷雨就會心情消沉；對她來而言，雷聲喚起了二戰時倫敦大轟炸的恐懼。可是對我來說，雷聲依然承載著亮晶晶的回憶，小時候父親常向我解釋，雷雨雲怎麼樣從陽光和灼熱的地球大氣中誕生，怎麼樣呼風喚雨；他教我計數閃電到打雷間隔幾秒——一秒鐘、兩秒鐘，從秒數就能推算雷雨距離多遠。五秒是一英里。你可以算出雷雨進逼到哪裡了。即使到了現在，每次我讀著秒，心中還是會緩緩升起驚奇的感覺，既感於雨霖潤土，也感於年歲的流逝。

夏日雷雨讓人憶及距離和時間，但也令人驟然想起所有迎面襲來卻無從控制的事物。這樣的雷雨風暴在文學中占有一席之地；風暴醞釀，壓抑的情緒引致的凝重氣氛和沉重心境，往往暗示一場不可避免的災禍將臨。如阿嘉莎．克莉絲蒂（Agatha Christie）偵探小說《史岱爾莊謀殺案》（*The Mysterious Affair at Styles*）中的謀殺，或哈特利（L. P. Hartley）的小說《局外人》（*The Go-Between*）中李奧揭露的真相。不祥預兆、暗懷期待、等待發生，最能充分刻畫這些感受的天氣莫非雷雨，因為在第一波斗大的雨珠落下前，氣氛往往安靜得詭異，直到閃電劃破雲層，照亮每一戶屋頂和每一片田野，將地平線上的樹木照成一排黑色剪影。這是如期而至的風暴。是答案即將揭曉，也可能是混亂即將傾瀉而出。今年夏天，日子一天天過去，我有時忍不住覺得，這就是我們每個人現在身處的天氣。所有人都在等待。等待新聞消息。等待脫歐帶來衝擊。等待下一次選舉結果揭曉，告訴我們川普還會不會繼續執政。歷史風暴當前，困在那令人心靜默的詭譎電光中，等待希望。

27 群飛

本文為莎拉．伍德（Sarah Wood）二〇一五年紀錄片《群飛×10》（*Murmuration×10*）的旁白。

我掉了護照。驚慌失措。急需一本新的。於是一天上午，我駛上A14公路北向車道，經過情趣用品店、薄霧籠罩的加油站、車身印著Maersk Sealand Hanjin（馬士基、海陸、韓進）的貨櫃車隊，帶著一只信封，內裝兩張我的相片，一張有會計師簽名，還有一份橘色紙張印的三頁表格，用黑色原子筆以大寫字母填齊我的資料。九點十五分，威茲比齊近郊的某處，一群鴿鳥從擋風玻璃前低飛而過，滯空片刻便消失無蹤。密不透風的霧。看不見陸地或天空。我想到一九三〇年代曾販售的一種航空時代空白地球儀，球面潔白無瑕，沒有任何地理標示，只印有幾座機場的名字，因為在那個年代，人人仰望著天空，歷史帶給人類翅膀，邊界行將褪色淘汰。希望是長有羽毛之物。

護照事務局裡，三十個人默不作聲地分別通過X光掃瞄器。我們關閉電話和電腦。背包交給警衛搜索利器和爆裂物。然後坐下來，腳踏著灰地毯，等待辦理手續。低聲的交談。平面螢幕。我們看著BBC新聞台的跑馬燈文字和片段畫面，街頭有暴動，遠方有戰爭，海邊正召開一場政黨會議。

那場政黨會議舉行在布來頓。某一年冬天，我去過那裡。黃昏時分，我站在碼頭邊，看著歐洲椋鳥飛還回巢，像浮於海面的斑斑油漬群湧向岸，停棲在木棧道下方的鐵架之間。在遊樂場燈光外的黑暗中落腳後，那些歐洲椋鳥開始歌唱，歌聲肖似上方雜耍節目播放的遊樂園音樂，同樣的音符以鳥類的新順序排列，多捲卡帶接合、重疊、尖嘯，像一千個短波收音機在遙遠的東方、波羅的海彼岸的馬戲團電台之間調頻選台，那裡是牠們來的地方。我站在那裡，聽著棧板底下仿若人類音樂的鳴聲；下方的海面光滑無波，泛著點點粼光……

不，
我應教導椋鳥說話，日夜複誦
他莫蒂默之名，再贈他此鳥
使其怒火終日中燒。(1)

我看向護照局的保全警衛，他們也回望我，我想起英國曾有一位名叫彼得・康德（Peter Conder）的軍官。二次世界大戰期間，他被囚於德國的戰俘營，靠著觀察鳥類存活下來。金翅雀。蟻鴷。遷徙途中的烏鴉撿食散落於凍原的腐物。先是好幾個鐘頭，然後是好幾天、好幾年。終於返家後，他閉口不語，住在姊姊家裡，鎮日望著窗外倫敦的椋鳥，列隊成一長排棲息在波特蘭石造的屋簷下。他的目光久經戰爭浸染，這些椋鳥在他看來每一隻都間隔均等，相距夠遠又恰可碰到隔鄰的鳥兒，隨時能為彼此送上一記啄擊或一聲斥罵。鋪位和營地在戰後的鳥類學再現蹤影。他名之為**啄距法則**（principle of pecking distance）。

在這之前，一次世界大戰將法蘭德斯的原野與森林繪成一幅幅焦散圖，構築出無人區，造就了地雷原、鐵絲圍網，挖鑿出滿是人與汙穢臭水的壕溝後，名為亨利・艾略特・霍華德（Henry Eliot Howard）的男子認定，鳥類也會維護地盤。他告訴我們，鳥類鳴叫不是求愛。他告訴我們，雄鳥對其他雄鳥鳴叫，每個音符都暗含警告。每一聲繚繞的鳴唱，都是一隻鳥對一小塊英格蘭土地的主權宣告。甚至鳥兒明麗的羽色也不是為了吸引配偶。鳥類披覆的羽毛是嚇阻敵人的勳章，是小小的戰鬥制服。

我想起朱利安・赫胥黎（Julian Huxley）於一九四二年透過無線電收音機解釋，如果

1 譯註：詩句出自莎士比亞劇作《亨利五世》（*Henry IV*）。

不認識本國的鳥，就不算充分認識你的國家。他說，黃鵐的啼音是七月炎熱的鄉間路上的必備要素。英格蘭的仲夏午後，亦少不了斑鳩咕咕低鳴。鳥兒是「我們為之奮戰的遺產」。戰事爆發後，皇家海軍把彼得．史考特派上軍艦。他在驅逐艦的甲板上回望故鄉，頓時明白自己出征，是為了保護在史雷普頓湖蘆葦叢中育養小鴨的綠頭鴨和小水鴨。牠們不知何故也象徵著英格蘭。

我捏緊手裡的號碼牌，等待到櫃台辦理手續。我想到新一代的自然寫作。想到BBC的節目《春天觀察》（*Springwatch*），想到移民觀察和從門縫塞進來的傳單。以前也發生過這樣的事，在秩序崩塌、理念傾頹、經濟衰退的時候，在報章雜誌出於害怕入侵和恐懼失去身分而鏗鏘有力起來的時候。我們在地圖上標記自己，以畫清領土。我們監視糾察。我們反求諸己。盼望在鄉村這面鏡子裡照見自己。將大自然視為最後的容身處。大自然是我們的，大自然是我們。一九三四年冬，諾福克的農民聽聞他們田裡的雲雀是來自歐陸的候鳥，隨即以掠奪田裡的春麥為由，舉槍射殺這些雲雀。地方報紙印著斗大的標題：「不可保護雲雀：向納粹獻唱的雲雀在本地不受寬待。」

隔了三張椅子的座位上，坐著一名藍色外套的女子。她閉著眼睛，裝有申請表格的信封捏在手裡，指關節泛白。她睡著了嗎？人在眠夢中還能如此牢牢握住某樣東西嗎？我也閉上眼睛。填寫完美的表格，穩穩握在手上。同情的表格。

小時候，我有一本書叫《花園鳥類調查》（*Garden Bird Study*），書上教我把家附近的區域畫成地圖，於地圖上標示在住鳥類鳴叫的地點。只要仔細觀察，可以分辨某一隻鳥的地盤結束在哪裡，另一隻鳥的地盤從哪裡開始。我照書上教的做了。我在我的地圖上畫下許多線條，也標示出鳥巢的位置。我列表記錄看見的鳥類，有留鳥、夏候鳥、冬候鳥、過境鳥。每一個鉛筆記號，都將我和花園及其中的鳥兒牽繫得更緊密，可同時也將我鬆綁。這幅地圖一層一層展開了其他眼睛、其他生命，其他視野裡可能的世界面貌。多年後，我們搬離那間房子，我悼念童年在每一個房間留下的記憶。可同時，我也悼念那些線條、那些表單、那些小小的十字記號，標示著鴿子的巢、烏鶇的巢，還有門外的歐亞鴝。牠們皆與家成為一體。

一九三三年，英國鳥類學信託會（British Trust for Ornithology）創立。這個新組織的宗旨不是保育鳥類，而是研究鳥類，並且徵召英國民眾協助信託會進行大規模的調查。鳥兒不再只是被人觀看，還將被目光犀利的公民科學家組成的志願軍**監視觀察**。訓練過後的觀察員跨上單車追蹤燕子的動線。他們必須填寫卡片、報告和問卷，也有命令必須奉行：

購買「一英里比一英寸的全區地形圖一張、一英里比六英寸的周邊設施地圖一張、一英里比二十五英寸的近鄰地圖一張」，他們可以在地圖上做記號，標示鳥類的分布。「善用地圖，」上頭告訴他們：「不用怕做記號。」上千位觀察員生力軍，透過觀察的行動、走路的行動、計數的行動，透過清點、記錄當地有什麼，和一個國家的概念相繫在一起。他們所做的事，是戰事的準備。

或許這是預兆。誰也不知道。奇怪的現象在恐懼入侵的日子相繼發生。鳥兒闖進屋內。麻雀撕破壁紙。藍山雀從硬紙盒裝的牛奶瓶裡偷乳脂吃。讀過達芬妮・杜穆里埃（Daphne du Maurier）的《鳥》（*The Birds*）嗎？不是電影，是原著故事。那是一則英格蘭的寓言，某種劇變使鳥化為危害，鳥群在田野間和海面上大量集結，然後飛進內陸襲擊人類。**他以為的海浪白波，是海鷗。上百隻，上千隻，成千上萬隻……牠們在海浪的波谷間起起落落，頭迎著風，像一支強大的艦隊停泊海上，等待漲潮。得有人知道才行。得趕緊告訴誰才行。**

但在英國世紀中葉的觀鳥者眼裡，不會有預兆和奇蹟。非理性主義和迷信崇拜是過去的遺物。感傷的心緒將由科學取代；詩意的朦朧將代之以有意識的控制，代之以建設性、批判性的思維。話雖如此，某種超越於科學的東西，從小小的英格蘭島及環繞全島的陡峭岩壁中創造出自己來。白堊海岸。代號「鏈向」（Chain Home）的沿海預警雷達站。人人都在監視。人人都在觀察。皇家觀測團（The Royal Observer Corps）上呈飛機動向報告，其他觀測員上呈鳥類報告。詹姆斯・費雪（James Fisher）日漸著迷於暴風鸌，這些行蹤飄忽、雙眼烏亮的海鳥，正沿著英國海岸拓展棲息範圍。**從倫第島到蘭茲角和廷塔杰爾岬；從蘭茲角到夕利群島和利澤德角；從利澤德角到始點角；從始點角到斯旺納奇；從斯旺納奇到七姊妹崖；從七姊妹崖到哈斯丁……就在最近，也有人目擊暴風鸌，飛過布洛德斯代爾和馬蓋特的海崖邊，**他寫道。**我不知道到哪裡才會停止。**他聘用沿海指揮站，在監測敵機的同時，順便監看暴風鸌。他商請皇家空軍偵察機代為拍攝暴風鸌的繁殖點。羽翼和眼睛的混亂。全世界都陷入戰爭。

英國海岸各處的重要遷徙點都設有鳥類觀測站。巴德錫島。小曼島。克利爾岬。丹吉內斯角。夫蘭巴洛岬。直布羅陀角。波特蘭半島。五月島。觀測站百花齊放始於戰後。想像你身在德國，是一名戰俘。你有軍籍號碼，也有一組戰俘編號。終於獲釋之後，你回到家鄉，卻未完全自由，因為過往情景會一而再、再而三地反覆重演。某部分的你仍被鎖在過去軍隊調動、地圖、邊界、逃跑、希望、回家這一連串的過程當中。你若是喬治・華特斯頓（George Waterston），勢必會設立鳥類觀測站，在英國的偏遠一角，如荒僻的費爾島上的舊軍事建築裡。你和你的同仁在那裡，用網子和籠子捉捕迷鳥和候鳥，上了附有編號的腳環後才將鳥放走。你盼望有人找到這些鳥，如此你就能繪製地圖，呈現鳥兒飛越地球的隱形動線。你放走鳥，但一部分的你也跟著飛去。你的鳥兒是長有羽毛的化身，代你超越人為的邊界。你嫉妒牠們。

護照局的窗口內，辦事員舉起我的照片，瞇起眼睛對照螢幕。窗口內不見半點陰影，光線分布得極致均勻。**沒錯，是妳**。他說。我鬆了口氣。他轉向我放在桌上的申請表，在表格上潦草地填了一串數字。我在玻璃般明亮透澈的平靜中，心想那些數字是什麼意思？疑問蜂擁盤旋。事實薄弱不詳。

有個名叫戴維・賴克（David Lack）的男人，戰時在屬於海岸觀測預警鏈的雷達站工作。某一回，當他們發送的雷達波波長縮短至十公分，操作員開始回報海上出現回波。偵測到的不是船，也不是飛機。是鬼魂，以三十節的速度移動。空襲警報因此發布。軍機緊急起飛應戰。但升空後什麼也沒有。賴克和同事判定他們偵測到的是海鳥反射的雷達波。不光如此。待更高功率的雷達發明後，也出現了更多鬼魂。操作員叫它們天使，在春秋兩季最為常見。這些天使不會隨風飄移。看見它們的人無不坐立難安。在義大利無線電工程師馬可尼的研究實驗室裡，科學家記錄到成排的天使沿著海岸移動。他們說，**在其訊號最**

強的時期，會有幾個離散的天使，閃著光芒脫離隊伍。且能看見一串清晰的天使回波，循泰晤士河河口持續往上游行進。這些所謂的天使，是歐洲椋鳥從老巢升空時、形成一個個脈動的圓圈，是小辮鴴被大雪推著、沿氣候鋒線向北移動。整個天空被飛機和翅膀移動的反射蝕刻得點點青灰。這是前所未見的現象。科學變為浪漫主義。這超乎想像且不為我們所有的大群生命，從神祕不可知的地方起飛越過天空，點點變化之美被一分鐘一分鐘地記錄下來。這是一首樂曲，因為戰爭而為人所理解，只是這些鳥兒所唱的歌，是光點緩慢移動譜出的聖歌。

我走出辦公大樓，不久就能領到一本新護照，那個藍外套的女人也是，提著購物袋的那個男人、首次要去澳洲看孫子的那對老夫婦，以及準備和朋友去伊比薩島遊玩的青少年也是。我一邊走向車子一邊想到，有一位鳥類繫放員跟我提過，用霧網捕捉長尾山雀會發生什麼事。長尾山雀習慣以家族為單位在林間覓食，因此這些家鼠大小的小鳥一旦遇上霧網，往往全體一同受困。從網上一隻一隻解下後，牠們會被個別裝袋，掛上工作棚的掛鉤，等待測量身高、體重並上環。在這駭人的孤獨中，牠們會出聲呼喚對方，叫個不停，聲聲急切，反覆確定彼此還在一起，還是一體。等到腳環繫上鳥腳，這些鳥兒會一同釋放，恢復原本的生活，帶著身上小小的號碼，向天飛翔。

28 屋裡的杜鵑鳥

牠是一隻怪模怪樣的灰鳥，翅膀很尖，鈕扣似的黃眼睛，嘴喙下彎，表情好像永遠處於驚訝狀態，牠的鳴叫，是不列顛最廣為人知也最受喜愛的一種鳥叫聲。但很多人其實從來沒看過杜鵑鳥（此處意指歐亞廣布的大杜鵑），現在要看到也愈來愈難了。近四分之一世紀以來，英格蘭的杜鵑鳥減少了六成以上，原因沒人清楚。棲地喪失、氣候變遷的影響，或杜鵑鳥遷徙途中遭遇的無數危險，是嫌疑最大的元凶，而其中又以後者最難研究。

我們直到最近才對英國的杜鵑鳥到哪裡過冬稍微有些概念，牠們往返所走的路線尚不明確，但也有人開始研究。自二〇一一年起，英國鳥類學信託會開始在不列顛捕捉到的杜鵑鳥身上安裝衛星標記，追蹤牠們往返非洲的遷徙路線。這項計畫引來媒體大量的關注，國內媒體戲稱這些鳥是「羽毛聯隊」，追蹤牠們，揭開了鳥類學的許多祕密。

信託會的計畫很重要，但它不只富有科學意義。讀到信託會的杜鵑鳥於「行動中失蹤」，我想到海外的戰事。看著計畫公布的遷徙路線圖，我不禁揣想，和這些杜鵑鳥一樣裝了衛星標籤的「斥候動物」，是否恰好滿足我們這個世界對監視的狂熱，滿足網路資訊戰的數位量化美夢。我也記得這幾年發生過多起國際事件，裝了無線電標和腳環的鳥被誤為間諜——被當作長羽毛的活體無人機。我於是開始思索，我們對杜鵑鳥的看法，會不會也隱含了國族、國防、機密及監視的概念。

我兒時看過一本書，作者名叫麥斯威爾・奈特（*Maxwell Knight*），故事說的是他如何養育一隻杜鵑鳥寶寶。我那時以為《屋裡的杜鵑鳥》（*A Cuckoo in the House*）不過是又一本五〇年代的動物書，奈特也不過是一個普通人。但信託會計畫讓我一時興起又把書找出來讀，這回我對奈特多了不少認識。重讀後，我才發現這本書和我印象中很不一樣——這是一則令人憂心的寓言，影射我們加諸於動物的各種意義，同時也不經意透露了戰後不列顛的自然史與國族史之間，各種詭譎的衝突和勾結。

而這正是麥斯威爾・奈特——那個代號「M」的男人與名叫「古」（Goo）的杜鵑鳥之間的故事。奈特是貴族出身的高個子英國情報官，主掌軍情五處（MI5，即英國安全局），負責管理國內的反顛覆事務。沒錯，詹姆斯・龐德的上司M，靈感即來自於他。從一九三〇年代到二戰末，奈特在眾多組織內部布下眼線，例如不列顛法西斯聯盟（British Union of Fascists）和大不列顛共產黨（Communist Party of Great Britain）。他是一個不俗的人物：未出櫃的男同志、驚悚懸疑作家、滿懷熱忱的爵士小號手、阿萊斯特・克勞利

（Aleister Crowley）黑魔法的信徒；同時，他也是一個積習成癖的動物飼育人——烏鴉、鸚鵡、狐狸、雀鳥，都在奈特位於倫敦郊郡的避難住屋裡，和探員們共享空間。

戰爭結束後，奈特展開他的第二事業，擔任英國國家廣播電台的自然節目主持人。新的奈特廣受愛戴，他是個身穿花呢西裝、深具長者風範的專家，也是《鄉間問答》（*Country Questions*）、《博物學家》（*The Naturalist*）、《自然議會》（*Nature Parliament*）等節目的固定來賓。他在廣播中介紹英國野生動物的習性，教導愛好自然的小朋友養育蝌蚪，鼓勵孩童多玩「金的遊戲」（Kim's Game），鍛鍊觀察技巧，這個遊戲得名於吉卜林的同名小說《金》，故事主軸就是一名男孩接受訓練成為間諜。從一個暗中行動的職業，投入有數百萬聽眾的行業，從探員頭領，變成慈藹的自然學者，奈特的身分轉變看似驚人。但從他提到「金的遊戲」便可窺見端倪：自然學者與間諜的世界其實比想像中來得近。

田野自然學者和間諜的觀察行為多有相似。英國情報單位以前的行話，就用「賞鳥者」（birdwatcher）代指間諜。你若讀過羅伯特．貝登堡（Robert Baden-Powell）寫的《童軍警探》（*Scouting for Boys*），也會看到自然歷史的實地考察，長久以來一直被視為戰前準備工作的一環。奈特在軍情五處的談話中，曾經建議探員學習「何時、何地、以何方法記錄情報，訓練記憶力及準確描述的能力」。後來在廣播節目中，他也對年輕自然學者提出相同的建議。

但與這篇文章最有關的是奈特的動物，以及這些動物和他私人生活的關係。他在倫敦的公寓裡同時養著一隻幼熊、一隻狒狒和不只一隻蝮蛇、蜥蜴、猴子、異國鳥類及老鼠。而且這些動物不必然關在家裡。「他永遠能從口袋掏出活物。」他在軍情五處的同事約翰・賓厄姆（John Bingham）回憶說。賓厄姆最為人所知的，便是啟發諜報小說家勒卡雷（John le Carré）創作出經典角色喬治・史邁利（George Smiley）。作家們談到奈特，無不感佩他有多愛飼養動物，但動物本身在他們筆下總是被視為一種符文：我們從來無法窺知奈特飼養動物的動機，頂多只知道這些動物或許是他的一種偽裝，或分散他人注意力的手段。用文學評論家派翠西亞・克雷格（Patricia Craig）的話來說，動物「有助他建立作風古怪的名聲，這在軍情五處詭計多端的世界無疑是一項優勢，因為在情報界，很多成敗取決於你有沒有能力隱瞞真相、對關係人留下你要的印象、製造突來的驚奇」。但奈特的動物並非單純的偽裝。

即便奈特也養了異國寵物，他亦是飼育英國野生動物的佼佼者。他在一九五九年的著作《馴育動物》（*Taming and Handling Animals*）中，形容本土動物「比來自遙遠風土的生物更有教育意義」。這個觀點與時代觀念十分相合，戰爭期間，英國的野生動物已深植於國族身分認同的神話之中。對外敵入侵的焦慮、對諜報活動的狂熱席捲了全國，大眾和學界對野生動物的認知，也迅速被忠誠和愛國身分的相關憂慮占據。國族史與自然史模糊了界線。演化生物學家、作家阿道斯．赫胥黎的兄長朱利安．赫胥黎，在戰時一系列廣播談話中解釋，鳥類具有獨特的重要性，因為你能透過鳥類確定自己身處在自己的國家。

奈特的廣播形象也奠立於這種愛國觀念：他寫於一九五五年的《給青年自然學者的信》（*Letters to a Young Naturalist*）是一本虛構的書信集，內容是關心自然的少年與他的自然學家叔叔往返的信件，書是這樣開頭的：「親愛的彼得，原來你也想成為自然學者！選得很好，這是最理想的興趣，也是說服我指導你最好的方法。除非你未來能當上英格蘭板球選手，不然，我想不出還有什麼是我更期待你從事的志業。」

奈特對普通寵物興致缺缺，他感興趣的是野生動物：必須被馴服的那些。他在書中仔細定義馴服一詞。首先他解釋，有些動物看似馴服了，實則未必，還是有可能變節。家養動物看似馴服，仍有機率變得心懷不軌、難以對付。動物飢餓時可能顯得乖馴，但其實只是飢餓麻痺了恐懼。這樣的動物不值得信任。他在《馴育動物》裡寫道，要能信任一隻動物，你必須親自馴育，造就牠的「溫順馴良」：

重點在「造就」二字，因為要馴服一隻野生動物，代表我們必須增進牠的信心、消除其本有的恐懼，很多情況下，甚至必須激發動物的感情。如此一來，這隻動物就會容光煥發，樂意接受規律的餵食，也會克制咬人和其他形式的攻擊衝動，並且接受我們，相信我們對牠的處置本於善意——甚或有可能將我們視為同類。

視為同類。這當中是個反顛覆的世界，正好反映他個人私生活的多個面向。奈特在他的書裡寫到動物與飼育者的正確關係，用詞幾乎和他描述情報頭子與探員的正確關係如出一轍——他說，長官必須「不計代價與他的探員交朋友」，而「探員必須信任長官」。最重要的是，不論是馴育動物或吸收探員，「都必須建立堅定的信任基礎。」

今日動物飼育常見的一種典範，是以飼養者和野生動物之間的共情和理解作為基礎。奈特的不一樣。在他看來，動物和人的分際嚴明。若說他的動物是鏡子，也只會反映飼主的專業；動物的馴服和信任，是飼主性格和能力的證明。「愚笨的人，」他說：「永遠養不出聰明的寵物；神經質的人，永遠無法贏取任何野生動物對他的信心。」除了顯現你有多擅於獲取信任，動物還有其他用途：牠們是待解的知識論之謎。動物允許你「觀察不同物種之間智力特質的差異」，或觀察「牠們多快做好準備，適應圈養條件」。

奈特與他的動物嚴格維持分明的界線，一如他和手下的探員。他在兩方面想要達到的是同一種熟悉、專業，但保有距離的認識。瓊．米勒（Joan Miller）是奈特手下一名探員，也是他長年的伴侶，後來曾用尖酸的語氣評論：「M對動物總是很好奇，但是看不出柔情；不過我們的動物，當然總是有我真心關愛。」

奈特慣與動物保持距離的馴養模式，在他決定飼養一隻杜鵑鳥時，遇上了亂流。杜鵑鳥是奈特向來格外關心的一種動物，原因不難想見。杜鵑鳥身負著雙重象徵，不僅代表恆長而深刻的英格蘭特色（杜鵑春天何時飛返，每年都會註明在《泰晤士報》的投書頁），也是猜忌、祕密、欺騙的化身。杜鵑鳥會下蛋在其他鳥類尚在孵育幼雛的巢內，把原主人的蛋和幼鳥擠落巢外，自己的蛋就由養父母孵育長大，這些養父母對於施加於牠們的詐術，似乎渾然不覺。

因為有這樣令科學界不解的寄生行為，杜鵑鳥的道德定位始終曖昧，離不開戴綠帽、欺詐、性向錯亂等概念，甚至有跨越物種分際之嫌：神創科學運動元老伯納德·亞克沃斯（Bernard Acworth）曾在《旁觀者》（*Spectator*）雜誌中，與人來回激烈辯論，也在多本書中反覆主張，杜鵑鳥其實是公杜鵑鳥及其寄生鳥種的母鳥雜交所生。

杜鵑鳥也出演了該時代一部通俗的科學奇作。攝影師艾瑞克·霍斯金（Eric Hosking）和史都華·史密斯（Stuart Smith），運用當時新的閃光攝影術拍下的攝影集《鳥的鬥爭》（*Birds Fighting*, 1955），更加凸顯了杜鵑鳥在民族主義、侵略與防守的寓言中扮演的角色。史密斯開篇先引用了羅馬古哲普萊尼對杜鵑鳥的形容，稱杜鵑鳥是「所有鳥的共同敵人」，因為牠「欺詐行騙」。這本書彷如一本鳥類殊死鬥集錦——一系列經過刻意安排的戰鬥，被一幀一幀詳細拍攝下來，各種在英國廣受喜愛的知名鳴禽，在狂暴的抵抗和「極度憤怒」

之下，將杜鵑鳥的填充標本撕裂。這是生態領域的全面戰爭：鳥類捍衛家園，對抗滲透進來的外敵。杜鵑鳥在此代表一個入侵的民族，在象徵鄉村英格蘭的其他鳥種之間，激起極端的暴力。

霍斯金和史密斯想知道是什麼激起這等狂暴的反應。一隻鳥從何認出敵人？對一隻怒火高漲的夜鶯而言，什麼代表「杜鵑鳥」？他們製作杜鵑鳥不同部位的模型、用紙板剪出形狀上色，或把填充棉花的杜鵑鳥頭插在樹枝上，然後進行了一連串實驗。他們會做這些實驗，無非源自戰後的文化焦慮，並將焦慮反映在被賦予國族意義的鳥類身上。他們發現的結果令人寬慰，這些英國的鳥類精於辨認偽裝：杜鵑鳥標本就算是裹著花紋手帕垂放下來，夜鶯依然能認得那是杜鵑鳥並加以攻擊。

這就是戰後的杜鵑鳥：一隻鬼鬼祟祟的鳥，擅於欺瞞和不動聲色地殺人。是隱藏於內部的人。奈特既是自然學者又是反顛覆專家，自然非常想要養一隻杜鵑鳥。

奈特在《屋裡的杜鵑鳥》一書中講述的，便是這件事成真的來龍去脈。那時候，他的祕密線人和情報員的人脈，早就被透過廣播募得的自然史相關消息來源給取代。其中有個人寫信給他，表示在自家後院撿到一隻杜鵑雛鳥，奈特沒放過這個機會，從野貓爪下「將牠救出」。他多年來一直想親手餵養杜鵑鳥。為什麼？他的解釋是，杜鵑鳥很有意思，也因為牠儘管家喻戶曉，卻少有人真的認識牠。儘管人人都認得出杜鵑鳥的叫聲，但這種鳥本身「並未獲得充分瞭解」。杜鵑鳥「很神祕」，他這樣說，樂在其中的語氣再明顯不過。

也的確，杜鵑鳥的生命完美映現了奈特自身關心的事。首先，這種鳥的性生活撲朔迷離且隱密，奈特也是。根據瓊．米勒的記述，他多年一直積極維持異性戀的假面形象，同時也會到地方小戲院物色漢子，或者用修理摩托車以外的理由，雇用摩托車技工。再者，杜鵑鳥有如情報員頭子派遣幹員執行滲透任務的鳥界翻版，可將「變色龍般的蛋巧妙混入欺騙對象」的巢內。單一隻杜鵑鳥，至多可在十二個不同的巢中下蛋。奈特解釋，為了尋找適合下蛋的巢，杜鵑鳥會站在「方便瞭望的制高點，用銳利而獨特的目光探查環境」。而且，杜鵑鳥「能幹而無情」，祕密身分永遠不會洩露。史密斯和霍斯金從實驗推論出鳥類與生具有何為「杜鵑鳥」的概念，但奈特並未贊同這項結論。一點也不。他主張其他鳥根本不認得那是杜鵑鳥。杜鵑鳥充分活在喬裝之下。奈特認為，其他鳥之所以會發動攻擊，是因為牠的外型，或「乍見的印象」像老鷹。

但奈特餵養杜鵑鳥「古」的過程中，他在動物與人的世界之間、在情報員與長官之間，仔細畫出的分際開始崩毀。他很欣慰地觀察到，這隻落巢幼鳥從一開始對他懷有敵意，逐漸變得絕對的溫順和信任。古也有「可圈可點」的鑑別能力，能夠輕鬆「分辨熟悉的朋友和新進人員」。奈特用以描述古的行為的字詞飽含情緒：朋友、新進人員、管理者——全都出自他個人私生活的各個面向，且不只包含他在情報單位的生涯，也包含他的感情生活：奈特描述他對杜鵑鳥的「友好示意」全都「充分獲得報答」。「從羽毛、音調和溫柔的啃啄，都能相當直接看出牠的心情愉悅滿足，對牠的摩娑撫觸和低語呢喃，牠也十分享受。」讀奈特的書，你能感覺到，面對這隻神祕杜鵑鳥的轉變，他是很高興，但你也能察覺他的困窘，因為他隱約發覺，鳥兒似乎變成自己長了羽毛的古怪化身。奈特第一次苦惱地承認，他不確定「存在於人類和其他動物之間的鴻溝……真如某些人所想的那麼寬」。

《屋裡的杜鵑鳥》的結尾，可想而知是奈特的鳥情報員叛逃了。年輕的杜鵑鳥都會向非洲遷飛。在奈特的花園裡自由飛翔的古，愈來愈少回到管理者身邊。奈特在鳥腿繫上數字環，以便來年春天、鳥兒飛返時還能認出是牠，而當古啟程南飛時，奈特為他的失去悲悼。他說這隻杜鵑鳥，是他擁有過「最迷人的寵物鳥」。當然是了，他是那麼的認同牠，幾乎把牠看成了自己。

杜鵑鳥與情報頭子的故事告訴我們，我們對動物的認知深受所處文化的影響。這段故事也顯示，我們能夠、也經常把動物當作自己的化身；我們用動物代替自己發聲，述說許多若非如此則難以傳達的訊息。這段故事還透露一件事，即我們賦予動物的意義有時異常耐久，難以撼動。正如奈特的杜鵑鳥從來不只是一隻鳥，作為鳥類學信託會當前計畫的一環、被捕捉上標的杜鵑鳥，也從來不只是地圖上的資料點。不論在漫長的遷徙路途中受到何等精確的追蹤，牠們依然是神祕難解的鳥，是比一小堆骨頭、肌肉和灰羽毛更深奧的東西。牠們向我們透露的訊息，與我們自身有關，也與我們觀看世界的方式有關；牠們遷飛的路途上，也背負著人類構築的古怪歷史，一起同行。

29 白鸛中箭

德國羅斯托克市一所大學博物館裡，小基座上展示著一尊以陰森聞名的展品：一具白鸛的填充標本，彎曲的長頸子上還插著一柄來自中非的鐵尖木矛。這隻倒楣的白鸛遇襲沒死，但一八二二年春天飛回德國後，還是被獵人射了下來。報紙披露長矛來自於遙遠的異國，這隻白鸛被命名為「Pfeilstorch」，意思是「箭鸛」。這隻白鸛一時馳名遠近，因為德國的鸛鳥都在何處過冬的謎團，這下子可以解開了。

十八世紀，很多專家依然信守亞里斯多德的看法，認為鳥類在寒冷的月份會冬眠，也不乏有人相信漁夫的說法，聲稱冬天從結冰的池塘底下能釣到一團團活燕子。一直要到十九世紀，才有歐洲自然學家對鳥類的遷徙做起實證研究，給鳥腿裝上編號金屬環，再仔細測繪上過環的鳥後來被發現的位置。羅斯托克市的「箭鸛」雖然死狀可怖，卻也是野生動物遷徙科學派上用場的早期實例。從無意間刺在身上的矛，到GPS和衛星定位標，想要追蹤生物動向，總不免要施加人類的技術在動物身上。

今日有數以千計的動物和鳥類身上帶著標環。定位標用環氧樹脂黏在海龜殼上，或者由船隻射入路過鯨魚的脂肪層。天鵝和棕熊戴上了定位項圈，比較小的鳥則被穿上胸帶，背著高高突起的太陽能追蹤器。每個定位標都連通衛星網絡，能定位動物當前的位置。

只要獲知動物的遷徙路線，科學家便能評估動物可能面臨的威脅，例如哪些地區受到棲地破壞或狩獵活動的影響。不過現在，追蹤上標生物動向的已經不光是科學專家。我們一般民眾也愈來愈有機會透過影像或視覺圖像看見動物的旅程，世界因此更顯複雜而奇妙。我坐在電腦前，就能看到在加州海岸水下上標的大白鯊，千里遷徙到太平洋一個別稱大白鯊咖啡館（White Shark Café）的偏遠角落過冬；也能讀到紅腳隼如何尾隨同路線遷飛的蜻蜓，在飛行途中靠著捕食大群蜻蜓，撐過飛越印度和非洲之間海域的漫長旅途。

現今有很多網站可讓民眾命名、贊助、追蹤上標的動物。我經常瀏覽英國鳥類學信託會營運的一個網站，網站追蹤個別幾隻杜鵑鳥每年來回英國和非洲的旅程。這是一個大型計畫的一部分，主要是調查英國杜鵑鳥族群數量驟減的現象：自一九八〇年代以降，杜鵑鳥族群數量減少逾半，原因至今未明。網站今天才通知我，有一隻叫大衛的杜鵑鳥順利回到威爾斯的家了，儘管我們無從得知對杜鵑鳥來說，家指的究竟是什麼。因為追蹤計畫顯示，有些杜鵑鳥一生只有百分之十五的時間會停留在出生的國度。我點閱大衛的照片，接著又點開其他十六隻也上過標的杜鵑鳥，牠們被握在科學家手裡，神色緊張，活像一束灰毛撢睜著金黃眼睛，與春天不時閃現在我家屋旁的樹梢上，翅膀尖尖、飛得極快的剪影相差甚遠。每隻杜鵑鳥的當前所在位置都化為一個可點擊的圖標，呈現在一張 Google 地球地圖上。不同顏色的線條繪出每隻鳥的南遷路線，牠們從英格蘭飛越歐洲和北非，再飛越撒哈拉沙漠，抵達濕雨林區過冬。網站上預設的衛星地圖影像，沒有標示城市或國界。這鼓勵我用動物的視角看這個世界：沒有政治或邊界，沒有半個人類，只有一系列隨氣候變化排列的棲地，從北方涼爽的山地，到安哥拉和剛果濃密的雨林。

類似的計畫可供我們想像野生動物的生活，但不能如實呈現動物實際上複雜、顛簸的路途。這些地圖只讓我們看到虛擬的生物在一個永晝的世界裡移動，那是衛星圖和空照圖層層拼疊出的世界，風景扁平而靜止，沒有任何突發事件。不會有高山颳起的冰風，沒有滂沱大雨和鷹隼升空，也沒有豐熟的穀物或近期發生的乾旱。雖然經過許多簡化，在地圖上追蹤上標動物仍是令人上癮的活動。很少有人能忍住不對動物的命運投注情感。鳥可能會死，定位標可能會脫落。你不知道鳥下一站會去哪裡。鳥兒並不知道有許多雙眼睛一路看著牠行進，而你本來因為遠端監視的能力、擁有某種權力感，逐漸體會到自己無能為力影響任何即將發生的事。

你看得愈久，愈覺得自己似乎也踏上了杜鵑鳥的旅程，對地球展開一場虛擬探索。全世界的邊境悉數消失的幻想，很快就被英雄歷險的意象取代。你扮演起孤獨的旅人，展開跨越諸國、征服地圖上未知地域的艱鉅旅途。因為衛星追蹤花費昂貴，我們僅能追蹤少數幾隻命名過的動物。隨著驚奇的冒險開展，你漸漸對牠們產生情感依附。你看著年輕的杜鵑鳥在沒有親鳥的協助下找到往非洲的路；看著赤蠵龜從墨西哥外海的覓食處，泳渡七千五百英里抵達日本的海灘；你發現斑頭雁在遷徙途中飛越喜馬拉雅山，一路上忍受高海拔瞬息萬變的極端天氣，換作是人類，若不凍死也會傷殘。你會驚嘆斑尾鷸竟然能連飛九天，橫越太平洋，從阿拉斯加飛上一萬一千公里前往紐西蘭。在我們眼裡，這些是盡展體能耐力的非凡壯舉。我們忍不住拿動物的能力比對我們自身的能力。

我們不自覺地渴望在動物的生活中照見自己，參與這類研究計畫的科學家也不例外，他們經常把上標的動物想成同事和合作夥伴。生物學者兼環境顧問湯姆・梅克朵（Tom Maechtle）參與了馬里蘭大學的猛禽遷徙調查。他就說，衛星追蹤「把動物變成研究者的夥伴」，他認為我們可以把上標的猛禽想成是生物學者，「被指派出去尋找並收集其他鳥類樣本。」

漸漸地，動物不單被視為科學研究者的代理人，也被當作科學研究設備，作用有如偵測器或探針。例如在南極洲西部一個研究氣候變遷的計畫中，額頭黏著定位標的象鼻海豹，就發揮了收集並傳送海水電導率、溫度、深度等資料的作用，這些資料可用於氣象預測和氣候研究。生物作為自動採集樣本的工具的概念，模糊了科技與生物體的差異，也悄悄抹滅了動物的自主能動性。

上標的動物不只肩負人類的科技，還擔負起人類對這個世界的設想。混生動物便充分體現我們現代人對地球的認知。地球是一個時時刻刻受到監測的環境，有天眼追蹤動物從一國移動到另一國，移動路線會被繪製在地圖上，跟船隻和飛機受到的監測無異。在美國，有國防部人員研究開發會模仿蒼鷹和昆蟲飛行方式的自動飛行機器人；科學家在大花金龜身上安裝電子背包，嘗試利用遙控器操縱花金龜的飛行。

早期研究遠距動物追蹤的先驅，為了向軍方請領研究資金，常會暗示鳥類遷徙的研究可用於改良導航和導彈系統，而動物監測技術的發展，也源自於早期與軍事關聯密切的微電子產業。在今日這個無人機戰事的年代，未來每隻在地圖上被追蹤的動物，恐怕都會被當作科技優勢和全球監視技術拓展的象徵。

德國博物館裡的箭鸛標本，如果是早年動物遷徙研究的代表性鳥類，我想今日相同地位的代表，當屬另一隻白鸛，那是一隻叫美尼斯（Ménes）的亞成鳥，於二〇一三年在匈牙利裝上衛星定位標，成為歐洲跨國合作計畫贊助的鳥類遷徙追蹤企畫的一部分。美尼斯之後一路南下，經過羅馬尼亞、保加利亞、希臘、土耳其、敘利亞、約旦、以色列，最後降落在埃及尼羅河谷，卻在那裡被一名漁夫抓起來，送交警方拘留。白鸛因為身上有「可疑電子裝置」，遭當地人懷疑是間諜。

我用了好一段時間仔細端詳美尼斯被關在籠內的照片。籠內半掩陰影，美尼斯低著喙，腳趾張開踩在水泥地上，在這個政治局勢極度緊張的國家淪為犧牲品，神情哀戚。安全專家排除美尼斯的間諜嫌疑後，他總算獲釋，卻在不久後被人發現死於亞斯文附近的一座小島上。一隻白鸛濕淋淋的屍體，成為人類的恐懼與衝突令人椎心的化身。媒體報導美尼斯的遭遇，多半把他的故事描述成一則近乎搞笑的偏執妄想。白鸛是無辜的，他只是在不知情之下，參與一場由監視和情報構成的地緣政治遊戲，但替白鸛裝上裝置所造就的混生體，顯然就不能說是全然無辜了。

30 梣樹

那是一九七〇年代中期陰冷的一月天，我和母親在英格蘭一處山坡旁，看著男人們拿鏈鋸切開樹木的斷枝殘幹，然後將木柴扔入火堆。我當時五歲。鋸刃轟隆作響、塵煙飛揚的景象看得我目瞪口呆，卻也隱隱感到不安。

「為什麼要把樹燒掉？」我問媽媽。

「樹染上了荷蘭榆樹病。」她扯緊頭巾的結。「所有榆樹現在都因為這種病死光光了。」

母親的話令我納悶。我一直以為鄉間是永遠不會改變的地方。當時，荷蘭榆樹病傳遍各個大陸，枯萎病殺死四十一萬棵美洲栗，其他釀成重災的新樹木疾病往後還會接踵而至。上星期，我開車經過薩福克郡鄉間，夏日氤氳的雲氣下，漆得繽紛的農舍及可耕的農地在斜坡上開展，我對兒時那座陰冷山坡的印象忽然又浮現腦海。這一段路上的梣樹明顯都垂垂危矣。原本茂密的樹冠現在稀疏透光，十分詭異；不再有隨風搖曳的羽葉華蓋，只剩下光禿的枝椏映襯著天空。

那是我第一次目睹梣樹枯死病，這是一種劇毒真菌感染引起的新病害，在歐洲一路往西擴散，極有可能殺光英國所有的梣樹。在美國，入侵物種光臘瘦吉丁蟲也一樣造成慘重危害。全球化是罪魁禍首。樹木疾病雖然在過去亦有爆發，但按照所有的歷史記載來看，多數樹害都出現在一九七〇年代以後。國際貿易的規模和速度與日俱增，將無數害蟲和病原體帶向本來不具抵抗力的物種。想像你是一棵樹，死亡會隱身在膠合木板、包裝材料、運輸貨櫃、苗圃作物、進口切花、進口樹苗的根系裡，潛到你身邊。

那天晚上，我一時興起，點開網頁搜尋榆樹的圖像，在鄉村田野的風景快照或一九六〇年代的電影劇照中，尋找榆樹蓬勃欣榮或半隱於演員身後的剪影。我看到大樹彷若凝結的積雨雲，聳立於英國公立學校的板球場邊；美國麻州或緬因州海邊榆樹大道的明信片和相片裡，高張的枝葉為夏日街道和郊區的老車遮蔭陽光。這些風景正逐漸被淡忘，這些樹是尚未散去的幽靈。看著這些圖像，我忽然體會到，還活著的樹也能在你心上陰魂不散。駛經薩福克郡的那一趟路，改變了梣樹在我眼中的意義。往後我看見的每一棵梣樹，不管實際有多健康，都將指涉死亡。

但同樣是染上致命疾病，樹的耐受能力其實比人類強，很多還能再生。曾經廣布於阿帕拉契山脈、樹頂盛放白花的美洲栗森林，至今已消失殆盡，但枯倒的樹木根部仍會冒出嫩芽。新芽只要長到一定高度，又會再度染上枯萎病死去。栗樹和榆樹因此永遠活在青春的狀態，無法像成熟的樹一樣結實纍纍，我們為此擔憂，因為它們不再是我們心目中樹木應有的樣子。我們習於用樹來衡量自身的生命，用樹當作認知時間的基準。對我們絕大多數人來說，樹代表連續與恆常，樹是能坐觀人類世代興衰的活巨人。我們希望樹長至成熟；我們希望樹聳立於我們之上。

網路上幽靈般的榆樹，與旅鴿或渡渡鳥的滅絕有著截然不同的意象：榆樹的滅絕，是一種地景的滅絕。往後幾天，我發覺自己不時望著住家附近的山丘，想像空蕩的山頭長著連綿的榆樹。我這是在為自己做心理建設，練習想像假如所有梣樹也全部消失，這裡該會變成什麼模樣。強迫自己進入這種「鄉憂」的預感裡，其實很痛苦。Solastalgia 一詞譯為鄉憂，這是澳洲環境哲學家葛倫．亞伯利希特（Glenn Albrecht）自創的詞彙，指的是家鄉風景因為環境變遷而面目全非時，人們感受到的憂傷情緒。葛倫首次用上這個詞，談的是乾旱和露天採礦對澳洲新南威爾斯造成的傷害，但諸如苔原融化或西南部省分遭野火侵襲後的地景，也能引起鄉憂。樹病一如乾旱，除了造成經濟損失和生態貧乏，同時也會從我們生活的環境奪去熟悉的意義。作家傑森．凡．德里舍（Jason Van Driesche）在著作《不在的自然》（*Nature Out of Place*），書寫美國的森林百年來因為樹木病害而緩慢步入死亡，他發現自己幾乎詞窮：「這就發生在我的家鄉。這樣的事該怎麼形諸語言？」

不過也有些樹能帶來慰藉。我也在網路上搜尋了這些樹的照片：最後僅存的幾株高大的美洲栗，其中有些獲得命名。例如一九九九年於肯塔基州發現的亞代爾郡栗樹（Adair County Chestnut），它的樹型渾圓，與生長在阿帕拉契山脈如教堂尖塔般高聳入雲的參天古木不太相像，但它一樣很美，向太陽恣意伸展著烏黑的枝幹和鋸齒邊緣的長葉。美國現在僅存約五百棵栗樹，包括緬因州的希布倫栗樹（Hebron Chestnut），以及俄亥俄州的一株無名老樹。民眾到處尋訪這些瞞過死神獨自屹立的栗樹，甚至有人會偷取樹葉或小片樹皮留作紀念。這些樹的確切位置往往必須保密——聽人家說，要是能遇見一棵栗樹，簡直就跟找到大腳怪一樣幸運。

科學家、志工和樹苗繁殖場員工，數十年來投入研究，希望能夠復育美國洲栗，重現我們失去的風景。部分組織如美洲栗基金會（American Chestnut Foundation），正在實驗將具備抗病性的中國變異子種與美國的母種回交，培育出兼具美洲栗外形又有中國樹種抗病性的幼苗，以利抵抗枯萎病的危害。另一些學者，如紐約州立大學環境科學與林業學院的一支研究團隊，則是實驗將小麥和其他作物的基因轉殖到栗樹的胚芽內，改變栗樹的化學作用，讓栗樹對病害更有抵抗力。類似的研究計畫漸有成果，但也有不少論者認為這只是在消耗資金；與其嘗試治療老樹，把資源投入於防治新疾病會更好。他們的立場的確也合理，如果你覺得我們希望復育樹木，單純是為了生態著想。但可想而知，我們的理由從不只是這樣。樹木形塑了我們的生活景觀，也與我們的身分認同息息相關。

認識你的周圍環境，認得你周遭的動、植物種類，久而久之，也代表你將猝不及防地面臨經常襲來的悲傷。凶猛的樹木病害會登上頭條，但比較微小、比較細不可見的消失，其實也時刻都在發生。十年前還常在我家附近築巢的鷚鳥，現在不知去向；我故鄉的草地曾經滿是豐富的生命，如今已化作一片建築開發案，除了人造物以外，空無一物。上了年紀的人，習以哀悼的心情回顧那些消失的事物：你小時候經常光顧的商店關了，你童年的房間只剩下回憶。但這些屬於個人的微小失落，再怎麼椎心，也難與失去生態多樣性相提並論。城市天際線的風景改變，與好幾英畝滿棲著甲蟲的森林消失，意義並不相同：兩者雖都出現在我們自己的故事裡，但樹木從來不只與我們有關。樹支撐起複雜又相互依賴的生物網絡，當森林慢慢不再豐富多樣，世界失去的不光是樹而已。有學者指出，萊姆病近年在北美和歐洲多處激增，部分原因就出在森林多樣性下降，有利於帶原的蜱蝨生存。

我的年紀夠老，還記得見過榆樹和榆樹構成的風景，只比我小幾歲的人就不一定了，在他們看來，沒有榆樹的原野正常得沒有任何異狀。我們如今是否已經習慣一種新的自然敘事——生態系階層隨著時間尺度加速推進而變化得愈來愈快，不過是日常生活的背景？孩子從小看著冰河退縮、海冰融化、鄉村縮小、苔原野火肆虐、原本常見的樹種消失不見，會不會因此學會把事物不停消失視為世界的正常運作？我希望不至於如此。或許，當所有榆樹都消失之後，當地上的風景愈來愈平坦、愈來愈單一、愈來愈狹小，會有現在尚未出生的人點按螢幕叫出圖庫，感嘆這些羽毛般纖美的樹木失去了昔日的榮景。

31 一把穀子

萊斯利－史密斯太太獨居在一棟木造平房，與我童年的家只隔幾戶人家，她白髮蒼蒼，五官柔和，隱約散發出貴族氣息，屋裡擺滿了書籍和油光水滑的室內盆栽。三十多年前，一個溫暖的秋日傍晚，她邀請我和母親到她家裡，觀賞她每天黃昏的儀式。她在通往後院的玻璃門前擺了椅子，招呼我們坐下，接著拿起一罐餅乾，扳開錫鐵罐的蓋子，然後走進後院，在院子的踏石上撒下幾把碎餅乾。在戶外壁燈的照耀下，餅乾粉末閃閃發光。屋內漸漸暗了下來，我們坐著等待，沒有交談，整個場景充滿劇場的靜默和儀式感。戶外壁燈在草地上投下光圈，只見光圈邊緣探出一張黑白條紋的小臉，隨即又縮回黑影中。沒過多久，夜色中出現兩隻獾，慢吞吞地穿過草坪，咬起餅乾嚼將起來，距離近到可以清楚看見牠們乳黃色的牙齒弧線和鼻尖帶斑紋的毛皮。牠們並未被馴化——只要我們一開燈，兩隻獾肯定拔腿就跑。但距離真的很近，我幾乎忍不住想伸手按住玻璃，讓牠們知道我在這裡。屋內的我們和院子裡的兩隻野生動物，我們之間的空間充滿純正的魔幻。

小時候，我們家不會在院子裡餵獾，但我們會餵鳥。澳洲、歐洲和美國約有五分之一到三分之一的家庭也會餵鳥。美國人每年總計花費三十多億美元購買餵野鳥的飼料，從花生到專門調配的混合果仁、羊脂糕、蜂鳥蜜和冷凍乾燥的麵包蟲都有。我們至今仍舊不太清楚補充餵食對野鳥族群有何影響，但有證據指出，過去這一個世紀以來，餵鳥行為之盛，確實改變了某些鳥種的行為模式和棲息範圍。比方說，黑頂林鶯是一種柔灰色的林鶯科鳥類，德國很多黑頂林鶯如今會飛向西北方，到食物豐富且愈漸溫暖的英國庭院過冬，而不是遵循祖先的路線，往西南飛向地中海地區。北美紅雀和北美金翅雀也都有向北擴張的趨勢，人為餵食可能是一大原因。

在自家後院替野鳥放置食物，除了可能引來掠食者，諸如毛滴蟲和禽痘等鳥類的致命疾病，也可能經由受汙染的餵食器傳播開來。但是，餵食對野生動物的影響就算不全然是好的，對我們人類卻能發揮正面的作用。為了烏鶇在積雪的草地上放置切片蘋果，為金翅雀掛起餵鳥器，我們給予食物，是希望幫助野生動物。作家馬克．卡克（Mark Cocker）強調：「給野鳥食物這個慈悲為懷的單純舉動，讓我們感受到生命的美好，也多少從根本上贖去我們的罪孽。」這種贖罪的意識與餵鳥的歷史緊密相關，因為餵鳥之舉發源於十九世紀的人文主義思潮，歐洲社會當時開始認為，對有需要的人展露同情心，是個人思想開明的表徵。

一八九五年，廣受喜愛的蘇格蘭自然作家伊萊莎・布萊特溫（Eliza Brightwen），於書中教人如何餵食及馴化野生的歐亞紅松鼠，使其「自願成為家中寵物」。在英國，庭院餵鳥也隨著狄奇野鳥學會（Dicky Bird Society）的創立而逐漸普及。這個成立於十九世紀末的兒童團體，要求會員立誓善待所有生命，冬天務須留食物給野鳥。狄奇學會的影響力極大，還曾收到勞役所的孩童來信表示，他們小心翼翼從自己的三餐存下麵包屑，餵給外頭的野鳥吃。

在美國，新思潮的一位重要代表人物，是普魯士貴族漢斯・馮・貝勒普希男爵（Hans von Berlepsch）。《如何誘引及保護野鳥》（*How to Attract and Protect Wild Birds*）一書，詳述了他別出心裁的餵鳥方法：在融化的脂肪中拌入果仁、蟻卵、肉乾和麵包，倒在針葉樹的枝幹上，供野鳥在冬天取食。「仁慈之人，」他寫道：「必然會憐憫我們渾身羽毛的冬季訪客。」一次世界大戰期間，餵食野鳥成為美國人的愛國義務，因為幫助鳥兒過冬，來年春天鳥兒才會吃掉威脅農作物的害蟲。到了一九一九年，據鳥類學家查普曼描述，庭園裡的鳥兒在美國人眼中，「不只是我們盛情歡迎的貴客，更是我們的私交好友。」

今日，實際情況正好相反：與動物貼近且親密的接觸愈來愈罕見。我們只允許少數幾種動物進入家中當寵物；會與野生動物互動的，往往僅限於生物學者或國家公園巡守員等專業人士。但花園和後院像是特別貿易區，跨立於自然與文化、家庭空間和公共空間之間虛構的界線兩端。這裡是雙方共有的領土，人與野生動物都以這裡為家。話雖如此，人在餵食動物時，還是想照我們的規矩走，而不是順著動物的意。我們期望動物在一個不言而喻的社會階序中安守自己應有的地位。假如一隻松鼠或鳥兒基於信任，小心翼翼地從你手中取食，你會說這是一段令人開心、特別的關係，是跨越他們與我們、跨越野性和馴化之間的界線。但若一隻松鼠不請自來，爬上你的手臂討食，或一隻海鷗搶走你手上的三明治，往往會激起近似於氣憤的情緒。早期，倡行餵食野鳥的人常得對抗一種觀念，大眾普遍相信動物會被人為餵食給「寵壞」，久了就「不會主動做牠在自然界的份內事」。即便到了現在，讀到提供野生動物餵食建議的文章，仍然很難不去懷疑文章是不是另有目的。比如說，有文章告訴我們餵食狐狸只能偶一為之，以免造成依賴；同時也警告我們，餵食可能會讓動物失去對人類的「自然尊重」。

就像窮人被區分成值得救濟和不值得救濟，動物也有可接受和不可接受的分別，畫分方式都很相像，取決於是不是入侵者、外來種、暴力或疾病等因素造成的恐懼和威脅。動物一如既往反映了我們自身對於世界自然結構的假設。曾經有部落客在網路上自白：「餵狐狸這件事，你從來不會對別人說。」唯恐鄰居會發現她的祕密。故意餵食不對的動物——如麻雀、鴿子、老鼠、浣熊、狐狸，這是逾越社會規範的行為，很容易遇上在意髒亂、衛生、噪音，或純粹義憤填膺的人向當局舉報你。當然了，只要你的社會資本雄厚，愛怎麼做，沒人會干涉。演員喬安娜．拉姆利（Joanna Lumley）不只在倫敦住家的花園裡餵食馴化的野狐，還任由狐狸進出她家；報紙曾經刊出照片，只見一隻狐狸在她客廳沙發的抱枕間熟睡。

有些人因為社會條件或個人環境因素，難以跟人接觸或者完全無此機會，這時候，餵食動物能帶給他們極大的安慰。會在城市裡餵野鴿的人，經常是孤獨的社會邊緣人：年長的人、寂寞的人、無家可歸的人。社會學者柯林．耶羅馬克（Colin Jerolmack）的形容令人印象深刻，他說，與野鴿的相遇，在永恆的一瞬間消解了人們的孤獨。而報章媒體關於野生動物的報導當中，最教人難過的莫過於，有人因為堅持繼續在自家院子餵食野鳥而遭到罰款或拘捕。「我這一生也只剩下牠們了，我的親戚家人都走了。」西索．彼特（Cecil Pitts）如此解釋。二〇〇八年，六十五歲的他，因為反覆在位於紐約奧氧公園（Ozone Park）的住家餵食大群野鴿，遭罰款五百美元。他只是無數餵養者當中的一個；他們在那些不被街坊鄰里喜愛的外來居民身上獲得認同。那些遭人漠視或鄙視的動物，默默活在喧囂的現代城市背後。

從小，我的窗外就少不了餵鳥架，我也因此學到很多關於動物行為的事——松鼠挑釁地彈尾巴在不同情境下有什麼意思，什麼樣的姿勢是歐亞鴝在求偶。而這同時也教我看見，我們眼中的野生動物是如何奇妙融合了熟悉與陌生。動物不是人，卻又和人十分相像，帶給我們一股奇異且強烈的親近感。萊斯利－史密斯太太的獾，帶來許多渴望近距離一睹這種罕見動物的訪客與她作伴。對她來說，牠們也是選擇到她家消磨時光的野生動物同伴。今天早上，我替院子裡的餵鳥器注滿飼料和水，一群小鳥在一旁的樹籬間蹦蹦跳跳，屋簷上方還停了三隻殷殷期待的寒鴉。其中一隻低頭看我，抖了抖烏黑的羽毛，然後打了個哈欠，一瞬間我也像被同伴感染似的，不自覺跟著打起哈欠。選擇光顧我家庭院的野鳥，讓寒舍不再顯得那麼冷清。這也是為什麼我們很多人會餵食動物——不單因為感覺自己幫助了動物，心情滿足而已，更因為如此一來，我們的身邊能被動物包圍；這些動物認識我們、有能力與我們建立羈絆，且會一天天將我們納入牠的世界當中。

32 漿果

十二月的第一天，我把收在閣樓的舊人造耶誕樹拖下樓。插上電，樹立刻大放光明。我接著把收藏的各式耶誕風小裝飾品一一掛上：圍著花呢圍巾的臘腸狗、金色劍龍、水晶雄鹿、小機器人瓷偶，以及一大把撒滿亮粉的玻璃球。整個過程花不到五分鐘，節慶布置有這麼輕鬆嗎？我不禁隱隱覺得自己有些投機取巧。於是，那天下午接近傍晚時，外頭天光漸暗，空氣中漸漸瀰漫燒柴的煙霧，我抄起一把園藝剪刀走向家門旁的大冬青樹，打算剪些枝葉回來。冬青樹長得很高，今年結實纍纍，樹幹上盤繞常春藤。剪下的每根枝葉，我都拿起來甩一甩，揮走蟄伏過冬的昆蟲，然後才把整堆枝葉拖進家裡，動手妝點窗台和壁爐架。煤黃的燈光下，樹葉煥發光澤，簇生的漿果如寶石一般晶亮，屋內頓時洋溢華麗的節慶氣氛，但我心中頓生一股罪惡感，我不該把戶外拿進屋裡來的：那些漿果是為鳥兒所生，不是為我。

漿果生長的目的是讓動物吃掉，不是拿來裝飾居家。漿果經過代代演化，大多數核仁周圍都包裹著豐富的脂肪和醣類，是植物給鳥兒的獻禮，有些甚至含有對哺乳動物有毒的生物鹼化合物。漿果進入鳥類的消化系統，種子被鳥兒載向開闊的遠方，然後隨排泄物落下，落地生根，繁衍滋長。小而晶亮的山楂果，黑刺李樹棘間裹著果粉的碩大黑刺李；神似迷你燈泡的薔薇果，一捧小蘋果般的北歐花楸和白花楸；也有外型比較奇異的漿果，例如槲寄生結的淺白色凝膠狀小圓果，或是歐衛矛的果實，看起來就像義大利品牌 Pucci 決定用粉色和橘色釉蠟做成的迷你爆米花飾品。黑頂林鶯這種胖胖的小林鶯，愛極了槲寄生的漿果。牠們會用小尖嘴啄食黏呼呼的果肉，吃到鳥喙上沾滿果糊，再用樹枝來擦嘴，種籽就順勢黏在樹枝上茁長。德國的黑頂林鶯近年來不再遠赴非洲，反而漸漸習慣到英國來過冬，可能就是不列顛諸島上有許多新區域也出現槲寄生的直接原因。

時序一入冬，槲鶇就會徹底化身為巨龍史矛革：將幾棵長得特別好的紫杉木、冬青樹和結滿果實的槲寄生叢占為己有，嚴加看守，要是有誰膽敢接近，牠們便會發出足球沙鈴般粗嘎刺耳的怒吼，驅趕入侵者；寶藏看守得愈是嚴密，來年春天繁殖、育雛的時間就愈能提早，也愈容易成功。但不是所有鳥的地盤意識都這麼強。像今年此時，就有來自斯堪地那維亞半島或北歐其他地區的小群黑頂林鶯，加入本地的黑頂林鶯，一起大啖漿果。只要果實豐產，鳥兒即使不盡然歡迎對方，也會容忍彼此的存在。

犬薔薇和懸鉤子除外，大多數灌木和喬木都是在當年新長出的枝椏上開花結果，所以每年秋天修剪樹籬的傳統，其實會奪走大量珍貴的冬糧。幸而樹籬因能育養野生動物，日漸受到重視，不再被當作單純的籬笆，現在大多每隔兩、三年才修剪一次，連帶保證在冬季最冷的幾個月，依然有漿果產出。某些漿果格外可口。黑莓在秋天消失的速度飛快，入冬後往往只剩下毛茸茸、霜凍乾枯的節。山楂果和黑刺李也差不多。到了冬末，漿果大多所剩無幾。斑尾林鴿會笨拙地攀上常春藤的細莖，享用黑色果實，然後排出豔紫色的鳥屎在鴿巢下方。隨著冬季推移，有些漿果會發酵出酒精，不時可看到有些暈頭轉向的鳥兒，在果實熟透的灌木叢底下恍惚地走來走去。

冬天最晚被吃掉的漿果，是觀賞用灌木及喬木結的果實，可能是因為比較不好吃，也可能是顏色太過奇特，很多原生鳥類看了不覺得可以食用。沒想到這些漿果，反而被一種意外來訪的鳥兒鎖定為目標，這種鳥在我眼中比其他任何一種都更能代表冬日奇蹟。我上次看見牠們是五年前，在漢普夏郡奧爾頓一處行人徒步區。那是冷風颼颼的二月天，每個人不是拉起帽子就是戴上毛帽，低頭縮著脖子，堅忍不拔地跋涉在商店間。我們的差事辦完了，我正在問母親想去哪裡喝杯咖啡，忽然聽見一陣仙界下凡似的顫音，像一串清脆的銀鈴聲，隨即看見一群胖嘟嘟的小鳥像是被地心引力拉下的一股旋風，從蒼茫的天空旋轉降落在我們正前方一株三公尺多的細瘦花楸上。牠們是連雀，不定期從遙遠北方飛來的訪客。羽色稱不上粉，也稱不上灰，又不算是棕色，而是介於三者之間，說不上是什麼顏色，就像冬日天空也實難形容顏色。小鳥們搶上樹枝，開始把白色漿果往嗉囊裡塞，每隔片刻就會群起飛向天空，換個稍微不同的隊形再落回枝頭。牠們有優雅的冠羽，面部的黑紋帶像是戴了盜賊眼罩，間或雜有幾抹鏽紅色。黑色的尾羽和翅尖綴著水仙黃色的斑塊，兩側覆羽上各有一排奇妙醒目的裝飾，小小的紅色蠟質瘤突，看上去就像火柴頭；牠們也因此得名，在英語又稱蠟翅鳥（waxwing）。連雀一方面非常漂亮別緻，可有時看上去又像極了垃圾，就像節慶的裝飾品，但沒有哪一種耶誕裝飾比得上那荒謬又生動的美。連雀的魔幻之處，不只在於到來和離去都難以捉摸，經常不可得見，某幾年又忽然現身，更奇妙的是牠們最常被目擊的地點。都市規畫師鍾愛的那些栽培樹種所結的果實特別吸引牠們，所以每年冬天，網路回報的連雀目擊紀錄，常常是這麼描述的：**二十隻，奧樂迪超市停車場**。或是：**一小群，電器商城後方**。

我和母親在原地看得入迷。誰也沒有注意到牠們，明明最近的一隻離我們的臉只有六十公分——牠們一點也不怕人，要是肚子真餓了，甚至敢飛到手上吃人遞出的蘋果。過了幾秒，這些冬日奇景再度像捲飛的落葉飛上天空，消失無蹤，留下一棵光禿禿的樹和購物中心屋頂上方縈繞的微弱顫音。

33 櫻桃核

二〇一七年秋，一場史無前例的入侵從歐洲登陸英國。英國各地報章媒體皆大肆報導，引發網路留言板熱烈的討論。民眾特意走出家門，尋覓這些外來者的蹤跡，還有人架設麥克風，希望偵測到牠們夜間彼此呼喊的聲音。從十月中旬到十一月中旬，共有五十名外來者途經倫敦格林威治區，另有人在東薩塞克斯地區見到一百五十名。牠們因為原居國食物短缺，才千辛萬苦來到英國，那些四處尋覓其蹤跡的人，普遍希望牠們能在這裡找到生存所需，就此定居下來。

這些外來者是蠟嘴雀，一種歐洲椋鳥大小的雀科鳥類，體格健壯，身披鮭魚粉、黑、白、鏽紅、灰色調摻雜的羽毛。壯碩的鳥喙能橇開櫻桃核，活像一把斜口鋼鉗，夾斷人的手指頭大概也非難事。墨黑色的圍兜和眼罩上嵌著一雙紅銅色眼睛，外表整體總是讓我聯想到穿上華服的拳擊手。蠟嘴雀在英國很罕見，而且數量持續下滑——目前約僅有八百對繁殖對。我第一次親眼見到蠟嘴雀，是一九九〇年代末一個冬天的傍晚，我開著車在暮色中冒著風雨穿越迪恩森林，剛拐過路上一個彎道，忽然見到一隻鳥從路緣向上飛起。在車頭燈映照下，只見亮晃晃的雨絲之間，鳥兒斑斕的翅膀閃出一道光，旋即又消失在黑暗中。我的這次偶遇正如傳言一般鬼魅詭譎，蠟嘴雀這種鳥在英國賞鳥者間素有神祕非凡、行蹤隱密、難能一見的名聲。在地的群落，經常徹底消失數年後又重新在舊棲地出現，原因不得而知。能夠發現牠們，往往只因為聽見了叫聲：短促、重音、帶有金屬感的「嘰！」一聲。要等樹葉落盡後，才比較容易找到其所在位置，但因為牠們非常容易受到驚嚇，我每次看見的多半是小小的剪影，遠遠停棲在冬天枯樹最頂端的樹枝上。

　　但在歐陸就大不相同了。幾年前，春寒料峭的一天，我和一個長居柏林的朋友在腓特烈斯海恩人民公園（Volkspark Freidrichshain）散步，走著走著，我在一棵椴樹下吃驚地停下腳步，就在我頭頂上方幾十公分的樹枝上，有一隻公蠟嘴雀正在鳴唱。**是蠟嘴雀**！我壓低聲音驚呼。「對呀，這裡很多呢，到處都是。」她聳了聳肩，一副司空見慣的樣子。我強忍備受打擊的心情，朝鳥兒揮了揮手，鳥兒不以為意地繼續高歌。看著這隻溫順到不可思議的生物，在都市裡活得像家鴿一樣自在，我想不出要怎麼向朋友解釋，蠟嘴雀本該神出鬼沒才對呀。

　　近年蠟嘴雀大量湧至英國，很可能肇因於東歐各地鵝耳櫪作物歉收，但也有人歸咎於氣候異常。英國鳥類學信託會的一名發言人即指出，由於今年最大的颶風奧菲莉亞

（Ophelia）將暖空氣拉向西北方，連帶也把蠟嘴雀帶來這裡。不論起因為何，這一波前所未見的飛禽難民潮令我大為著迷，部分在於這個現象明顯言中當前的局勢——鳥類無分政治邊界，這個道理不證自明。另一個原因則是，這個現象讓我想到，人類關注的議題是如何密切影響我們對自然的認知。英國本土的蠟嘴雀小族群，今日大多生活在古老的林地，或分為小群落、棲息在莊園宅邸的樹林和園苑內，因為少有例外，我聽過賞鳥人士戲稱牠們是「國民信託雀」，因為英國眾多最輝煌悠久的歷史建築資產，均交由國民信託組織這個歷史文物保護單位管理。蠟嘴雀和英國這些象徵地標是如此唇齒相依，以至於多年來，我一直以為牠們是憑藉這項現代的發展，才能在古老原生族群驟減的情況下，成為稀有罕見的倖存者。後來得知真相，我真的瞪大了眼睛不敢置信，英國原本竟然沒有蠟嘴雀，到了十九世紀中葉，才首見幾對從歐陸向外探勘的蠟嘴雀，來到埃平森林（Epping Forest）築巢建立群落，並由此處向外擴散。五十年後，英國鄉間各處才幾乎都能看到蠟嘴雀以蘋果園和茂密的落葉林為家，林間滿是牠們喜愛的食源：鵝耳櫪、山毛櫸、楓樹、榆樹、紫杉樹、山楂樹、櫻桃樹。英國的蠟嘴雀族群數在一九五〇年代上達顛峰，之後持續銳減。

蠟嘴雀在英國的發展史提醒我們，我們時常自恃無縫地把自然史與國族史混為一談，不假思索就斷定自己熟悉的事物必定也是土生土長，輕易忘卻我們都曾經來自他方，這實在令人悲嘆。英國的蠟嘴雀持續減少，失去合適的棲地是重要因素，但另一個因素是鳥巢遭到灰松鼠掠食。灰松鼠經常被視為不受歡迎的入侵外來種，但諷刺的是，牠們出現在英國地景的時間其實跟蠟嘴雀差不多。

新移民過來的這一批蠟嘴雀，說不定會留下來育養後代。很多人都如此盼望，我當然也是。但這場畢生難得一見的大遷徙，眼下最令我驚喜的是，過去只出沒在古老森林和鄉間莊園並以此聞名的鳥兒，此刻出乎意料地出現在許多尋常無奇的地方。可能抓著樹枝、站在地方教堂庭園裡的紫杉樹上，或在郊區的公園裡翻找落葉堆中的食物。十一月下旬，甚至有人在倫敦的米爾丘運動中心目睹八隻。「終於！」蘇・班奈克特・史密斯（Sue Barnecutt Smith）女士在報紙投書中，評論這些外來者：「我兒子上星期在我家的地界（西倫敦普特尼橋一帶）看見一隻鳥，我一直認不出是什麼鳥。現在我們知道了。這群引人注目的難民沒有選擇落腳在莊園宅邸的古樹，反而和麻雀一起落腳在民家院子裡，喜孜孜地啄食餵鳥架上散落的花生與葵花子。

34 燕雀與鴻鵠

賞鳥博覽會（Bird Fair）是英國的鳥界盛事，但這活動最奇怪的是，現場一隻鳥也沒有。「有啊，怎麼沒有！」入場隊伍排在我們後面的男子語露不滿，即使我只是和我母親說話。「這裡有**魚鷹**。」是沒錯，賞鳥博覽會的舉辦地點拉特蘭湖（Rutland Water）有野生魚鷹棲息，但博覽會場內並沒有鳥，會場裡有的，是成千上百的人和夏天草皮經踐踏後的氣味，成排的遮陽棚下擺著一張張桌子，桌上鋪放傳單，介紹前往世界各個角落的賞鳥旅行。有賣雙筒望遠鏡和立架望遠鏡的。有賣書的。有休息用餐棚，有藝術展覽棚，也有好幾個聽講座的遮棚。每次參加賞鳥博覽會，我都能遇見認識的人和珍視的朋友，但就是不會看見鳥。

幾年前，我和養鳥人男友開車前往西密德蘭地區，拜訪另一種不同的賞鳥博覽會：鳥秀（bird show）。在斯塔福德郡的一處田野間，像停機棚一樣立著兩座大會堂，我們把車停在會堂邊。兩旁來往經過的男人，樣子跟賞鳥博覽會見到的男性沒有半分相同：博覽會上看到的男性通常膚色蒼白，神情急躁，穿登山靴和防皺休閒褲。這裡的男人一面把箱子和鳥籠卸放到支架桌上，一面發出爽朗笑聲，身上穿的是橄欖球衫、格紋棉襯衫、連帽運動服、釣魚背心。隨處可見刺青和無數頂棒球帽。沒有人脖子上掛著雙筒望遠鏡。

但現場有數不盡的鳥。會堂內滿是展示籠。這些展示籠比這些鳥兒平日在家住的籠子和鳥舍要小很多，專門用來展現籠中生物之美。有像維多利亞時期桌上型鳥舍的袖珍鐵絲網籠，精實的金絲雀在籠內蹦蹦跳跳；有木箱垂直堆砌成的鳥籠，正面是極細的金屬線網，展示雙斑草雀和橫斑梅花雀。稍大的籠子，則關著鴿子、雞、鵪鶉。幾張長桌上，站著頭部碩大、羽色艷麗、頸部有斑點花紋的秀展虎皮鸚鵡，看起來比籠內的塑膠飼料盤還要人工。我見到一個男人抱著一隻羽毛勻順的白鴿經過，只見那白鴿像小嬰兒一樣大，我看得嘴巴都忘了闔上。男人說那是匈牙利巨家鴿。我家從沒養過這麼大的鴿子，霎時間好像顯得更窮酸了。

角落有一部工業級丙烷加熱器轟轟運轉，揚聲喇叭傳出的大會廣播迴盪在會堂內，叮嚀參展者確認水碗和飼料盆裝滿了沒有，鳥兒是否太熱、太冷或有悶悶不樂的跡象。我從一攤逛到下一攤，偷偷用長年擔任攝影記者的父親傳授給我的偽裝戰術，往手機存了好些張照片。我把手機低放在腰際，微笑與攤主保持眼神交流，只動用大拇指拍下一系列模糊歪斜的快照。養鳥人是戒心很重的生物。我不希望他們發現我做的事。若說賞鳥文化跟品飲紅酒一樣，廣為社會接受，養鳥給人的感覺則像大麻合法化。兩者都懷抱對鳥的熱愛，也都展現對自然史的鑑賞力，但養鳥在很多人眼中道德可議，甚至遊走在非法邊緣。

所幸，這場鳥秀上的所有鳥隻都是家養品種。一九八〇年代頒立的法案已禁止飼養野外捕捉的英國鳥種，歐盟於二〇〇五年禁止鳥類進口後，國際野鳥貿易亦衰減近九成。那是徹底構築在心碎之上的貿易——我永遠忘不了，小時候從窗口探頭窺看西倫敦克倫威爾路的一間倉庫，看到好幾十隻才剛送抵的鳳頭鸚鵡垂頭喪氣、迷茫無措，倉皇地拍動翅膀。

這場鳥秀有一區專設給賞鳥人口中的「英國仔」：本地原生鳥種，亦即在我們的樹林、花園、森林、田野間鳴唱的幾種鳥。食蟲和樹果的鳥，如烏鶇和歌鶇，展示在內部漆成白色的鳥籠裡，籠內通常放著暗示自然棲息環境的物品裝飾，例如鵰的籠內放了石頭，紅尾鴝的籠子擺了一片森林樹皮。本土燕雀科的展示籠，一律鋪了光滑的黑色內襯，籠內漆成布洛克牌的喬治亞綠（Brolac Georgian Green），這是十八世紀的室內設計師特別愛用的一種苔綠色調。在這些籠裡，可看到金翅雀、赤胸朱頂雀、白腰朱頂雀、黃雀、紅腹灰雀（歐亞鸞）、蠟嘴雀。

其中一頂籠子引來特別多注目。籠內是一隻雜色金翅雀，全身羽毛間雜奇異的白斑。像這樣羽色特殊的變種，深受英國鳥愛好者的推崇——下巴有白點的金翅雀稱為「豆喉」（peathroat）；整個喉部都是白色的稱為「雪絨」（cheveral）。一群愛爾蘭遊居者團團圍著籠子，比手畫腳熱烈討論這隻鳥的優點，同時有一疊二十英鎊的鈔票正在桌上點算。他們管金翅雀叫**七色朱頂雀**，這是很古老的名字，賞鳥界多半早已不用。籠裡這一隻鳥，是用野生英國燕雀（通常是公金翅雀或赤胸朱頂雀）與家養金絲雀配種生下的後代。牠和馬跟驢雜交生下的騾子一樣無法生育。這種鳥格外受羅馬尼亞養鳥人和愛爾蘭遊居者的喜愛，歌聲優美是牠們最受珍愛的特點，在金絲雀音域廣闊的甜美鳴囀之上，又結合了遺傳自野生父親變化豐富、尖亮帶金屬感的音調。

幾年前，我和一個男子閒聊，他坦承自己年輕時，曾用陷阱誘捕野生金翅雀，他也清楚這是違法行為。「我不會留下來養——我只抓精蟲衝腦的公鳥來配種。」他說：「我把公鳥和母金絲雀一起關在籠裡，不會關太久，足夠讓牠們交配就好，之後我就會把鳥放走。從鳥落入陷阱、拿在我手上，再到放進鳥籠，總共也就幾分鐘，是能造成什麼傷害？問題是，」他的語氣陰沉，「他們就是不喜歡我們養英國仔。」

他用的「他們」這個詞，可幫助我們瞭解賞鳥博覽會與鳥秀的一點差異：我們對待自然的態度，其實不自覺受到歷史、階級、權力的影響。這兩件鳥界盛事，反映出我們與自然界交流的方式，長久以來存在分歧。一種觀點認為自然是不可褻玩的外物，人只能觀察或記錄；另一種觀點則認為自然可以被帶進屋內，與人緊密互動。這與田野科學家（field scientist）和實驗室科學家（lab scientist）之間的分野很像，也很像獵人與農人之間的差異。

這種歧異擔負著社會意義。跟很多關乎自然的論戰一樣，雙方追根究底，莫不是在爭執誰才有權定義某種生物，誰才有資格與生物互動、又該如何互動。

賞鳥，以及其他以觀察為主的自然欣賞形式，現今幾乎普遍為各地的文化接受——比方說，賞鳥博覽會經常獲得媒體大篇幅的報導。但飼養小型本土鳥類卻不然。養鳥作為嗜好，一直與工人階級和少數族群脫不了關係，比如礦工、移民、東倫敦居民、羅馬尼亞和愛爾蘭遊居者。我最近一次與人暢談養鳥話題的對象，就是一名羅馬尼亞籍計程車司機。那是某個星期日的一大清早，我搭計程車要前往機場。昏暗中，司機的 iPhone 螢幕亮起，顯示一隻鳥的照片。鳥兒頭頂烏黑，張著好勝的小嘴喙，胸羽是新釀葡萄酒的紅色。我對司機說，很漂亮的蠟嘴雀，他聽了好高興，一下子激動起來：**妳居然知道是什麼鳥！這是我養的鳥**！剩下的路程，我們都在聊他養的鳥。他說，他算是很晚才開始養鳥。還年輕時，他不懂鳥的美妙之處：鳥兒美如寶石，而且是活生生的。何況還會唱歌！他說他養的鳥兒是他的生命，鳥兒就像他的孩子，一來是他發自內心深愛牠們，二來是他不記得養鳥之前自己是怎樣的人。

我小時候如火如荼的反籠養鳥運動，有部分是彼得．康德等愛鳥人士發起的聖戰。彼得．康德時任皇家鳥類保護學會會長，二戰期間，他曾被囚禁在德國戰俘營多年。但這並不是我們不樂見鳥被關在狹小籠內的唯一理由。鳥籠從根本扼殺了一隻鳥的生命的可能性。每回見到鳥被關在籠子裡，即使牠們看上去健康、快樂且適應良好，我還是會心痛欲裂。但我們以各式各樣的方式限制圈養動物的生命，而且不見得會配合動物的需求，去衡量圈養方式的影響。就以密集飼養的肉雞來說，雞群被養在上鎖的屋棚裡快速餵食增重，才幾個星期，很多已經肥到走路都難——這是我們少有人看見的景象，所以很容易忽略無視。除此之外，我們也常對人施加於動物的其他殘忍視而不見，因為我們很少去想一隻動物的世界理當涵蓋什麼——兔子被養在庭院狹窄的櫃屋裡，不論再怎麼受到疼愛，那種生活每每令我見了傷心。

幾乎每年我都會讀到藍領階級男子，因非法捕捉、飼養英國雀鳥而遭到逮捕的報導。與棲地喪失和農業用藥使鳥類數量銳減相比，他們造成的破壞想必小到可以忽略，但這不是重點。他們的行為不只違法，也被認為極不道德。這些鳥兒被視為英國鄉間增添活潑朝氣的元素，卻為了工人階級的樂趣，被關在籠裡奪去自由。但在工人階級眼中，這些鳥擁有的意義很不一樣。養鳥伴隨著一種溫柔的持家生活，打破工人階級傳統的陽剛敘事。清潔籠舍、呵護幼雛、擦拭排泄物、秤量飼料、將鳥兒捧於手心慈愛地細細檢查，這些活動在在反映了通常分派給女性的清潔打掃、操持家務、烹飪育兒等角色。我常常忍不住驚嘆，實際飼養及培育金翅雀的人士，對鳥的習性、種內變異、繁殖行為、鳴叫聲的認識，比多數賞鳥人要來得詳盡許多；金翅雀對賞鳥者來說，往往只是郊區庭院裡停棲在餵鳥桌上的小鳥，或是從結籽的薊叢間成群飛起的鳥群。我從小賞鳥，但不曾養鳥。對我來說，白腰朱頂雀從來只是赤楊木枝頭躍動的小黑點，是遠不可及的纖巧形體。要不是有機會在鳥舍和鳥籠內就近觀察這兩種鳥，我永遠不會曉得，白腰朱頂雀原來比金翅雀更有個性、更有魅力千倍。

養鳥本身從來就不是問題。有些形式的養鳥幾乎完全豁免於譴責，因為那歷來是高社會地位的人從事的活動。你盡可以在最小的篷車內飼養會唱歌的金翅雀，但你得同時有錢和土地，才有可能蓄池養天鵝和潛鴨。水禽飼養的顯赫人物，包括貴族利爾福德男爵（Lord Lilford）、生態保育藝術家彼得．史考特爵士，以及英國同名百貨公司的創辦人約翰．路易斯（John Lewis），他在漢普夏郡的莊園宅邸長年餵養數量龐大的雁鴨。至今在英國請獸醫師替年輕的雁鴨或天鵝剪羽，依然是合法的。將單側翅膀的最後一節羽毛剪去後，雁鴨可以行走和游水，但再也無法飛行。這對有遷飛天性的物種來說，無異於截肢。這些雁鴨在野外的親族，每到春秋兩季都會遠飛千里，橫越苔原和海洋。我一直很好奇莊園湖中剪羽的雁鴨所經受的苦，會不會其實不亞於關在籠中的金翅雀。

與屋內的雀鳥不同的是，莊園裡的這些水禽不會被當成家中親密的成員，只會被視為領地的一部分，是土地上附帶的景觀。受到圈禁的水鴨游於湖面，看似逍遙自在、令人歡喜，但牠們單側翅膀的末端早被剪去，以防脫逃。要創造這種菁英版本的自然景觀，包含許多諸如此類的龐雜工作；依照十八世紀景觀花園的傳統，這類庭園經過悉心設計，看起來純淨、永恆、自然，不曾遭受人工的損傷或影響，但實則正是以人工打造出來的。

反之，正如記者亨利．梅修（Henry Mayhew）在十九世紀中期的記載：「鳴禽的買主明顯多是工人。」他繼而描述不同行業的工匠和手藝人偏好飼養的鳥種，比如馬伕和車伕喜歡烏鶇和歌鶇。最後他總結說：「手工業者整體對某一種鳥、動物或花卉的鍾愛，令人驚嘆。」手工業者（artificer）這個選詞，在這裡隱然有著弦外之音，而且牽涉存在於階級制度核心的一個議題：品味。飼養雀鳥之人愛鳥，不只愛其個體，還愛其潛力與可能性；他們長年來設計出複雜的配種與擇種技術，藉以培育特定體型、斑紋、羽色、歌聲的鳥。養鳥既指望未來，也指望當下的每個時刻，指望著一隻雜交配種的金翅雀揚起頭、膨起胸喉，任歌聲傾瀉而出。養鳥是一門深具創造力的藝術，環節瑣細卻不淺薄。爭議出在於明顯的人工感：不同於養在鄉間莊園的水禽，經人精心構築出外觀的自然，工人階級的養鳥人喜見人工雕琢的痕跡。他們雜交培育出的燕雀和鶇，是以愈明豔、愈精巧、愈不似自然為美。

「我的！」論及金翅雀，養鳥人這麼說。「是我的才對！」賞鳥人也說。「是我的！」說到他那一群剪翅的灰雁，莊園主人也這麼說。走出鳥秀會場，我聽見一隻金翅雀在我身後一棵小樹的枝頭鳴唱。趁男友走向車子，我停下來聽了一會兒，聽一隻鳥歌頌牠完整的生命。歌裡唱到果子和薊種子的冠毛，唱到交配與飛行，唱到用苔蘚和蛛網編築的巢，以及巢內鳥蛋的脆弱，唱到爭奪地盤和寄生蟲和松雀鷹，也唱到匱乏和壓力。

35 隱匿

野生動物觀察小屋：建造目的是讓人消失不見。眼前這一間是質樸的木造方屋，屋內有長板凳坐椅，沿牆有一道狹長窄縫。走向它的時候，小屋看起來簡直就像庭院裡一間飽經風吹雨打的小木棚。

從我有記憶以來，不知躲在觀察小屋裡讓自己消失了多少次。全世界的自然保護區都能找到類似設施，這些小屋乍看就跟樹木和水域一樣，彷彿是天然風景的一部分。話雖如此，在我伸手開門之際，心底還是升起一股熟悉的惶恐，所以我停頓了幾秒，才緩緩把門拉開。小屋裡，空氣燠熱昏暗，有灰塵和木餾油的氣味。

屋裡沒有別人。我坐在板凳上擺晃著雙腿，放低木頭窗板，讓光線在黑暗中照出明亮的長矩形；眼睛適應以後，眼前的空間輪廓漸漸清晰，條條積雲下方浮現一片淺水湖。我幾乎是不假思索地拿起望遠鏡掃瞄風景，將動物一一勾選起來——三隻琵嘴鴨、兩隻小白鷺、一隻普通燕鷗。但我心不在焉。我想不通剛才怎會有那種驚惶的感覺，一直在思索箇中原因。

野生動物觀察小屋在歷史上並不清白。觀察小屋演化自攝影偽裝帳，而攝影偽裝帳的基本結構，則源自讓人可以悄悄接近以便獵殺動物的設計：水鴨狩獵帳、野鹿狩獵帳、射獵大型貓科動物所用的樹架。狩獵在諸多不為大眾所知的面向，形塑了現代鑑賞自然的方法，其中也包括許多吸引動物進入視野的策略。獵人用餌料誘鹿、設圈套誘鴨，自然保護區管理人也開發出淺水餵食池，讓水禽集中於觀察屋附近，或是為警戒心強的夜行性哺乳動物設置飼料站。松貂是一種靈巧敏捷的樹棲掠食者。蘇格蘭高地一處頗負盛名的觀察小屋，便向遊客保證有九成五的機率，能目睹難得一見的松貂在花生堆裡大快朵頤。

隱身在觀察小屋裡所見到的，照理說應該是真實景象：換句話說，你看見的野生動物因為不知道有人在觀察，行為理當十分自然才對。但是把自己化為暗房內的一雙眼睛，有個壞處是，你和環繞小屋周圍的景觀因此隔了一段距離，從而強化人和自然世界之間的區隔，鼓勵我們把動植物視為只可觀看、不可觸碰之物。有時候，我覺得面前的窗口像極了電視螢幕。

你不一定要銷聲匿跡，也能看到野生動物徹底自然的表現。研究狐獴、黑猩猩和一種名為阿拉伯鶇鶥的棕色小鳥的科學家都知道，只要時間夠久，動物可以習慣人的存在。但隱身是一個很難戒除的習慣。藉口觀察而在暗處窺看那些看不見你的東西，帶給人一種可疑的滿足感，這種感覺深植我們的文化中。假如野生動物出其不意於附近現身，而且似乎不在乎一旁有我們在，我們反倒會像舞會上的青少年一樣慌張狼狽，手腳不知往哪裡擺。

幾年前，我和朋友克莉絲汀娜在一座英格蘭小鎮的公園裡散步，沿路陸續出現好幾位我只在觀鳥小屋裡見過的人物：全身迷彩服的攝影師，手持三百釐米鏡頭的相機，表情急切而專注。我們看向相機所指的地方。大約三公尺外，有兩隻英國最善於躲藏的哺乳動物，正在流經公園的淺溪游泳。是水獺！牠們好像沒看到我們，就算看到了，想必也不在意。牠們在水中翻滾，側腹像瀝青般濕潤發光。牠們冒出水面，用尖利白牙嚼碎魚肉，水珠從硬挺的鬍鬚上抖落，下一秒牠們又溜回水底，游往下游。攝影師像小報記者一樣追著水獺，但時不時又會往回跑個幾步，因為他們帶的鏡頭並不適合這麼近拍。整個場面令人激動。我們跟著水獺走向下游，遇見一個媽媽用嬰兒車推著一個小寶寶和一個剛會走路的小小孩，她們也在看水獺。那位媽媽跟我說，她很喜歡這些水獺。牠們是小鎮的一分子，是大家的鄰居。有個大戶人家池塘裡養的錦鯉，都被水獺給吃了，她樂呵呵地說。「住那裡的人差點被氣瘋了。那些魚老貴了！」說著，她朝那些攝影師揚了揚下巴，問說：「他們不是很好笑嗎？」走出了觀察小屋，那些人看起來的確很滑稽。他們太習慣拿望遠鏡、穿迷彩服、配高變焦鏡頭了；即使有時根本沒必要，他們還是會不由自主穿戴起這些工具。

小屋雖是觀察野生動物的地方，但用來觀察那些觀看野生動物的人，以及他們稀奇古怪的社會行為，也經常收穫豐富。我走進小屋前，之所以會遲疑，原因之一也是擔心裡頭有其他人。走進人擠人的觀察小屋，感覺挺像是觀賞劇場表演遲到，尷尬地摸黑尋找座位。使用觀察小屋，有一些不成文的規矩。跟電影院或圖書館一樣，來者會被要求保持安靜，說話也須壓低音量。有些規矩，表面上是為了避免動物發覺你的存在——講電話一般都被禁止，也不可以大力摔門或伸手到窗外。但也有一些較奇特的規矩，無不源於一個難解的問題：既然進到觀察小屋的目的是要假裝你不存在，那當小屋裡不只一個人，假裝消失所仰賴的靈肉分離感覺，就起不了作用。常客通常會靠空間來化解這個難題。克莉絲汀娜來自墨爾本；她剛開始走訪觀察小屋的時候，很納悶大家為何都選擇挨著邊緣坐，中間視野最好的位置反而沒人。「我以為那是犧牲自己、禮讓他人的英國禮節。」她說：「後來才發現，大家之所以靠邊坐，是因為想盡可能遠離他人。」

小屋裡，隨時都在監督彼此的知識學問，因為裡頭的人難免會聽見別人壓低聲音討論看到的東西。萬一有人講錯了，那只能用一個慘字來形容。我還記得有一年春天在薩福克郡，有個男人自信滿滿地向同伴宣稱他剛才看到的是水鼩。小屋裡的空氣頓時凝結，其他每個人都知道那隻行動遲緩的長尾巴生物只是一隻大胖老鼠。但在場的人一個字也沒說。有個男的咳了一聲，另一個人發出一聲豬哼。氣氛緊繃到令人受不了。出於英國人無可置喙的拘謹，誰也不覺得可以糾正他的錯誤，害他在朋友面前沒面子。有幾人受不了那種氣氛，乾脆起身走出小屋。

到訪的人有多少，觀察小屋就有多少種使用方式。你可以拿著相機在裡頭坐著等待，期待為飛掠而過的鷂鷹或貓頭鷹拍下完美快照。你可以與精通此道的自然學者坐在小屋裡，聽他低聲講解辨認的訣竅。或者，你也可以把這裡當作漫長散步的中繼休息站。大多數人坐進小屋後，舉起望遠鏡環顧四周，過沒幾分鐘就覺得沒什麼稀奇的東西可看，沒必要繼續待下去。但還有一種在小屋觀察的方式，我愈來愈喜歡。你可能看不到多少感興趣的東西，甚至什麼也看不到，唯有當你接受這種可能性，才會體驗到新的觀看方式。你真的只能等著瞧。在黑暗中坐上一、兩個鐘頭，透過牆上的孔洞觀看世界，真的需要冥想式的耐心。你允諾自己一段時間，看雲從天空的一頭飄向另一頭，在開闊的水面投下流動九十分鐘的陰影。一隻熟睡的田鷸，長喙塞在肩胛處尖端淡色的羽毛下，身體貼著被天光畫出明暗條紋的燈心草，悠悠醒來後，張開翅膀伸了伸懶腰。一隻靜立如大理石雕像的蒼鷺，連續幾分鐘動也不動，忽使一計毒蛇擺頭，便抓了一隻魚。坐在那裡愈久，你愈是從該處抽離，卻又明明固著於原地。湖岸邊忽然現蹤的一頭鹿，或是一班踢腿振翅的鴨子，在陽光普照的水面上激起水花，都在時間流逝這單純的事實作用下，成為珍貴的光景。

36 悼友

晚間九點，日頭已沒入國王森林後方。天空是柔和的蒂芬妮藍，愈近我們頭頂顏色愈暗，空氣中沒有一絲風。茱蒂絲對這裡很熟，率領我們穿越密林，來到幾英畝大的一片空地，草地與荊棘叢間長出幾棵高僅至頭頂的幼松，周圍則被老松築成的樹牆重重環繞。

我們等待的事，要到天光近乎消失後才會發生，所以我們在沙徑上信步閒晃，消磨了一會兒。夜色慢慢降臨，我們的感官也向外伸展去迎接它。一頭雄獐鹿在遠處咆哮，小哺乳動物在草叢中窸窣鑽動。昆蟲發出微弱的振翅聲響。石南原彷彿樹脂般的刺鼻氣味，愈來愈濃，久久不散。我們經過叢生的藍薊，看見夜色竊近，將它們的葉子染黑，紫色花瓣變得更深更藍，及至似在發光。黑暗中，沙徑倒成了發光的小路。白蛾從地面盤旋起飛，一隻金龜子滋的一聲從我們身旁呼嘯而過，鞘翅高張，翅膀嗡嗡振動。

所有色彩很快就會消失。思及此，心情忽然一沉。過去幾個星期，我多數時候都在一間地方臨終安寧照養院看望史都。他和另一半曼蒂，是我最熟識、最親近的朋友。我與他初識是在一九九〇年代，某年十二月的一個濕冷早晨，東英吉利沼地（East Anglian Fens）舉辦了馴鷹人聚會。他一頭鬈髮，身形高壯如巨人，臂上還停著一隻碩大的老蒼鷹，讓人望而生畏，有點害怕他。但從他對待他的蒼鷹和狗兒的樣子，我看出他有一種超乎常人的溫柔和在乎。我對史都的印象，有好多好多都是他的那種溫柔：他看著家人的眼神、他仰頭望著鷹飛行時臉上的表情、他用食指和拇指替鷹清理鉤喙時輕柔的動作。他是個強壯的人，也是個意志堅強的人，開闢了獨一無二、誰也仿效不了的人生道路，而且有著令人欽佩的能力，可帶給人安慰、教導和啟發。

史都無時無刻不樂於看見這個世界的魔幻。有一次，他不可置信地搖著頭告訴我，他曾在午夜看見一隻白色雄鹿悠悠跨步橫越馬路，簡直就像中世紀傳奇的場景。又有一次，他騎著摩托車高速飆風，皮外套竟然意外抓到一隻蝙蝠，他帶回家秀給每個人看過之後，才把蝙蝠放走。還有一次，是在他診斷出自知在劫難逃的病症後，他帶著指標犬柯蒂去野地散步。狗兒在草叢中發現兩隻才剛出生的幼兔，依偎窩在草堆裡，而且是雙胞胎野兔寶寶。史都是天底下最強悍的男人，但跟我說起那對小兔子的時候，他的眼裡噙著淚。牠們好小、好小、好新。

此刻，看著周圍的感察範圍和景物細節慢慢縮減，我想起史都，想起發生在他身上的事，想起他的家人，想起在生命中漫長夏天的盡頭、世界將我們拆散時終將面對的事，想到終有一天、我們每個人都要走入那黑暗。就在這時，那個聲音開始了。從幼松後方的樹上舒展開來。我在昏黑中瞥見茱蒂絲臉上閃過一抹微笑。那個聲音像高速運轉的縫紉機，或是釣魚線從捲線器上快速放出，但用機械比喻，形容不了它豐富的音樂性。那是一聲低沉美麗的顫鳴，每一聲能持續四到五秒，直到發出聲音的生物換氣呼吸，短暫降低音調，然後又重新開始。茱蒂絲曲起手掌貼在耳後，左右轉頭定位聲音來源。她伸手比了比我們前方，稍微偏左。就在那個方向某處，縱向停棲在一根樹枝上，膨起喉囊、對著黑夜發出這奇妙歌聲的，是一隻夜鷹。

想像一隻纖瘦的鳥兒，有你的手腕到手指尖那麼長，睜著一雙又圓又大、烏溜溜像卡通人物的眼睛。想像牠全身的羽毛斑斑點點，像樹林子裡所有的東西纏在一起：樹皮、朽木、蕨葉乾枯的葉尖、蜘蛛網、樹枝淺色的斷口、斑駁的陰影、枯葉。夜鷹是潛隱的獸，隱身就代表安全。牠們在地上造窩，日間就在窩裡休息，羽色與林地完美融合，就算近在咫尺也很難以察覺。小巧的嘴喙看起來十分普通，一張嘴卻赫然變成青蛙般的粉紅色大洞；嘴巴周圍環繞短而粗硬的羽毛，有助於捕食飛行的獵物，包括蛾、甲蟲和其他昆蟲。我們聽見的這隻鳥兒，冬天都在非洲度過，春天來到這片針葉樹林和荒地組成的棋盤格地景中繁衍下一代，八月末或九月初才啟程返回南方。另一聲顫鳴響起，隨後又聽見一聲。是五隻，還是六隻？聽不出來，但牠們全在四周大聲叫喚。樂音很是動聽，但我們希望體驗更多。

我們心裡所想真的實現了。某處響起一聲輕柔的叫聲，不大一樣，是夜鷹飛翔時發出的叫聲。我也朝黑暗吹了音調相似的口哨。叫聲再度傳來，這次更近了。我瞪大了雙眼，看向聲音來處的那片漆黑，隱約看見一隻鳥兒極其模糊的輪廓朝我飛來。只見牠振著纖薄的翅膀，在聲音響起處到我仰望的臉之間忽隱忽現，然後剛好從我們的頭頂上方掠過，剪影映著夜空，是一隻夜鷹。樣子古怪得不得了，身形像一隻枯瘦的遊隼，但飛在空中又給人紙飛機的印象，看起來非常輕盈，彷彿沒有半點重量，也有一點飛蛾的味道。我只能勉強從翅膀內側的橫紋、不帶白色的羽尖，辨認出牠是一隻母鳥。我們看著她在半空中向前推進，兜了個半圓飛向左側，然後短暫滯空盤旋。一隻公鳥加入她，翅膀上的白斑糊成一團；兩鳥盤旋了幾秒才分開來，各自消失於黑暗中。我們聽見一記短促、乾脆的拍打聲，是公鳥在飛行中迅速收合翅膀上緣，一個炫示的動作，聽起來像安靜的掌聲。在這之後，兩隻鳥都沒了蹤影，溜回我們周圍的虛空之中。

這些年來，我斷斷續續會在夜裡嚇醒，驚叫出聲，對死亡的恐懼猛然襲上心頭。死亡這看似不可能的事實，一直是我最恆久、最無力反抗的恐懼。但為我消除這個恐懼的，卻是史都。在臨終安寧病房，對於發生在他身上的事，他直視我的眼睛，非常慎重、非常平靜地說：**沒事的**。**不要緊**。我知道才不可能不要緊，他只是在安慰我，但他這個舉動展現無比寬宏的氣度，有好一陣子，我在心中始終找不到足夠堅強的話語回答。**不要緊的**，他說，**其實也不難受**。我一邊想起他的這些話，一邊向前走，時間一分鐘一分鐘地流逝，夜幕徹底籠罩，星光點點，塵土飛揚，腳下是踩著沙的觸感。四周無比漆黑，我連自己都看不見。但歌聲持續傳來，我們周圍的空氣中遍布看不見的羽翼。

37 救援

我朋友茱蒂絲拿了一把指甲刀，剪掉一隻死蟋蟀的頭，拔掉長滿腳又多刺的頭胸部，才把腹部扔進廚房桌上的小瓷碗裡，就是一般用來裝橄欖或蝴蝶脆餅的小碗。蟋蟀的體內像軟質乳酪一樣乳白綿密。外頭，麻雀在花園裡嘰嘰喳喳，啁啾叫聲呼應了屋內刀刃俐落劃開幾丁質的酥脆聲響，昆蟲破碎的部位一個接一個被扔入堆中，發出濕潤的啪嚓聲。瓷碗旁有一個塑膠洗碗槽，我倚在槽邊往內看，無數灰白滾邊的小臉，睜著烏溜溜的眼睛，抬頭盯著我瞧。

水槽內滿是雨燕寶寶。成年雨燕或許以飛翔姿態優美聞名，但我眼前的雨燕寶寶，像是地鐵站的老鼠和一堆意外動起來的火種混生的產物。雨燕寶寶剛長出爪子的鳥腳好迷你，小到牠們還站不起來，只能拖著腳移動。長得不可思議的翅膀，則用各種意想不到的角度突出來。茱蒂絲是一位溫柔從容的女性，銀白色頭髮剪成務實的鮑伯頭短髮，她撈起一隻雛鳥，讓牠坐在鋪了面紙的毛巾上，然後從碗裡拉出一塊蟲腹，輕輕觸碰小小鳥喙的尖端。鳥嘴迅速張開成偌大的粉紅色深囊，一口吞沒她的指尖，蟋蟀旋即消失在咽喉深處。吞完一隻，再吞一隻。

茱蒂絲皺著眉頭，專心餵食雛鳥，一舉一動流露出長年經驗所累積的沉穩信心。十七年前，她在路上遛狗，看見路邊有一團她以為是羽毛的東西。原來是一隻雨燕雛鳥。她撿了起來帶回家。無數專家告訴她，雛鳥很難餵養，肯定會死。「後來當然沒死。」她說：「牠活下來了，但一開始餵養雛鳥的確很難。」

現在她飼育雨燕的技術馳名遠近，東英格蘭各地但有發現落難雛鳥都會往她這裡送。有些是獸醫送來的，有些只是一般民眾意外發現雛鳥落巢後，在網路上搜尋到她的名字。她今年照顧的雛鳥已有三十隻，她一律用蟋蟀和大蠟蛾幼蟲撒上維生素營養粉來餵食。有些沒能熬過來，通常是因為最先救起牠們的人餵食了不恰當的食物，但其他大多數都成功戰勝了死亡，重回野外。有機會親眼一睹這種奇特的勝利，正是我此刻坐在這間小屋裡的原因。她的小屋位於塞福克郡美國空軍基地附近的村莊，她以前在塞福克郡從事通訊及公共事務的工作。今早的風稍後如果減弱一點，我們會出去野放幾隻她援救的幼鳥。「有時候挺累人的。」她說：「天天都得起大早！但只要放了一隻走，感覺實在妙不可言。有時候我傍晚在院子裡，看見空中有二十隻、三十隻、四十隻雨燕，心裡會想：**我知道牠們不是我的，但牠們也有可能都是我養大的。**」

我們能實際觸碰到野生動物，往往只有在狩獵、研究或動物落難的時候，而牠們會落難，通常也是我們的錯。我們強制移除鳥巢、害海鳥沾上滿身油汙、開車撞上野兔和狐狸、從窗玻璃和電纜線下方撿拾傷亡。十二歲的時候，我養過一窩歐亞鸜寶寶，是鄰居砍倒樹以後才發現上面有巢，於是拿來給我的。等幾隻雛鳥自由飛走後，我強烈感覺到人類對世界犯下的過錯，至少有一個獲得了彌補。

環境遭受破壞、物種急遽減少，我們憂心人類對自然世界造成影響，社會集體的焦慮往往依託在動物個體遭逢的悲劇上。照顧受傷無依的生物，直到牠們恢復健康回到野外，有時會讓人覺得做到了某種抵抗、補償，甚至是贖罪。於一九八〇年代養育一窩雀鳥，並不能阻止英國的鳴禽數量下滑。但因為救助牠們，我觀察到平時不可能觀察到的許多行為：牠們的睡姿、牠們和彼此溝通的方式、牠們數之不盡的迷人特質。我心中單純的正義感也因此放大。

「我們覺得自己有責任。」諾瑪・畢夏（Norma Bishop）是加州核桃溪市林賽野生動物體驗館的執行長，該館也負責營運美國最悠久、成立於一九七〇年的野生動物救傷中心。「這有點像是諾亞救助各種動物上船的故事。」絕對不可把動物當作寵物，動物救傷人員極重視這一點。他們的職責是盡快讓動物回到野外，但他們無可避免會對救助對象產生情感羈絆。英國法令允許個人自行照顧受傷動物，只要能遵守既有的動物福利規範。但是在美國，僅限有執照的專家可以執行野生動物救傷，他們通常為慈善機構工作。其實，不論救傷者的身分或職位為何，奉獻的心力都一樣龐大。舉例來說，在肯亞照顧孤兒小象的工作人員，需要每晚睡在小象身邊，但必須多人輪流才行，因為小象若與任一名照顧員產生太強烈的依附情感，要是那位照顧員當晚休假，小象很可能會悲傷過度。

人為什麼會救助野生動物？著名獸醫學者約翰．庫伯（John Cooper）認為：「面對無助的生物，人類會不禁動情。心中有一股驅力、一種責任在命令我們。」畢夏也認同：「我相信絕大多數人，特別是小孩子，單純只是無法坐視動物受苦。」林賽救傷中心收容的動物包羅萬象，有山貓也有蛇，有小鴨子也有鳴禽，多是熱心民眾不知開了多遠的車送來的。位於洛杉磯的蜂鳥救傷專家泰瑞．瑪瑟（Terry Masear）認為救助動物會引發人「赤裸的情感，釋放我們內心對人性、對死亡、對身屬於自然的深沉不安。」但這種不安往往導致多此一舉的救援行動：樹叢間很多看似「迷路」的落巢雛鳥，或是睡在草叢間的小鹿，其實並沒有迷失，親鳥或母鹿依然會回來哺餵牠們。

救傷人員常被批評情感氾濫，救傷工作也容易被貶斥為對動物個體慈悲有餘，對物種保育卻沒有太多幫助，甚至沒有半點好處。這個看法是合理，但沒有論及重點。當生物棲息在野外，與人類生活少有交集，我們很難感受到和動物有任何有意義的交流。蝙蝠對大多數人來說，只是令人膽怯的神祕生物，偶爾出乎意料閃現於夜空中，轉眼又消失不見。

但若是手裡捧著一隻小棕蝠，相隔不到幾公分，望著牠朦朧的眼睛，看著牠微微上翹的鼻頭和老鼠般小巧的耳朵——蝙蝠瞬間變成更加討人喜愛的動物。救傷人員談論自己工作的方式，恰恰喚起我人生中幾次救助動物的心情：那是一個令人心醉的過程，你得以認識一個與你不甚相似的生物，你必須充分瞭解牠，不只為了幫助牠活下去，也為了將牠放回去，像一片拼圖，放回牠在世界留下的那一格空缺。

對於雨燕，茱蒂絲不在乎那些說她濫情的指控。雨燕在英國的數量，這二十年來驟減超過百分之三十五。她告訴我，她救助的每一隻鳥，可能都對物種的命運發揮實質作用。有愈來愈多的人習慣把老屋簷下的孔縫給堵起來，雨燕不再有地方築巢，現代建築更是大都連築巢的縫隙都沒有。北美洲的煙囪刺尾雨燕也面臨類似的問題，各地停用和坍毀的煙囪陸續被拆除。很多翻修房屋的人並不知道有雨燕依賴他們的房子維生，也不知道自己正在摧毀雨燕的家，單純是不曉得那裡有雨燕。但是看見一隻獲救的雨燕，能翻轉整個情況。「大家看到捧在手裡的燕子後，總會心生憐愛。」她的廚房貼滿善心人士和救援民眾捎來的卡片，其他救傷人員不時也會順道來訪，看看他們救來的小鳥近況是否安好。有的人受到感動，開始在自家屋簷下安裝燕子的巢箱，歡迎鳥兒入住他家。

風減弱了，小屋上方的藍天逐漸開闊。茱蒂絲在寵物提籃裡鋪了紙巾，放進七隻雨燕，小傢伙們擠在一起，活像個羽毛團子。其中一隻歪頭伸嘴，為另一隻巢伴溫柔地理起翅膀的羽毛。看著牠們，我忽然想到這還是我第一次看到雛鳥這麼渴望相互依偎。簡直就像帶有磁力似的，翅膀貼著翅膀，彼此緊緊擠著對方。

開車很快就到了茱蒂絲最愛的野放地點，村莊裡的板球場。我們抵達時，村裡的一場球賽才剛開始，但經過簡短、友善的交涉之後，板球員都同意暫停比賽在一旁觀看。茱蒂絲從箱子裡掏出一隻雨燕，在牠長滿羽毛的頭頂飛快吻一下、祝福好運之後，就把雨燕遞給我。一般人常以為野放燕子要把鳥兒高高拋向空中，但萬一鳥兒還沒準備好要飛，突然拋擲可能會導致重傷。正確的作法是讓鳥兒待在手掌裡，朝著迎風的方向往外把手伸直，然後等待。敞亮的天光下，雨燕乍看好像怪異的外星生物，是扇形羽毛和笨拙翅膀組成的精妙結構。我掌上的雨燕拱起背，小巧的腳爪緊抓住我的手指，深邃的眼睛像反光的太空人頭盔。不知道牠都看見了什麼？說不定牠看見了地球磁場的磁力線，還有升騰的暖空氣、飛行的昆蟲，以及夏日雷雨的預兆。下方平坦的綠地跟牠絲毫沒有關係。我把手再抬高了點。現在能做的就只有等待。

雨燕凝視著風，過了一會兒開始顫動。牠感受到了。我猜。從功能來解釋：這隻鳥兒正在暖身，活絡胸肌，準備飛翔。從情感解釋：期待、驚奇、喜悅、恐懼。長在翅膀飛羽之間敏銳的纖羽，還有平滑的側腹，經微風吹拂，第一次感受到自己的作用。

乍看之下並無變化，其實有什麼正在發生，猶如一架飛機的航空電子系統在啟動的同時一面連線。燈號閃爍，引擎檢查。檢查完畢。不過，好像也不盡然如此，這個比喻行不太通。因為我正在目睹的，是一個新生命經由周圍的事物辨認出自己來。我心中明澈地相信，這種轉變無異於蜻蜓幼蟲爬出水中，撕開自己的外殼，化為有翅翼的生物。在我攤開的掌心裡，原本住在塑膠盒和餐巾紙裡的小生物，正要轉變成一個截然不同的生命，往後牠的家將是綿延千里的天空。

然後，雨燕下定了決心。牠揚起扁圓鋒利的小小喙尖，弓起後背，從我攤平的掌中跳出去，連續拍了好幾下翅膀，肢體僵硬又搖搖欲墜，看得我無比心急。有五到六秒鐘的時間，一切似乎都不對勁。雨燕再差幾公分就要墜落在草地上，我的心臟撲通狂跳。「飛！飛！飛呀！」茱蒂絲吶喊。萬物完好無傷。我們只是在看一隻鳥兒學飛。彷彿被捲上了齒輪，燕子乘上氣流，開始飛升，振著翅膀向上向上，飛向午後卷雲縷縷流動的天空。牠在我們頭頂小心翼翼地畫了個圓，接著飛向更高處，筆直向南飛去。板球員鼓掌慶賀。我低下頭看著掌心。我的大拇指根部有一條小抓痕，就在雨燕飛走前、腳爪緊緊抓住的地方。牠緊緊抓著我的手，這是牠未來多年最後一次踏足在堅實的物體上。

38 山羊

我小時候發現一個遊戲很適合和山羊玩，方法很簡單。手掌抵著公山羊的額頭，力氣不用大，輕輕地就好。你推牠，牠也會推回來，你用力，牠也會更用力，有點像在比腕力，只是更好玩，而且山羊永遠會贏。

有一次，我把喜歡推山羊的事告訴爸爸，我們本來在聊別的事，只是順帶提到而已。他一定是悄悄把這件事記住了，因為大概一年後的某一天，他回家後滿臉不悅，還對我發脾氣，這在他可是很少見的事。任職報社攝影師的他，為了報社的年度動物普查報告，一整天都在倫敦動物園拍照。期間剛好和報社其他同仁去到可愛動物區。

他在那裡看見一頭山羊。

於是一時興起，喊大家看他。

都怪我沒把玩法說清楚。老爸伸出手掌抵住山羊的額頭，一旁大家都看著他，他就這麼使勁一推。

使了很大的勁。

山羊頓時被推倒在地。

現場一陣靜默，過了好半晌兒，才有其他攝影師和記者打破尷尬說：「天啊，麥克！」還有，「你搞屁呀？！」

山羊爬起來，瞪了他一眼便跑開了。從此以後，報社同仁逮到機會，就不忘拿他當眾推倒山羊一事取笑爸爸。這都是我害的。

39 山谷派來的消息

十多年前有一部電視實境節目叫《維多利亞農莊》（*Victorian Farm*）。我常帶著懷念的心情一邊收看，一邊回想一九九七年那個冬天的生活。青春的時光啊。我會在午餐時間爬上山坡上的主屋，看看綿羊是否安好，帶些乾草給羊群，餵餵雞，敲開飲水槽和水龍頭結的冰，用倉庫外的籮筐裝滿煤炭，拖進屋內替暖爐補充燃料，然後才沿著鄉野小徑走回下坡的辦公室，路面融化過又結凍的積雪還留著一條條胎痕。

那個年代，影集播的是《X檔案》和《六人行》，音樂聽的是貝克（Beck）和超凡樂團（The Prodigy），複製羊桃莉和黛安娜王妃過世是當時的大新聞。我剛從大學畢業，已經受夠了圖書館和燈光昏暗的學生餐廳，受夠了大學附近的酒館滿是一些強說愁的詩人。我還年輕，自命不凡，又極度自溺。我想**活著**，想在真實世界擁有一份真正的工作，與真摯而明理的人共事。所以當我錄取威爾斯鄉間一座猛禽保育繁殖農場的工作時，我自信找到了完美的職業。

我不常想起那段日子。但每次在科幻電影看到一群性格迥異、導致相處不睦的組員被困在外太空的船艙裡無處可去，當時的回憶總會自動浮現腦海。在那裡就是那種感覺，只差在我們偶爾會全部人擠一輛車，去史旺西市區購物。我們一星期工作七天，對心理健康其實不太好。但至少我們做的是自己喜歡的事，我會這樣安慰自己，有時還會念咒似的大聲洗腦自己。例如有一次，我聽到當地的營造工人在我們的廚房門外嘀咕：「他們早該把這棟房子拆了，簡直不能住人。」

這棟房子連同土地，都是我們的老闆和他妻子的財產。鵝卵石搭建的方屋，外牆爬滿條條青苔，屋內有松木嵌板的廚房和天花板低矮的起居室。起居室裡有暖爐和一套棕色塑料沙發，地板上鋪著七〇年代花樣眩目的地毯，誰要是酒喝多了，很容易遭地毯暗算。我喜歡這棟房子，因為它像個家，儘管到我快要離開前，每逢下雨就會有水從天花板像一面珠簾似的濺落在地毯上。有一次，忘了是誰打開烤箱，裡頭竟然跑出一隻老鼠，把我嚇得愣在原地。夏天住在這裡，別有田園風情，燕子常在我寢室窗外的電纜線上嘰啾鳴叫或梳理羽毛。但入冬後，這裡經常冷到我得把吹風機牽進羽絨被窩，把被窩吹得夠暖，才有辦法入睡。屋裡稱不上乾燥。老闆要我不可以把隼帶回主屋，因為牠們的呼吸系統敏感脆弱，可能無法承受員工住處的空氣。

主屋座落在一座陡峭的泥岩山谷頂端，周圍是荒草叢生的牧草地。屋後是陰暗的樹林和叢草原野，老闆在那裡養了一小群混種閹牛。幾個月過去，牛群愈來愈野，偶爾還會走失不見。其實牠們是從樹籬縫隙鑽出去四處遊蕩了。我們都不是農夫，但都盡己所能。每到傍晚，我們會長途跋涉到村裡的酒館喝點啤酒、打打撞球，到凌晨再摸黑走路回去，直到房東對我們下了禁令。他對每個去過那裡的人都下過禁令，後來酒館也關門倒閉了。至少我印象中是有這麼一回事。當時發生的很多事，都籠罩著童話般的色彩。

我在那裡工作了四年。對鷹著迷的志工，每到夏天就會蜂擁而至，其中有墨西哥貴族後裔的獸醫系學生，有來自吉爾吉斯共和國的跆拳道冠軍，還有一個小夥子成天到晚躲在廁所裡打手槍，我們總得搥門大喊要他出來。他們都是男的。正式員工也是，只有一位女生物學家，但她在我到職後沒幾個月就離開了。跟我一起在辦公室作業的是一個黑頭髮、瘦瘦高高的北方人，正在半工半讀攻讀博士，他後來和我談了一段戀愛。其他每個人都在戶外與鳥為伍。熱情的喬迪跟我說，橄欖球比賽上場時，一定要抱著「來呀，看老子把你們的手臂折斷！」的心態才行。有一位體格精實的前海軍陸戰隊員，負責管理育種計畫，隼的人工授精和孵化等複雜的程序都難不倒他，但他嘗試了無數次，每一次他煮的米飯就是會糊成一團，令他無比氣餒。還有一個骨瘦如柴的年輕人，從小在拖車屋營地長大，他每天拿強力水槍噴洗鳥糞四濺的籠舍，但是都聽天由命似地別無怨言——有一次他還跟我說，要是真的中了樂透彩，他要幫自己換一輛全新的福特 Fiesta。有一個性格奔放的男生，父親是辛巴威白人菸草農夫，他常身穿短褲、足蹬半筒靴，大搖大擺地走來走去，並且高談闊論說，接納同性戀是一個社會墮落衰敗的徵象。另一個沉默寡言的南非人，喜歡匈牙利民俗音樂，也會煮南非名菜咖哩燉肉末（bobotie）給大家吃。他重砌石牆、照顧一群信鴿，漸漸適應了我們堅毅刻苦的生活，雖然他剛來的第一晚，真的名副其實抱著暖爐在取暖。這就是現實世界；這些就是我離開學術界、希望遇見的有血有肉的人。

有一次，天氣真的很冷——樹籬上積雪很高，原野只零星散布著幾隻消瘦衰弱的極北鶇。我凍得受不了，在近似怒急攻心的情緒下一時失控，拚了命往暖爐裡添炭，最後更是雙手抓起煤塊就往裡扔，把所有通風孔都開到最大就回去做事了。我心底多少知道這麼做並不明智，而且確實也是。等我下班後回到主屋，爐槽周圍的壁紙早已燒出滿屋子的濃煙。但炭爐仍舊是我們的好朋友，替我們把水燒熱到金星的溫度，停電的時候也靠它解救，屋裡停電的次數不知凡幾。我們也在炭爐裡烤雞，通常都是我們自己養的、渾身軟骨、毛拔得亂七八糟的年輕公雞，纖羽還倒豎在肉上。我們會伴著燭光，處之泰然地嚼著雞肉。

辦公室裡有兩部笨重的灰色電腦，網路連線極弱，一個音檔要花三天才能下載完成。我們在那裡的工作，不只好玩也事關重大。蘇聯近年解體，連帶使得獵隼的繁殖範圍向計畫性誘捕和走私集團大開門戶，獵隼族群數量大幅下滑。我們派遣田調團隊，到各個繁殖地監控獵隼的數量，推行環境永續教育計畫，並於每年秋天將數百隻人工育養的猛禽送往波斯灣周邊國家，希望削弱傳統捕捉野生猛禽的市場。我隨同隼群一起前往。我還記得坐在波音七四七客機的夜間照明駕駛艙內，機長遞給我一朵粉紅玫瑰，一邊向我解釋，飛機會在黑夜中閃燈、向彼此打招呼。他讓我推扳鈕來控制閃燈；看見遠處傳來意想不到的回應，我的心也彷彿躍向千呎高空。阿布達比本身是一座塵土飛揚的灰白都市，正處於海岸沙漠城鎮轉型為科幻高樓都會的過程。從我位於濱海路的旅館房間，能望見城內最古老的一棟建築：一九七二年落成的英國大使館低矮的混凝土樓。

我很珍惜在阿拉伯聯合大公國，與當地養鷹人暢談獵鷹和文化遺產的時光。但有機會遊歷波斯灣國家，不是我留在農場的主因，鳥兒才是。是鳥兒讓我們所有人願意留在那裡。賽馬訓練師一定知道，若能和熱愛的事物一起工作，年輕人幾乎甘願忍耐一切辛苦。我們每年都會親手哺餵幾隻獵隼，將牠們養在辦公室裡。我好幾次發現還在學飛的幼隼在我的鍵盤上睡著，如果我輕輕將牠推醒，請牠移到一旁讓我打字，牠會氣噗噗地尖叫，把羽毛粉塵拍向空中。有時候，我會揉紙團拋給牠們。紙團落在強化木地板上，幼隼就會翅膀半張，踉踉蹌蹌、重心不穩地跑過去，用還不大協調的爪子抓取滾動的目標，興奮得啾啾叫。有幼隼在，辦公室也溫馨多了。但對照顧鳥的員工來說，繁殖季辛苦至極。他們得輪班值夜、餵食剛孵化的雛鳥，如此持續幾星期後，每個人都體力透支，午餐吃到一半，枕著手臂趴在桌上都能睡著，要不就是倒在沙發上不省人事，口水默默流入抱枕。整個春天，他們全靠大口猛灌即溶咖啡和垃圾食物度過，日子都花在剪碎冷凍鵪鶉肉、更換紙巾墊料、檢查孵化器溫度，以及一次又一次又一次地填滿幼隼嗷嗷待哺的小嘴。

我在農場學到很多事。猛禽生物學、獵隼育種，那是一定的。但我也學會與日夜相處的一群人共事並樂在其中，學會在酒館興致勃勃看著電視轉播英超足球聯賽，這也包括詳細認識了越位規則。我學到數羊其實比想像中難，而且有的羊長得真的比別的羊好看。我學到主屋對面野坡下的濕草叢是田鷚的聚集地，還有步入嚴冬以後，山鷚會遁入山谷的樹林間，背上的斑紋像拇指印混合了蕨葉。我知道遲早有一天我會離開農場，但有很長一陣子，這只是一個念頭，跟結婚生子一樣模糊而未經細想。這個念頭後來之所以化暗為明，不是因為我對這種生活漸感不滿，而是因為一起駭人的鴕鳥事件。

誰教農場裡偏偏養了鴕鳥。以威爾斯西部潮濕的谷地，本來不太可能看到鴕鳥，但老闆和他老婆把一部分牧場土地改成鴕鳥農場。當時正值大不列顛鴕鳥經濟泡沫的年代，鴕鳥肉號稱是未來流行的健康食品，受精的鴕鳥蛋每個可賣到一百英鎊。但這個繁殖市場很快就會飽和，絕大多數農場的售價都會重跌。空氣中已可嗅到災難的氣息：如今回想起有一晚，我們出席了威爾斯鴕鳥農場主人的社交聚會，我還是會一陣哆嗦。會場坐了好幾桌原本養羊的農人，大家神色哀戚地嚼著鴕鳥肉排，餐後吞服心臟藥；迎賓廳裡，一名穿西裝的男子，用卡西歐風琴彈奏音樂劇的曲目。

鴕鳥和獵隼的不同在於，鴕鳥對人有實質的威脅，所以圍繞在鴕鳥農場四周的高鐵絲網底部有一道縫隙，萬一有人遭鴕鳥追逐，可以滾出圍網逃生。我平常盡量不和鴕鳥扯上關係，但偶爾還是會被派去檢查環繞邊界的鐵絲網——說來教人臉紅，但我會幻想自己身在侏羅紀公園，旁邊是通電的恐龍圍網，這樣工作起來也有趣得多。有一天早上，我在老闆妻子的陪同下前往檢查鐵絲網，事情就發生在這個時候。我們看到遠處的坡地上有一團隆起物，慢慢走近後才看出那是一頭母鴕鳥，牠倒臥之處，一圈泥土都被踩平且浸滿了血。這隻可憐的鳥兒似乎是前一晚不慎伸腳被鐵絲網卡住，驚慌之下拚命掙扎，把腿給扯斷了。母鴕鳥還活著，頭還努力抬在半空中，但長脖子半截以上已經橫躺在泥地裡。脛蹠關節的複雜性骨折看得人怵目驚心，撕裂的紅色肌肉和碎裂的白骨混成一團，我想都沒想就緊急應變模式全開。我摸索口袋，掏出一把小摺疊刀，刀柄印著當地一家照相館的店名。我展開刀刃，撿起一塊大石頭，先當頭把鴕鳥敲暈，然後跪下來劃開鴕鳥的喉嚨，結束牠的折磨。鑰匙圈附的小摺疊刀不是很利，前後費了一番工夫。但你別無他法的時候就得這麼做。我站起身，看著鴕鳥沒受傷的那隻腳踢了最後一下，終至復歸平靜。剛才遥行必要之舉而一片空白的腦袋，現在空白慢慢褪去，留下一股難以承受的悲傷。這到底有什麼意義。這隻鴕鳥不該折斷腿的，她不該在這裡受了一整夜的苦，她根本就不應該出現在這裡。我看著自己伸手拍掉牛仔褲上血汙斑斑的泥土，接著一抬起頭，才看見老闆娘瞠目結舌的臉。我完全忘了她也在。

噢。我心想。

階層關係在方才剎那間瓦解。出自最迫切的必要，一股個人的自主動能熊熊燃起，燃燒得明亮又強烈。我從沙裡抬起了頭。我們在回去的路上，一句話也沒說。經過那個上午，我對農場的感受再也不同；我心中從此閃爍、跳動、撥弄著逃走的衝動，像一隻鳥困在上鎖的穀倉裡。我在幾個月後遞出了辭呈。實際的離職日期可能有些提早，因為老闆表示希望為我在地方大學報名祕書課程，但最後讓我下定決心離開的，是山丘上的牛群。

那是個空虛的夏日傍晚，其他人都去鎮上喝酒了。我不想去，但也不想枯坐在家，於是動身到農莊後頭的樹林裡散步。我對我的生活感到無聊。無聊到不知道自己覺得無聊。我需要做點**什麼事**。這時，我看到牛群在遠處山坡的背風面，這些牛隻在外放牧太久，簡直算是野生了。也是這時，我忽然心生一計。我在心裡盤算了一下。谷間昏暗，僅有山脊被斜陽餘暉照亮。風迎面吹來，沒有太多遮蔽物妨礙我。我真的要這麼做嗎？真的。

我溜進樺木林深處，開始鬼鬼祟祟往牛群靠近。不一會，我沿途抓住一些蕨葉，扯著葉柄扭轉下來，然後把蕨葉往上衣裡塞，讓我的頭一半被遮住。雙手因為沾了蕨葉汁液，感覺粗糙，我抓起一把泥土在手上搓揉，順勢往臉上抹了一把。這下子我全副武裝，活像電影《現代啟示錄》裡的韋勒上尉。

這是一場堅苦卓絕的跟蹤行動。喬裝，掩護，隱身。不能有突來的動作，一舉一動都須緩慢而有把握。距離目標剩不到三百公尺時，我雙手著地，跪下來緩緩爬行。到了更近的地方，我整個人趴到了地上。我花了很多時間動也不動，因為長時間保持靜止是機動推進的關鍵。我早料到這場跟蹤會很好玩，但我沒料到這也是一段實質改變心境的經驗。每一次我停止動作，世界就在我周圍沉澱、晃動、暫時靜止。當時的我彷彿碎散一地，幾乎不成一個生命個體，只是樹葉、泥土、石頭湊成的東西。我猜我一定超乎想像地不舒服，只是我當時並無感覺，因為我事後才發現一隻手臂上有一道滲血的撕裂傷，受傷原因不明，右膝蓋後來也痛了好幾週。但我不屈不撓，一路爬向牛群，幾乎**爬進了**牛群之中。牛兒坐在薊草叢間，尾巴有一搭沒一搭地拍著肚子旁的乾泥地，嘴裡嚼著反芻的食物，耳朵不時輕彈兩下。周圍瀰漫濃濃的牛味——天知道我爬過的一路上有多少團牛糞，我接近到能看見飛蠅和牛的睫毛。

然後我真的那麼做了。我從地上一躍而起，揮舞手臂，**放聲大叫**。威爾斯低垂的天空下，在一群驚駭的牛隻眼裡，我是不知打哪兒冒出的鬼影，穿著自製偽裝服、手舞足蹈、滿身泥巴，像一頭怪物。牛群爭先恐後地站起來，在完全可以理解的恐懼下壓低了身子，拔足逃竄。大地在錯雜的牛蹄下顫動。太**完美**了。我對著牛隻瘋狂大叫，看著牠們倉皇向山頭疾馳，直到翻越山坡消失不見。而我從頭到尾都知道，說正格的，這將是我這輩子做過最痛快的事。我一跛一跛走回農場，嘴角因為強忍著笑而隱隱作痛，腦袋在薊刺和腎上腺素的作用下，仍嗡嗡作響。回去後，我泡了個澡，躺在浴缸裡任水帶走泥巴，待腎上腺素消退，我才意識到我完全不懂我為什麼要做這件事。

這些年來，我跟幾個人說過，我曾經全身蓋滿泥巴跟樹葉，在山丘上跟蹤一群牛。這讓我聽起來有點行為不正常，但話說回來，中規中矩從來不是我的強項，況且當時我想必感受到，伴隨某種長期憂鬱而來的孤絕空虛感。我幾乎從未對別人說起鴕鳥的故事。有個聽過的朋友跟我說，我在故事裡像個心理變態。「才沒有。」我出言反駁，心裡有點受傷。「故事的重點正好相反，可以見得我們現在再也不習慣目睹死亡，更別說要出手……總之，那真的不是重點，重點是不論我們是誰，一旦有必要，人人都有可能做出自己想像不到的事、真正困難的事。」

對方挑起眉毛。「比如用石頭和鑰匙圈小刀殺死一隻鴕鳥？」

我設法解釋，當選項縮減到**不得不為**的時候，你會進入一種連思考替代方案都很難的狀態。「是嗎？」對方緩緩開口：「但這只讓妳聽起來更變態。」

今日，我們大多數人確實都沒殺過比蒼蠅大上許多的動物，然而喪命於人類手下的動物卻遠多過從前——例如，每年被殺死的六百五十億隻雞。而且，我們每個人都有能力做出自己直到發生前都想像不到的事，這也是事實。但這也不是故事重點。

重點是，若非鴕鳥和牛群，我可能永遠不會逃離那座農場。

我在各式各樣的旅途中，跟很多人聊過悲傷，聊過鳥，聊過愛和死亡。很多人也都大方跟我分享他們與動物意義深遠的相遇。動物有渡鴉、貓頭鷹、蒼鷹或棕熊；有蒼鷺或貓、狐狸，甚至也有蝴蝶。每一段相遇，都預示了那個人與周遭世界的關係，將發生隱微卻抽根換底的改變，而且事件中的動物，往往都在當事人愁苦危難之際，出現在本不該出現的地方。有位女性告訴我，她摯愛的雙親之一在市區的醫院過世後，她聽見一隻野雁在院外的小庭院焦急呼喊其他同伴，之後才起飛越城市的天際線，消失不見。有位男性說，他在喪禮中看見一隻喜鵲飛落棺木，在上面停棲很久，一直盯著追思的賓客瞧。一位退役直升機駕駛的飛行執照被收回後，有一隻野生黑鷹日日來看他。

有很長一段時間，我始終認為這些意義深長的相遇，無非是確認偏誤的實例。換言之，在重大事件發生後，人會不自覺地想在周遭事物中尋找意義，所以這時你便看見了那些動物，但動物其實一直都在，只是你以前從沒注意到罷了。但聽過愈多人的故事，這個解釋漸漸連我自己都懷疑，我知道自己應該多加思索動物可能代表的涵義。我確信回頭凝望哀痛喪親之子的那隻倉鴞，只是恰好在飛起之前受到驚嚇罷了。可即便如此，那個瞬間的目光交會，意義肯定不只是一個人和一隻動物互相對望而已。

我們近些年來把動物的意義圈限得如此嚴格，將動物分別送入不得任意跨界的知識論範疇內。你可以把狼視為社會性犬科動物，或者視之為蘊含深刻心靈意涵的靈魂動物原型，但科學家不應該談魔法，而靈修崇尚人士，則往往無所謂學界對動物生理或行為的長期研究。我們當然需要科學，以利理解這個不斷變化的世界的複雜之處，也利於判斷如何理想保存至今猶存的事物。但生物也從來不只如此。也許十六世紀的一種觀念值得思考：那是具象徵性的自然史最後興盛蓬勃的時代，人尚可把動物想成不單單是生物，而是每一種生物都處於關聯豐富的一面織錦中央，將該種動物的所有已知事實，以及對人類的一切意義連接起來，包括寓言裡的、聖經裡的、諺語裡的、發生於個人的種種意義。

鴕鳥和牛都是活生生的動物，有其身屬的世界，也值得擁有牠們自己的故事。但對我來說，牠們也是象徵，是我的心靈潛意識會去解讀的符號，能催促我走出日日在困厄環境下滋長的迷惘。每一場與動物的相遇，也都會化為專屬於個人的真實。這些真實的本質隨人而異，不是透過治療性溝通折騰出來的，也不是天降的啟示。這種真實，我以為最接近塔羅牌予人的意義。

塔羅牌跟易經一樣，有獨樹一格的社會文化地位。我遇過很多學識出眾的人物也經常求助於塔羅牌，包括科學家、作家、律師，但他們往往閉口不提，因為在尋常的交際應酬中談論解牌，未免怪力亂神。我也會用塔羅牌。不算常用，但次數多到足以明白塔羅牌占卜，未來的功用其實很小，也足以看出所謂卡牌，能反映我內心深處的存在狀態，以及我在當下不允許自己感受的情緒。我不懂這些功效是透過怎樣的機制才可能成真，但話雖如此，我發現自己仍傾向相信塔羅牌能以某些方式與人溝通，而我們應當仔細留意這些方式傳遞的訊息。

與動物相遇，遇見的向來是真實的生物，但也是由我們至今聽聞過的所有故事和關聯性所構成的生物。每次見到動物，牠們必不可免地帶有象徵涵義。而我們雖然理當相信科學、尊敬動物身處的現實，但我也會想，我們是不是也能有更充分的心理準備，接受動物的象徵屬性試圖告訴我們的事。

答案有時很簡單。鴕鳥想告訴我的事，我幾乎當下就明白了。但牛群的意義則花了我好幾年才領會出來。某天下午，我在高速公路上超越一輛載運牲口的卡車，瞥見一頭乳牛從邊欄頂出牠粉紅濕潤的鼻尖。我感到同情、歉疚、罪過、悲傷。我想到這隻生物被困在一個毫無悔意的系統裡。這時，我忽而想起在山坡上跟蹤牛群的那一天，事件的意義無比清晰地在我眼前展開。原來我把自己也看作牛群的一分子。這一群無人照顧、野性漸露的牛，在荒無人煙的地方享受生活，沒有想過未來，也不太煩惱未來，但心底隱約曉得自己遲早有一天要被送上屠宰場。深海之中，無岸可逃。我的跟蹤和喊叫也不是無心之舉。那是一次未遂的嘗試，我想把牛群從吃飽喝足的鎮定中驚醒。我想要警告牠們趁早**逃出這裡**，因為我們一同身處的山谷暗不見底，很可能不會有好結局。

40 神祕的平凡

兒時，我的家裡有一架六〇年代的收音機，桃花心木外殼，銑削金屬旋鈕，玻璃框面上印著頻段和頻率。要尋找電台必須轉動旋鈕，讓指針在各種音階的尖叫和靜電噪音之間移動，我常覺得自己有點像個解鎖保險箱的偷兒：**喀答**、**喀答**，集中最細的注意力，感受從指尖螺紋傳回的觸感，耳朵深處感測聲音的纖毛緩緩跳動，而我只是每一聲跳動之間的短弧線。這時候特別容易覺得聲音好像專門在那裡等待我找到它們。**盧森堡**、**不來梅**、**史特拉斯堡**。顯示盤面上用粗體大寫字母寫著：**布達佩斯**、**BBC 輕音樂**。波卡舞曲、華爾滋舞曲、陌生語言的談話。這台收音機在我心中形成歐洲的概念，我很喜歡。但年紀漸長，我對這台六〇年代收音機的著迷也慢慢退散、消失，玩它的時間比以往少多了。收音機最後擺到了我房間的書架上，頻道幾乎始終固定在 BBC 廣播四台。

沒想到後來，一九八〇年代初，我在某幾天傍晚注意到一件很奇怪的事。不論收音機當下在播放什麼——可能是新聞，或是談話節目、懸疑廣播劇，都一樣，人聲背後總會浮現一段旋律，如塵埃般飄忽，往往只有片刻依稀可聞，之後又隱沒至廣播節目之下。但旋律偶爾會清楚起來。十個鈴聲般的音符，充滿神祕感，悲切而又詭異。我漸漸習慣開著收音機，等待旋律再度出現。三十多年後，我在收音機愛好者的網路論壇上花了點時間爬文才搞清楚，原來我當年在英格蘭的小房間裡聽見的，是全蘇聯廣播電台「*Mayak*」的開播調諧訊號。*Mayak* 是俄語燈塔、烽火的意思。而那段旋律出自俄羅斯名曲〈莫斯科近郊的夜晚〉（*Moscow Nights*），歌詞寫著：Речка движется и не движется——**河水悠悠，流亦不流**。從此以後，不時有些東西會令我不期然想起那段十個音符的旋律——博物館抽屜拉開、陳放著數千張鳥皮的相片；星塵斑斑的銀河；掃描電子顯微鏡照片中焊濺塗層樣本的細節；夏季流星雨的纖細曳尾。昨天我窩在沙發上看《法櫃奇兵》，聽到電影裡不道德的考古學家雷內．貝洛克博士向印第安那．瓊斯解釋約櫃的本質，我又不經意想起那段旋律。「它是一部發報器。」博士說：「是對神說話的收音機。」不知為何，青少年時代，每天傍晚溜入我生活中的那段調諧訊號旋律，在我心目中已然成為象徵神聖的樂音。

我並未在任何一種信仰中長大。我是那種去同學家玩，會被他們的餐前禱告嚇一跳的孩子。《國家地理》和《新科學人》雜誌是我童年至高無上的權威，但我也還不至於對聖經一無所知。我的祖母是一位高大惹眼的女性，一頭烏黑鬈髮，身穿時髦的褶皺襯衫，她在我還沒學會識字前，就送了一本《兒童聖經》（*The Children's Bible*）給我當耶誕禮物。

書裡有彩色場景插圖，呈現一九五〇年代好萊塢特藝七彩（Technicolor）經典動畫的美學風格，風景大多類似南加州的半山腰。插圖描繪天降冰雹擊殺牛隻、男人掃掉青蛙、天使賜予未穿衣服的基甸一隻眼睛等場景。我最喜歡的是以利亞接受烏鴉供養肉塊——因為圖裡有一隻我沒見過的鳥。啟示錄的內容顯然給插畫師帶來了難題，面對血腥駭人的末日光景，他們改採藍色調的抽象畫法來表現。

自小成長在神智學會的莊園土地裡，我並未因此擁有信仰，但對於信仰可以是什麼，我的認識倒是增加不少。我們家的鄰居有信輪迴轉世的，有信神祕主義的，也有人信仰存在全世界所有宗教文本核心的奧義。偶爾，要去林子裡賞鳥的路上，經過自由天主教教會敞開的門，我會停下腳步深呼吸，聞起甜甜的焚香，但我不記得曾經壯起膽子走進去。

青少年時代，我對宗教信仰沒有太多想法，頂多只想過我沒有信仰，也不需要信仰，需要信仰的人很悲哀。我會有這種無憑無據的蔑視，大概是被嫉妒所誤，想到有人這麼容易就能感受到無條件的愛，內心不免嫉妒。但大約也是那陣子，我做了一個關於神的夢。就只發生過那麼一次，而且我對夢境的內容記憶清晰。**祂**（夢中的形象不是男人）很高，大致呈現人的輪廓，但沒有眼睛或任何臉部特徵，而且表面能完美映現周圍的一切。像一面移動緩慢、目的明確的鏡子，訴說的不是語言，但我能從骨子裡感知涵義，像深沉的超低音。四周難以抵擋的灼熱，同時又難以抵禦的寒冷。我不記得祂有特別注意到我，也不記得祂為什麼有必要來到我夢裡，但後來我想，我不應該去想這些。這或許才是重點。這場夢並未讓我因此信神，此後也未再有相關的經驗，但我最近又思索起宗教信仰。

引領我走向信仰的，絕大多數是技藝之需。我在寫喪父和透過馴鷹來平撫悲傷的那本書時，屢次嘗試想找到對的字詞來描述某些經驗，卻總苦尋不著。我的世俗語彙捕捉不了那些感覺。你可能也有過類似經驗——總有某些時候，世界結巴、旋轉，充滿料想不到的含義。被狂喜的心情占據、美化的某個瞬間。暴風雨將至前深沉的寧靜；一群鴿子振翅飛起，在低垂的日輪前翻身轉向；片片白霜結在野薔薇的莖上，於陽光下閃爍光芒。愛、美、神祕。或者可以說，天啟。剎那的恩典。

有很長一段時間，我廣泛閱讀以哲學概念探討「崇高」的文獻，希望借取詞彙去書寫這一類感受。我是因此接近了一些，但始終走得不夠深遠。直到最近，我才終於在探究不同形式信仰經驗的文章裡，找到我需要的語言，例如威廉·詹姆士（William James）和魯道夫·奧托（Rudolf Otto）等人的著作。他們的書深究人直覺感受到的神聖，以及這種直覺的本質。據奧托所述，神祕的體驗，是在自我之外感受到一個既恐怖卻又迷人的奧妙。在此不凡面前，「靈魂無語以對，向內顫慄，一直撼動到己身存在最深處的那根纖維。」假如你修讀神學，可能第一天就會拿到這些閱讀素材，但對我來說這些全是新的。讀過之後，再回頭嘗試思考及寫作，有一點妄想自學吹製玻璃的感覺。他們的概念滾燙、熾熱、容易彎曲，感覺有些危險；問我它們耐受的極限多大、該拿它們怎麼辦，我半點也沒學過，我用它們做出來的東西，給這個領域的專家看了，肯定會貽笑大方並引來同情。我是個作家兼史學研究者，不是神學或形上學的研究專家。話雖如此，我仍然受到吸引，甘願去思考這些東西，即使燙手、即使熾亮、即使質地難以捉摸，也想造出個形狀來。

自然世界在我眼裡，不是一條百衲被，處處閃耀單一造物主的啟示之光。大自然在我心中喚起神聖感的那些瞬間，都是我的注意力無端逗留在一些微小瞬逝之物的時候——冰雹在腳邊黑泥敲出的圖案；一束光，破出雲層照映在山坡上；一隻長耳鴞的臉，從山楂叢間盯著我瞧——這些匆促的瞬間，總令我強烈感受到與此相遇的機率有多低。在我短暫人生的某一天，我得剛好在對的時間來到對的地方，擁有足夠充分且敏銳的注意力，才有可能得見。這種事不常發生，每當發生時，我彷彿在目眩神迷中瞥見世界上與人無關的系統，這些系統的運行規模或者太大、或者太小、或者太複雜，使我們無緣領會。我感受到的，無疑是奧托所謂「神奧意識」（numinous consciousness）形容的那種神祕的顫慄與驚奇，那種遭遇完全相異之物的感覺，令我渾身顫抖、喘不過氣——此外還有一種感覺，充分描繪在威廉・布雷克（William Blake）詩作《彌爾頓》（*Milton*）的其中四行：

每天總有這一剎那，只有勤學之人可遇，
撒旦魔鬼找不上門，妖魔嘍囉也難得逞。
這一剎那一旦尋見，它會自然增生茁長，
假使放在對的地方，日日都將煥發新采。

我和勤學還差得遠了，頂多可以說我有能力留心細微的事物吧。但布雷克的詩句不偏不倚說出了那些剎那給我的感覺。那些剎那不只能令每一天的每個時刻煥發新采，還會茁壯長成此刻所是與未來將是的一切。它們打斷了時間。

自然經驗予人的神祕感，有部分源自於難以預測。刻意尋找，注定是徒勞。就我的經驗來看，如果一心期待獲得啟示，出去野外只會敗興而歸。反而就如燈塔電台的旋律所示，這些年來，我發現用另一種方式更容易與神祕經驗相遇——就在看見人類藝術或不可預測的自然現象，而心生神祕疑問的那些時刻。燈塔電台開播旋律的妙處，在於那段旋律接觸到我的方式。經由名為跳躍傳播的一連串過程，無線電波經電離層反射，將旋律送到了我耳邊。從莫斯科發出的訊號高升至大氣層，撞上一層帶電粒子，這才往下向我回彈。我永遠預測不到旋律何時會清晰真實地響起，因為電離層始終在流動，狀態會隨時段、隨季節、甚至隨太陽十一年週期的變化階段，不斷改變，每一點變化都會影響信號反射的強弱。那段調諧訊號給予我的神祕感，源自無數事件的相互作用——有些是巧合，有些是定理。現在每當我想起那段旋律，它都包含了太空的氣象特性、世界形狀的規律與不規律，包含遠方蘇聯廣播電台內某位無名播報員，盼望有人聽見，盼望某處可能有人類心靈，留意到他們向空中發出的信號。

我手邊最神祕的一件日常物品，是一捲 Sony BHF90 氧化帶錄音帶。黑色塑膠卡匣凹陷，綠色側標年久磨損，播放起來吱嘎作響。這捲錄音帶，我擁有將近三十年了，當初會來到我手裡也很離奇。那時我還是劍橋文學院的學生，每天很多時間都在宿舍交誼廳和朋友閒混。其中有個高個子男生散發出柔和憂思的氣質，像樂譜上標記 *sotto*（降低音量）的人聲，讓你不自覺湊近，而後才驚覺彼此已然意想不到地靠近。他在學校最好的朋友剛放棄了陽剛氣質——不是因為他的性別認同與生理性別不符，比較像是他忽然意識到男人的行為大多令人懼怕。他喜歡維吉尼亞·吳爾芙，抽捲菸，將厚長髮梳成馬尾。他們會一起讀巴斯特納克，會對宿舍行使無目的的暴力，為這些荒唐的行徑歡欣鼓舞；他們在巴爾托克弦樂四重奏的伴奏下砸爛椅子，拿刀叉投擲廚房的石膏天花板，之後就任由餐具插在那裡，以詭異的情景為樂。即便如此，他們的陪伴仍是我的避風港。當時沒有多少事情令我安心。我休學過一陣子，因為我愛上一名已婚大學教授，多年後會跟人說這些不倫情事全是我捏造的那種已婚大學教授。那是一個多霧的夏天，天空滿是遲來的雲痕和尾跡，蚱蜢在路旁濃密的草叢裡鳴唱，我常常在這些穿越城鎮廣場的路上，漫無目的走上好幾個鐘頭。我無比迷惘，而那捲錄音帶就出現在這個時候。

錄音帶上只有一首歌，是李奧納德·伯恩斯坦（Leonard Bernstein）指揮西貝流士《第七號交響曲》的錄音。聽播音員的介紹，我猜是從日本的廣播節目錄下來的。錄音帶來到我手上後，我聽完一遍，馬上又倒帶聽一遍。我聽了不下數百遍。我並未得到慰藉，樂音扭曲的角度恰恰貼合我內心的痛處，在某幾處總是感覺太快，另幾處又總覺得太慢，我也說不上來，但它從一處流向另一處的方式，似乎正是人類心靈處理死亡預知的方式。那段音樂順著每一個我曾經推開、佯裝無感的情緒，向前推展。但這捲錄音帶的魔力不只如此。它的錄音品質並不好，訊噪比很差，且在當時就明顯受過歲月和旅途的耗損。宇宙射線將自己埋在水體之下，手指一摸就會生鏽。

但若僅有這些，這卷錄音帶不會有何神祕可言。神祕誕生於偶然：錄音帶裡的聲音，是在雷雨風暴中自收音機錄下來的。訊號傳至收音機前行經的天空布滿無限的可能，間歇的頻率超載劈啪作響，不時爆出陣陣白噪音蓋過廣播。雷電在交響曲開頭仍不頻繁，但到了樂曲末尾，雷聲頻發到幾已聽不見樂音，只有灼熱的爆裂聲陣陣轟鳴，微弱的弦樂如海面橫流在背後若隱若現。當雷鳴徹底抹去音樂，雜訊的聲音大到如同無聲，彷彿上帝在磁帶上按下了指紋。

我知道這是一場不可重複的事件，因為被恆久固定在錄音帶上，所以能一遍又一遍地重播，這當中有某種踰越，以至於聽著錄音帶也像在聆聽異端邪說。至今我仍不確定，當時我對這捲錄音帶的依賴，有多少是希望找個藏身之處，又有多少是渴望自身被抹消。我想到母親一個朋友的兒子，他小時候沉迷於C．S．路易斯的小說《黎明行者號》（*The Voyage of the Dawn Treader*），沉迷到近乎病態，誰也不曉得原因。後來才知道，他在當時得知家族裡的大祕密，是一個永遠不能向人透露的祕密，所以他才牢牢攀附著這本關於世界末日的書，書中那個男孩背負的罪，能像皮膚一樣從身上撕除。也許那捲錄音帶之於我，也類似於此。不可承受之重束縛著我，一塊斲傷我的靈魂的破碎聖物，一件永遠不該被固定在錄音帶上反覆偷聽的事，一件阻擋在我和吐露祕密之間的事。我持續聽了好幾個月，直到有一天早上，我突然決定，我再也不想聽了。那捲錄音帶如今收在我家某個紙箱裡，依然因為當年的含義而燙手。我幾次把它拿在手上掂量，很意外它原來這麼輕，也很意外，即使到了現在，我還是很難把它拿在手裡太久。那是一件遺物，象徵從前的某一個時刻、早已過去的某個年代、我曾經是的某一個人，而它於今具有的魔力，恰恰就在於，我知道自己永遠不會再播放它了。

41 動物教我的事

很久以前，我九歲或十歲的時候吧，學校作文要我們寫長大後想做的事。我宣告，我要當一名藝術家，而且會養一隻水獺當寵物，後面又補了一句：**只要水獺過得開心**。作業簿發回來，老師的評語寫著：「可是妳怎麼知道水獺開不開心呢？」我的心底立時忿忿不平。我心想，我當然知道呀，水獺有的玩耍，有柔軟的地方睡覺，可以探索環境，有朋友（那個朋友會是我），又能在河裡游泳抓魚，絕對會很開心。只有抓魚這部分，我願意承認，水獺的需求可能和我的需求不太一樣。我從來沒想過，我可能根本不瞭解水獺想要什麼，甚至也不怎麼瞭解水獺是一隻怎樣的生物。我以為動物跟我沒兩樣。

我是一個獨來獨往的怪孩子，早早就有一股衝動，想要去尋找、接近野生動物。這股衝動占據我全副的心思，有部分或許源自出生之際就失去雙胞胎手足所留下的未了之情：一個小女孩到處尋覓她失落的另一半，但並不曉得自己在尋找什麼。我會翻開石頭找蜈蚣和螞蟻，也會在花叢間追逐蝴蝶；我花很多時間追逐及捕捉生物，但很少想及牠們會有什麼感受。我是一個會跪在地上，輕輕從握牢的五指間取出蚱蜢來看的小孩，表情凝重，唯恐弄傷了牠，皺著眉頭細細端詳牠的網翅、綴有徽章圖案的胸甲、寶石一般光滑雕琢的腹部。我做這件事，不僅想要知道生物的長相，也是在測試自己有多少能耐遊走在傷害與關心之間的危險地帶；其中一部分是為了瞭解我對事物擁有多大的權力，一部分是想知道我對自己握有多少權力。我把昆蟲和兩棲動物帶回家，養在玻璃水族缸和飼育箱裡，陳列在房間的書架和窗台上，數量愈來愈多。之後陸續又多了一隻孤兒烏鴉、一隻受傷的寒鴉、一隻幼獾，還有一窩因為鄰居家修剪庭院樹木而無家可歸的歐亞鴛寶寶。照顧這一座迷你動物園，讓我學會很多動物飼育的竅門，但於今回想，我的動機是自私的。拯救生物，讓我對自己觀感良好；被生物包圍，讓我覺得不那麼孤單。

對於我這些古怪行徑，我的父母出乎意料地並無不悅，廚房流理台上撒滿種子，客廳地板滴著鳥屎，他們都氣度大方地包容下來。只是在學校就沒這麼好過了。用發展心理學的語彙來說，社會認知不是我的強項。有天上午，我在籃網球比賽途中擅自晃出了球場，想要去辨認附近傳來的鳥叫聲，隊友對我大發雷霆，我還一頭霧水。諸如此類的事經常發生。我不擅長團隊運動，不習慣遵守規則，也聽不懂小團體裡的笑話，看不懂他們之間複雜的勢力關係。可想而知，我成了霸凌的對象。我與同儕的差異與日俱增，為了緩解這種椎心刺骨的痛，我開始利用生物讓自己消失。只要我用力盯著昆蟲看得夠久，只要我舉起望遠鏡把野鳥拉近到眼前，我發現只要專注於生物，我就能讓自己消失不見。用這種方法逃避困境，是我童年恆常存在的特徵。我以為長大後就會漸漸擺脫了。但二十多年後父親過世，它又挾著不可擋之勢再度出現。

這個時候，我已經三十多歲，有多年的養鷹經驗。養鷹意外地也是一種情商教育。養鷹教我仔細思考行動的後果，也教我認識了正增強的重要，以及溝通、建立信任時要溫柔。要仔細觀察，知道蒼鷹何時已經吃飽了、飛夠了，何時牠寧可獨處。最重要的是，要明白關係中的另一方，對某個情境的看法可能與我不同，甚或相反，而且理由也說得通。這些是關於尊重、關於自主權、關於其他心靈的教誨；雖然羞愧，但我得承認，我到很晚才懂得應用在人的身上。我首先向鳥兒學到了這些。不過父親過世之後，我又忘光了。我只想跟蒼鷹一樣活得凶悍殘暴、鐵石心腸，所以我和一隻蒼鷹一同生活。看著牠展翅升空，飛越我家附近的山丘去狩獵，我深切認同在牠身上看見的特質，以至於忘了自身的悲傷。但我也忘了怎麼樣當一個人，並且深深陷入憂鬱。蒼鷹畢竟不能當作人類生活的好榜樣。小時候，我以為動物都跟我一樣。後來，又以為我可以假裝成動物來逃避自我。兩者都源於同一個錯誤。因為動物最深刻開導我的事情就是，我們很容易不自覺地在其他生命裡照見自己的生命。

動物的存在目的不是為了開導人類，但牠們總會在無意間做到，而且動物所教導的事，很多都是關乎我們自身、我們自以為早已知曉的事。比方說，動物出現在中世紀寓言裡，目的無不是要傳達人生的道德教誨。我不知道現在還有誰會認為鵜鶘體現了耶穌基督的自我犧牲，還有誰會把毒蛇與七鰓鰻交尾想成警世寓言，旨在勸誡妻子應當忍耐和討厭的丈夫相處。但我們的思維運作跟這些動物寓言還是相去不遠。想到我們能和蒼鷹或鼬鼠一樣狂野，擁有凶悍的心志去追逐想要的事物，我們會備感悸動；看著小羔羊蹦蹦跳跳的影片，我們會莞爾微笑，渴望體驗同樣歡樂無憂的生活。我們自身的滅絕本來難以想像，但世上最後一隻旅鴿的照片，讓滅絕的悲傷與恐懼頓時躍然眼前。我們用動物當作概念，用來放大並強化我們自身的某些面向，把動物化作單純、安全的避風港，用來容放我們感受到卻往往難以言表的事情。

我們沒有人能看清動物。動物身上有太多我們添加的故事。遇見動物，等同於遇見你過去從目擊觀察，從書籍、圖像、對話中得知關於牠們的一切。就連縝密的科學研究對動物提出的問題，也反映人類自身的擔憂。比如一九三〇年代末，荷蘭及德國動物行為學家尼可．廷貝亨（Niko Tinbergen）和康拉德．勞倫茲（Konrad Lorenz），在火雞雛鳥的上空拖動貌似飛翔中鷹隼的模型，便看到雛鳥嚇得僵在原地。兩人希望證明，這些雛鳥從在蛋裡孵化時，心中已有類似鷹隼飛翔的意象。不過後來的研究指出，火雞幼雛知道要懼怕什麼，很有可能是向其他火雞學習的——對我來說，一九三〇年代的這些實驗似乎受到歐洲的焦慮氣氛影響，當時歐洲正面臨人類史上第一次大規模的空中戰事威脅，多方皆宣稱無論國界防守再森嚴，「轟炸機照樣能通過。」

單純知道這一段歷史，知道家養的火雞幼雛，在頭頂上方看見形似鷹的輪廓也不敢動彈，在我心中，這些動物已經比農家庭院的雞鴨或準備送入烤箱的肉骸更複雜了。因為花費愈多時間研究、觀察、與動物互動，構成牠們的故事，變化也愈多，內容愈加豐富，不僅有力量改變你對該動物的看法，甚至能改變你對自己的看法。思考「家」這個概念，對一隻鉸口鯊或遷徙的家燕可能代表的意義，拓寬我對家的想法；認識橡樹啄木鳥的育種制度後，我對家庭的想法也有所改變，橡樹啄木鳥會由多隻公鳥和多隻母鳥一同哺育一窩雛鳥。這並不代表生物就是人類生活的模範——我不認識誰會認為人類應該效法魚類產卵繁殖或完全以飛蠅為食。只是當我愈認識動物，也漸漸發現在這個世上，或許不只一種正確的方式能表達關心、感受忠誠，不只一種方式能表達對一個地方的愛，也不只一種方式能來往移動。

嘗試想像某一種動物的生活是什麼感覺，註定會遭遇失敗。你就算緊閉雙眼，想像自己長出有膜的翅膀，然後對著黑暗說話，依靠音波把世界的輪廓反彈給自己知道，藉此在黑暗中行動，你依然不會知道當一隻蝙蝠是什麼感覺。哲學家湯瑪斯．內格爾（Thomas

Nagel）就解釋了，想知道當一隻蝙蝠是什麼感覺，唯一的方法就只有當一隻蝙蝠。可是想像呢？嘗試呢？想像和嘗試還是很好、很重要，逼迫你去思考對這個生物尚且不知道的事：牠吃什麼、住在哪裡、如何和彼此溝通。探究催生疑問，這些問題其實關乎的是一隻蝙蝠眼中的世界可能有多麼不同，而非只是當一隻蝙蝠有何不同。因為同樣在一個地方，一隻動物需要或重視的東西，不盡然是我們需要、重視，甚至注意到的東西。我家附近的森林裡，山羌會啃食夜鷺過往築巢的矮樹叢，而今夜鷺都消失了。在我眼中洋溢自然之美的地方，在一隻夜鷺眼裡無異於沙漠。或許這也是為什麼，每次我聽到自然場所應當受到珍惜，因為自然具有療癒之效的論述，我便感到格外不耐。林間的散步時光確實對我們的身心有益，但為此目的才珍惜森林，卻詆毀了森林的意義：森林不是只為人類而存在。

一連幾星期，我為了家人、朋友的健康狀況寢食難安。今天，我盯著電腦螢幕看了好幾個鐘頭，眼睛很痛，心也很痛，覺得有必要呼吸些新鮮空氣。我到後門的台階坐下，看見一隻禿鼻鴉，是歐洲的烏鴉中社會性很強的一種。牠掠過傍晚昏灰的天空，低低飛向我的房子。我馬上用了小時候學會的招數，想像涼爽的空氣抵著翅膀是什麼感覺，我所有難過的情緒頓時減輕不少。但最大的寬慰並非來自想像我能感受禿鼻鴉的感受、知道禿鼻鴉的想法——正好相反，我緩緩生成的喜悅，恰恰來自我知道我感受不了。這些日子以來，明白動物跟我不一樣、動物的生活與我們絲毫無關，反而予我情感的慰藉。禿鼻鴉飛越的房子，對我和牠具有不同意義。對我來說，那是我的家；對禿鼻鴉來說呢？那是旅途上的中繼站，是磚瓦和斜坡組成的構造，適合飛落棲息，也適合在秋天裡用來砸胡桃，讓果殼粉碎，再挑出果仁來。

但除此之外還有別的。禿鼻鴉自上空飛過時，歪了歪頭，匆匆打量我一眼才繼續飛走。因為那一瞥，我感受到皮膚底下一陣刺痛，沿著背脊向下蔓延，我的空間感忽然改變，世界放大了。那隻禿鼻鴉和我一樣別無意圖。我們注意到彼此，僅此而已。我看著那隻禿鼻鴉，而禿鼻鴉也看著我，我成為牠世界裡的一道風景，正如同牠也成為我世界裡的一道風景。我們不相關的生命交會重合，我所有自溺的焦慮，在那條忽即逝的剎那，消失得無影無蹤。那一瞬間，天空裡一隻奔赴他方的鳥兒投來一道跨越隔閡的目光，將我縫回一個我們平起平坐的世界。

謝詞

由衷感謝我的出版經紀人比爾・克雷格（Bill Clegg），謝謝他出色的指教、英明的行事、溫暖的支持，賜予我靈感及智慧。打從第一次見面，我就覺得彷彿認識他一輩子了。我很高興能在克雷格經紀（Clegg Agency）找到一個家。謝謝出版社的所有員工，你們從前至今都令人欽佩：尤其要感謝瑪麗恩・杜佛（Marion Duvert）、大衛・坎布（David Kambhu）、賽門・圖普（Simon Toop），特別謝謝你們忍受頑劣如我，回覆電子郵件奇慢無比。

喬納森・凱普（Jonathan Cape）出版社的丹・法蘭克林（Dan Franklin）不只是出版業的傳奇，也是生於這世界上最美好的人之一，我很榮幸不僅有他當我的編輯，還能與他交上朋友。丹，謝謝你所做的一切。也衷心感謝貝雅・漢明（Bea Hemming）、蕊秋・庫尼歐尼（Rachel Cugnoni）、艾登・歐尼珥（Aidan O'Neill）、愛莉蓀・圖列特（Alison Tulett）、莎拉－珍・佛爾德（Sarah-Jane Forder）、蘇珊・狄恩（Suzanne Dean）、克里斯・

渥梅爾（Chris Wormell），以及其他所有付出辛勞讓這本書成真的人。很高興也很榮幸與各位合作。

格勞夫大西洋（Grove Atlantic）出版社的伊麗莎白・史密茲（Elisabeth Schmitz）在各方面都令人稱奇，要一一列舉讚頌，恐怕需要一本書的長度。我真心感動能與她共事，也虧欠她很多恩情。伊麗莎白，我要特別感謝妳。也謝謝所有我在格勞夫有幸共事的人，摩根・昂崔金（Morgan Entrekin）是一定要感謝的，還有戴比・席格（Deb Seager）、約翰・馬克・博靈（John Mark Boling）、茱蒂・賀騰森（Judy Hottenson）和其他數不完的人。你們的紐約辦公室總是給我家一般的感受。

謝謝書商、書展、活動策畫人員及志工，也謝謝我這些年來遇見的讀者、與談人和聽眾，謝謝大家。這些時日與你們的對話，比什麼都豐富了我的生活與思考。特別感謝參與慈善組織蓋特維克被拘留者福利團體（Gatwick Detainees Welfare Group）發起的「難民故事」（Refugee Tales）計畫，與我見面對談的難民和陪伴他會面的志工，兩位的名字都不能寫出來，但我希望那次會面留下的文字，能如實傳達世界的架構與限制施加於他們的苦難和不公義，他們理當獲得幸福，而非受到如此對待。

書中有些文章是為朋友寫的，可能是單純想要探究某個主題，或是把我困擾或著迷的事物拼湊成故事或深入研究。也有很多是為《紐約時報雜誌》（*New York Times Magazine*）

動筆寫成的文稿，我很高興能和無比聰慧的編輯夏莎・懷斯（Sasha Weiss）合作，她教了我很多為雜誌文章鍛造風格的方法。我永遠感激她和社內同事。謝謝妳，夏莎！本書收錄的文章也有許多源自為《新政治家》（*New Statesman*）雜誌構思的時事主題，謝謝湯姆・嘉提（Tom Gatti）邀稿，且用無比的耐心和幽默忍受我的慣性拖延。其餘有些文章，除了收錄進文集（謝謝提姆・狄〔Tim Dee〕、安迪・霍登〔Andy Holden〕、安娜・品克斯〔Anna Pincus〕、大衛・赫德〔David Herd〕），也有一些是為線上雜誌《永世》（Aeon，謝謝瑪麗娜・班傑明〔Marina Benjamin〕）撰文。又如〈群飛〉一文，是配合藝術家莎拉・伍德（Sarah Wood）的優秀作品而創作的文字。

至深的愛和感謝獻給我的家人：芭芭拉（Barbara）、茉（Mo）、詹姆士（James）、雪柔（Cheryl）、艾美（Aimee）、碧翠絲（Beatrice）、亞歷珊卓娜（Alexandrina）、亞瑟（Arthur），以及我無比思念的父親亞歷斯戴（Alisdair）——不論他在哪裡，肯定很氣我把他推山羊的事給說出去。至深的愛和感謝也獻給我的知交好友克莉絲汀娜・麥克利詩（Christina McLeish），她有木星一般大的腦和心臟，比誰都樂於幫助我形塑並檢驗我對事物的看法。她會特地打視訊電話給我，只為了讓我看一隻剛破土的亮綠色蟬在她的掌心亂爬。她就是這麼獨特。

本書誕生於非常多人給予的靈感、友誼、協助及支持。謝謝湯姆士・阿戴斯（Thomas

Adès）、克莉絲汀・安德斯（Christine Anders）、辛・布拉榭（Sin Blaché）、納森・巴德（Nathan Budd）、娜塔莉・卡布羅（Nathalie Cabrol）、凱西・塞普（Casey Cep）、傑森・查普曼（Jason Chapman）、蓋瑞及強・查普曼（Garry and Jon Chapman）、馬可仕・寇茨（Marcus Coates）、亞倫・康明（Alan Cumming）、山姆・戴維斯（Sam Davis）、比爾・戴蒙（Bill Diamond）、莎拉・達樂（Sarah Dollard）、艾文・德威伯格（Ewan Dryburgh）、艾比蓋爾・艾勒克・碩爾（Abigail Elek Schor）、艾曼達及史都華・佛爾（Amanda and Stuart Fall）、安德魯・法恩沃斯（Andrew Farnsworth）、梅莉莎・費伯思（Melissa Febos）、東尼・費茲派崔克（Tony Fitzpatrick）、瑪麗娜・佛拉斯卡－史派達（Marina Frasca-Spada）、史蒂芬・葛羅茲（Stephen Grosz）、梅格及賴瑞・卡斯丹（Meg and Larry Kasdan）、尼克・賈爾丁（Nick Jardine）、奧莉薇・朗恩（Olivia Laing）、麥可・蘭立（Michael Langley）、賀麥妮・利斯特－凱（Hermione Lister-Kaye）、約翰・利斯特－凱爵士（Sir John Lister-Kaye）、托比・梅修（Toby Mayhew）、安德魯・梅卡夫（Andrew Metcalf）、波瑞克・歐唐諾（Paraic O’Donnell）、菲爾・歐凱（Fil OK）、史戴西・瑞德曼（Stacey Reedman）、伊曼・萊恩（Eamonn Ryan）、楊・謝佛（Jan Schafer）、葛蘭特・夏佛（Grant Shaffer）、凱瑟琳・舒茲（Kathryn Schulz）、帕布羅・索博隆（Pablo Sobron）、伊莎貝拉・史崔芬（Isabella Streffen）、克里斯蒂安・湯布雷（Cristian

Tambley）、貝拉・托科第（Béla Tokody）、慕昆・伍納凡（Mukund Unavane）、茱迪絲・威克萊姆（Judith Wakelam）、希拉蕊・懷特（Hilary White）、莉迪亞・威爾森（Lydia Wilson）、珍奈特・溫特森（Jeanette Winterson）、潔西卡・伍拉德（Jessica Woollard）。我是個雜亂無章到令人無奈的人，很有可能不慎遺漏了誰的名字。往後幾個月，我八成會經常在凌晨驚醒，一個接一個想起被我漏掉的人。我想先在這裡向他們致歉。

最後，雖然他不識字，未來看到這一頁，八成也只會用鳥嘴把紙撕碎，但我想謝謝我的鸚鵡博度兒（Birdoole）帶來的陪伴。有他在，漫長的寫作時間也顯得不那麼孤單。就算他在我火燒屁股忙著趕稿時，還坐在我的鍵盤上咬我手指，我依然十分愛他。

國家圖書館出版品預行編目資料

向晚的飛行／海倫・麥克唐納（Helen Macdonald）著；
韓絜光譯. -- 初版. -- 臺北市：大塊文化出版股份有限公
司, 2023.09
320面；14.8×20公分. --（walk ; 30）
譯自：Vesper flights.
ISBN 978-626-7317-66-2（平裝）

873.6 112012497

LOCUS

LOCUS

LOCUS

LOCUS